真
故
TRUMANSTORY

真实打动世界

模拟人生

（第二届非虚构写作大赛获奖作品集）

真实故事计划　编

天 地 出 版 社 | TIANDI PRESS

图书在版编目（CIP）数据

模拟人生 / 真实故事计划编. — 成都：天地出版社，
2020.11
　　ISBN 978-7-5455-5869-2

　　Ⅰ.①模… Ⅱ.①真… Ⅲ.①纪实文学—作品集—中
国—当代 Ⅳ.①I25

中国版本图书馆CIP数据核字（2020）第141225号

MONI RENSHENG

模拟人生

出 品 人	杨　政
编　　者	真实故事计划
特邀策划	雷　军
责任编辑	陈文龙　　王　鑫
特邀编辑	果旭军
装帧设计	周　默
责任印制	葛红梅

出版发行	天地出版社
	（成都市槐树街2号　邮政编码：610014）
	（北京市方庄芳群园3区3号　邮政编码：100078）
网　　址	http://www.tiandiph.com
电子邮箱	tianditg@163.com
经　　销	新华文轩出版传媒股份有限公司

印　　刷	三河市兴博印务有限公司
版　　次	2020年11月第1版
印　　次	2020年11月第1次印刷
开　　本	880mm×1230mm　1/32
印　　张	8
字　　数	201千
定　　价	49.00元
书　　号	ISBN 978-7-5455-5869-2

序言

非虚构写作，是一种生活的英雄主义

第二届非虚构写作大赛，是真实故事计划联合50多家出版机构和影视企业共同发起的，在中文世界里，寻找优秀的非虚构作品和作者。大赛很荣幸地邀请到作家双雪涛、电影导演忻钰坤、编剧史航等文艺界知名人士担纲评审。

在各方努力之下，这届大赛一共收到了2000余部参赛作品，最后20部作品入围决赛圈。这些优秀作品的合集，就是现在您拿到的这本《模拟人生》。从为百万元彩礼放弃上大学的少女，到为让聋哑女儿过上正常生活远渡重洋的中国父母，这些作品记录了蓬勃纷繁的中国社会，以及个体命运的生长涌动。这些从生命里拿出的故事，重新发现了文学和人的联系。

在这些作品中，我特别向大家推荐罗丹写作的《当一个抑郁症患者决定去说脱口秀》，里面的主人公蔡师傅是一名境遇坎坷的大学肄业生，情感失败，靠送外卖维生，在成都地下脱口秀俱乐部，他找到了自己生活的一个出口。蔡师傅的身上有当下许多年轻人的影子，不顺从也不励志，一直与自己较劲。另外一篇作品，是矿工诗人陈年喜的《我的喀什朋友》，这是诗人尝试非虚构写作的一次突破，意境苍凉、语言朴拙，给人全新的阅读体验。

在评价获奖作品时，编剧史航说："太重了，我们两只手都接不住。"

担当评委的作家袁凌在大赛颁奖仪式上提出，本次大赛的参赛作品在整体上更"内心"、更小。他认为，2019年以来经济形势和社会情势变化很大，人们更加关注自身处境和自己周遭的事物，这一社会趋势影响着这场关注现实的写作大赛。私人叙事，个体书写的"小"，却仍然可以触及人的共同经验：以写作，去厘清自我成长的脉络，逼近生活的真相。

这也是我们策划出版这本《模拟人生》的初衷，我们希望能将这些个体最在乎的故事，集结成册，以便读者能从"小"处出发，发现生活的庞大与丰富。这本书将用个体生命案例作为一把利刃，剔除日常生活的庸常与重复，打磨久已不觉的钝感，让人重新去感受碰撞、疼痛和无可回避的意义。读者们如有一两处共鸣和刺痛，这本作品集的价值也就达到了。

除开出版获奖作品集，我们也在不断探索延展真实故事价值的各种可能性，包括影视改编。

真实故事计划第一届大赛的获奖作品《密谋十七年的逃亡》已进入改编阶段，本次大赛（第二届大赛）的获奖作品如《穿婚纱的杀人少女》《当一个抑郁症患者决定去说脱口秀》也已被影视企业和知名导演签下，相信不久后，这些故事就将与大家在荧幕上相见。

2020年对很多人来说都是艰难的一年，新冠疫情的爆发，打破了人们习以为常的人生路径，轨迹生出跌宕。希望《模拟人生》这本书里，这些对生活怀有英雄主义的故事能够鼓舞大家，在沉吟时保持内心的活力，能发现每一段生活的意义，全身心投入进去。也希望你能写下自己的故事，参加非虚构写作大赛，这个大赛将每年举办一次。

人类学家说，是故事改变了人类。生活也是。希望你喜欢这些真实故事，喜欢这本书。

雷磊

真实故事计划创始人

目 录 ∙∙∙∙∙∙∙∙∙∙ C o n t e n t s

穿婚纱的杀人少女

一

一个春天，垃圾场周边的太阳菊刚冒出来，我指挥几个新犯蹲在那儿薅草。一旁的管教朝我招手："老秦，老秦。"我跨出两条极长的腿，奔到管教面前，问："有什么差遣？"管教说："亏你是老犯，不知道让他们穿马甲？"

狱内零星劳作要穿一件红色的警戒马甲，我赶紧准备回岗台取。

管教说："算了。"他将我拉到一旁，塞给我一包"红双喜"。我双手接过来，说："谢谢干部。"管教说："明天我休假，后天你就出去了，我也送不了你。抽的时候注意点儿，千万别在监房抽。"

我狠狠地点头。管教又说："待会儿你把头刮干净。"我小声问："不是让留一个月头发吗？"管教说："这里面没镜子，你这地中海还是刮干净好看，而且两鬓全白，显得不精神。"我笑了笑，说："还是留着吧，几十年没留过头发，长着好玩。"管教说："你也太夸张了，哪儿几十年了？你这趟死缓官司吃得顺当，实坐17年。"我说："还有上一回嘛，两趟加起来33年零4个月。"

刑满前，管教送老秦一包"红双喜"，这事发生在2016年3月24日，被他完整记录下来。他的日记本起先写满伤心事，记下许多吃过的苦，后来慢慢改了，只写开心的事。

我认识老秦始于那堆日记本，一位狱警朋友给我送来时说是老秦刑满前被扣下的，为了让我写老秦的故事才调来给我参考，但不能保留，要归还到违禁物品收管室。

老秦是 1963 年生人，20 岁吃了第一趟死缓官司。案子很简单，老秦帮村里挖鱼塘时跟工友抬杠、打架，将对方摁在淤泥里呛死了。他刚进看守所，听狱友说起有关"严打"的新闻，他惶惶不可终日，料定自己逃不过一死。老秦最终被判死缓，是村长找人保他。据他自己分析，挖鱼塘是公家活儿，村长不愿看着闹一场矛盾死两个劳动力。

第一回死缓官司，老秦实坐 16 年零 4 个月。1999 年，母亲重病卧床，老秦刑满后头天进家门就为治病钱发愁。他在"里面"和一个卖白粉的贵州人关系很铁，为了搞快钱，去帮那人带了一包海洛因，194 克，被缉毒警当场逮住。

这天距他刑满之日不过一周，等于放了个小长假。

按道理，这回老秦必死无疑，首先运毒的重量远超死刑判决底线，其次老秦是累犯，极可能被严惩。

关在看守所期间，老秦托亲戚捎来寿衣寿鞋，只等开庭宣判，认认真真伏法上路。

有天夜里，老秦处于一种将睡未睡的浅眠状态，梦境里全是劳改农场的画面：在金黄麦浪中，他满头大汗，弯着腰割麦子，周围一个同改都没有。他跑去问管教："同改们呢？"管教说："大赦天下了，但你不能走，得割完这些麦子。"放眼望去，他被无边无际的麦田吓醒了。

老秦醒来后要上厕所，过道里原本该有犯人站岗，他抬头没见着，猜想那人可能在如厕，就等了一会儿才起床。走近厕所门口，老秦嗅到血腥味儿，伸头一看，值日的小岗用厕坑里的毛边石割了脖颈，血流得满地都是，像踩翻了一个油漆桶。老秦赶忙呼救，管教开门，犯人也一起帮忙，最终送医及时，把小岗抢救了过来。

老秦因救人立功，第二次被判死缓。领到判决书那一刻，他想起那个麦田的梦，认定自己就是劳改的命。

二

老秦第二次刑满释放前一天，老家的三任村长突然入监探视，随行的还有两位穿西装的女士。老秦很惊喜，坐牢这些年没去过会见室，来不及揣测这些人的来意，就立刻跟管教去了。

和老家人照面，老秦很激动，尤其重逢当年救自己一命的老村长，他险些落泪。老村长已80岁，耳朵不好，老秦喊七八遍，老人才会意地点点头。一番寒暄后，两位女士从公文包里拿出一沓文件，新任村长向老秦展示，说带来两个好消息："首先，老秦家的宅子拆迁了，今天过来补签一下程序上的事，签完字，你就是百万富翁了。"

老秦一听，蒙了，问："那我以后住哪儿？"

对面人都笑："有钱了，还愁没地方住？天天洗桑拿去。"新任村长补充道："安置房早就分完了，当时考虑你没这么快出来，而且你也没有直系亲属……当然了，也怪我们做事怕跑腿，没及时跟你落实，是该来商量的。但现在来，其实对你更好，补得更多嘛，都是我们替你争取的。你虽没落到安置房，但全村补偿款属你最多。"

老秦急得跳脚，嚷嚷道："那我家里的东西呢？我老爹老娘的遗照呢？"

新任村长转而问上任村长："扒房子时，有没有上他家里收拾一番？"

上任村长一拍脑门儿，皱着眉头回话："屋里几乎是家徒四壁，也怪当时事情急，没考虑周全。"话音未落，他赶紧回补一句："补偿款已经算尽所有损失，老秦，你放心，不亏呀。"

老秦大脑一片空白，许久说不出话来。管教站在身旁，他想发火却不敢。

新任村长接着说："老秦，你这是在里面待太久了，还不明白自己摊上好事了。我让老村长跟你再说两桩不好不坏的事，当年他救过你的命，你听不明白可不许拿他老人家发火。"

老村长拿出一纸发言稿捧在手里，照着读，先说了一桩不好的事。古林岗属征地范围，老秦爹娘的坟墓在那儿，别家补贴2000元迁坟费用，老秦家没人料理，况且村里人以为他被判死缓得终生在劳改队，于是直接把那两座坟铲平了。老村长继续讲不坏的事，虽然坟被铲平了，但眼下会按一座坟1万元补偿老秦，拆迁费加坟墓补偿费，一共102万元。

老秦一听，血压上去了，身子一晃从椅子上栽倒而下。管教扶他起来，问他："能不能行？不行就等出去，核查无误再签这些文件。"新任村长一听，不乐意了，朝里头喊话："老秦，你有今天的命，还不是老村长搭救的？老村长的面子你都不给，以后没脸回村里。"

老秦静心想了想，事已至此说什么都晚了，便将一堆文件全签了。摁手印时他扫一眼日期，发现那是5年前的日子。

回到监区，老秦将事情讲给同改们听，不消5分钟，其他监舍的同改也都知道他成了百万富翁。那正是饭点，大家端着饭碗跑来，挤在门口跟他套近乎。有人问："老秦，老秦，你手头抓着这些钱，出去准备怎么潇洒？"老秦唉声叹气地说："那钱都是爹娘的宅子和尸骨换来的，哪有工夫潇洒，一门心思想成家对他们有个交代。"

大伙儿笑他："都多大岁数了，你这个老处男还有办事能力吗？"老秦没心情陪大伙儿逗乐子，他认命，深信这突如其来的一笔钱是父母的冥嘱。

大伙儿出谋划策，传授他泡妞技法。有刚进来的同改提议老秦走精致大叔路线，说眼下女人喜欢大叔、爸爸。只要老秦舍得花钱、使劲儿疼人，不会搞不来女人。其他人把这个提议否定了，认为老秦官司吃得太长，脑子锈了，比不过"外头人"精明，会被女人骗光钱。100万元虽然够成个普普通通的家，但经不住这种玩法。

另有人提议，老秦干脆买个女人，4万元钱，只要有本事看得住，性价比超高。提议者是个人贩子，立刻被众人轰了出去。

最后所有人赞同，让老秦踏踏实实靠相亲碰缘分。但老秦吃了两趟死缓官司，肯定会把女人吓走，一般人不能理解这种经历。最适合老秦的相亲方案，是去女监门口碰运气，蹲守跟他情况相同，出狱后无亲无故，但又极其渴望回归生活的女劳改犯。

三

"你别管她以前什么经历，她也不管你经历过什么，两人齐心往前看，使劲儿往前走。"

今晚是劳改最后一晚，我记下这句同改们叮嘱的话，心里酸溜溜的。都是朝夕相处的狱友，以后到了外面，再见不见是一回事，人心再齐不齐又是另一回事。

今晚我一分钟没睡，明早就出狱了，这些年如同梦过一场。

今晚这一页翻过去，日子是张什么新面孔，我心里没数，害怕。

这是老秦日记本的最后一页，是凌晨2点写的。

早晨7点40分，当班狱警交接班后送他去办理出狱手续。门口来了辆接他的面包车，新任村长坐在里头，给他带了身新衣服。监狱门口有条野河，里面尽是被抛弃的衣服和鞋子，老秦在车里换上新衣服，将旧衣服一件件抛入河中。

回到老家，那地方的变化翻天覆地，老秦连东南西北都认不清。在招待宾馆住了一阵，落户、身份、账务各种手续搞定，老秦去城里买西装，修头发，然后去女监门口碰缘分。

这是老秦头一回去那儿，考虑得不周全，时间和日子都不巧，一个刑满的女犯也没撞着。一年只有4次减假（减刑假释）大释放，平常零星释放的犯人较少，日均不足一人，而且都在早晨8点前放人。老秦觉得既然奔着找对象的目的，就不能瞎找，条件要挑明，得重点布置几天后的一季度释放日的事宜。到时他会举一块牌子，写明自身条件和理想对象的条件，中意他的人自然会过来。平常他不一定每天都来，只能偶尔撞撞运气，主要希望都寄托在一年4次的大释放日。老秦想，这事必须坚持，一定要碰对为止。

一季度释放日这天，老秦起早，拿着预先做好的牌子，上面印着两行醒目的艺术字：男征女，男53岁，身体健康，有购房条件，觅35至45岁女，独身，有再生育想法。

到达女监门口，那儿已经围着一堆人，都是来接人的亲属。6点多钟的春晨，天色尚没亮透，老秦蹲在门口吃下两个包子，候着。接人的车陆续又驶来几辆，他左挪右腾给车子让位置，脸颊发烫，心里七上八下的，把牌子藏于身后。

将近7点，女监大铁门上的一道小门打开，先走出两名女警，而后是排成队列的女犯。女警喊到"原地踏步"的口令，女犯们则回应"一二三四，洗心革面，重塑新生，一二三四"。亲属们被5米开外的警戒圈拦住，很多人正用手机拍视频。其中一名女警喊"立定"，然后致辞，祝贺大家获得新生，随即喊"解散"。女犯逐一与女警拥抱，然后招手呼唤各自的家人。接下来，其他列队的女犯陆续出来，一批批喊着不同的口号，每个监区的刑满仪式各不相同。

老秦被这股鼎沸的人声逼到一处角落，打起了退堂鼓。但他忽然想到多年前他被押到公审大会的场景，那当口他被五花大绑，拇指粗的麻绳将他双臂吊高在背身，几乎是被警察提溜着安置到公审台。

那场面我都见识过，眼下这点儿小儿科，至于怕吗？历经这么一番自我鼓舞，老秦举起牌子挤到人群正中央。结果，女犯们忙着拥抱亲属，他的牌子根本没能引起几个人的注意。

女人们一拨拨被亲属接走，太阳逐渐高升，监狱的铁门砰的一声关紧。老秦略略失落，收拾牌子准备撤离。马路左侧的行道树后头有人喊："老头，过来。"老秦扭身没瞅见人，况且周围还有两三个路人，不确定喊的是自己，未加理会。

那声音又喊："秃顶老头，来来来。"这次树后伸出半截脑袋，是个留着短发的年轻女孩。他凑近看了看，女孩穿一身粉色睡衣，胸口和后背缝着一条白布，那是犯人的私服标记。刑满之日，犯人都会将这身私服脱掉扔了，驱除晦气。女孩还穿着这一身，想必是没亲属送来新衣。

女孩倚在树干上，指了一下老秦的牌子，问他："几个意思？"老秦瞅瞅女孩的样貌，胖是胖了点，但肤色细腻，眉眼有神，就是太年轻。老秦回答："你不行，过25岁了吗？"她"切"了一句，问他，"认不认识刘晓庆、赵雅芝和许晴"。老秦说："头两个熟悉，看她们的电视剧有好些年了，但许晴不熟。"

女孩又指一下他的牌子，说："那上面的条件我都满足，你赶紧表个态，能不能相中我。"

老秦乐了，说："少古灵精怪，你能有35岁？"

"你太不懂礼貌了，女人年纪不能瞎打听。再说年纪越小，你越占便宜。"老秦问她是哪里人，怎么没人来接，犯什么事进去的。女孩不耐烦，跺跺脚，说饿了，让老秦先请她吃饭。

四

老秦暂住县郊宾馆，正准备租套房。女孩吃饭时听说这状况，一边嚼着东西一边指点他，先租套二居室，把家电什么的全部配齐。老秦笑笑，问她："你叫什么名字？"她说："常娟。"

"常娟啊，你吃完饭赶紧回家，要缺路费，我可以支援两个。"老秦说。

常娟摆摆手："我俩先试婚，试一阵子，各方面合拍，就该办什么事办什么事。"

老秦盯着她笑："你这小姑娘家家的，胆儿怎么这么大，认识个陌生人就敢试婚？"

"你知道我犯什么事进去的吗？"不等老秦猜一下，她自己回答，"杀人。你怕不怕？介意不介意？"

"胡扯。"老秦分析了一番，试图拆穿她，"算你18岁杀人，作案情节较轻，主观恶意较弱，起码也得给你判个十几年。你这岁数明摆着不过25岁，你这不是胡扯是什么？"

常娟略微吃惊，问老秦："你是不是搞法律的？"老秦说："书只读到初二。"女孩会意，说："这世上除律师那类人能搞懂刑法外，肯定是老改造；类似于除了医生能搞懂毛病，肯定是久病的患者。你是不是牢饭吃多了，耽误了娶妻生子，到这把年纪才在监狱门口守女劳改犯？"

老秦让她别把话题岔远，说："跟你个小姑娘家家的差着辈分，不许再瞎逗乐子，吃完饭赶紧回家。"他起身去前台买单，回来时往饭桌上放下200元钱，正要离开，常娟突然夺走他的征婚牌，在双腿间夹紧，埋头哭起来。饭馆的客人都盯着老秦，老秦恨不能找个地缝钻进去，只好赶紧坐下，拍拍常娟的背让她收声。她很快端正坐好，说："加菜。"

一顿中饭吃完，常娟拎着老秦的征婚牌，率先从饭馆走出来。老秦补了单，随后跟上。两人站在门口，老秦点了根烟，常娟伸手讨要，老秦递她一根，她想对火，老秦递她打火机，她非要对火，老秦只好把烟递过去。她点着烟后，说老秦没情趣。老秦让她别再胡搅蛮缠，伸手抢征婚牌，她突然将牌子撅了，扔到地上。

老秦火了，骂她："你怎么这么不识相？"

常娟从口袋里掏出一张纸递给老秦，上面盖满了大红印章，是刑满释放证明。老秦一看，惊到了。常娟朝他脸颊喷了一大口烟，说："没骗你吧，是不是杀人？就是作案时年纪太小，才16岁，在少管所待了两年，监狱待了8年，一共判刑15年，减刑5年，我今年26岁了。"

老秦把纸还她，说："那你这年龄还是差太远，我比你老爹老娘都要大。"

常娟很不屑，说："老少配，历史上响当当的人物多的是，我乐意，你还怕什么？"

"我不至于怕，只是你家里人能同意？"

"你放一万个心，我没亲人。你以后真心待我，你就是我亲人。你要还有那能力，等有了孩子，孩子也是我亲人。"

老秦神情严肃起来，看出常娟不是逗乐子，有些事他要问清楚，首先要把双方情况讲明。常娟回答："该知道的情况已经摆明面上了，不该知道的都是没必要再回顾的。我们都进去过，往事说多了不好，重要的是向前走。"

"你年纪轻轻，为何相中我这老头子？"

"我有点儿恋父，喜欢你这个年纪的。然后我不想找活儿干，在里面劳改了10年，天天是两头黑的苦日子，过怕了，你以后得养我。还有，虽然我没爸没妈，但彩礼钱你不能省，按当地平均水平给。这笔钱我得存住，有安全感。"

老秦说："你倒是很真诚，但我还是不敢相信，有点儿蒙。没敢想能和你这么年轻的女孩过日子，这辈子没交过好运，我心里慌。"

"所以我叫你租一套两居室，我们先处处看，各方面合拍，什么事都不急。当务之急，你得先给我买衣服，带我理发，还要买一部手机以及化妆品。"

"那是那是，都照你喜欢的牌子买去吧。"

五

老秦和常娟租住在市区的高档小区，精装修。他们分住两室，常娟睡主卧，那儿有阳台。老秦计划先租一年，一年间慢慢挑个像样的房子，买下来再安家，这一年的房租是 3 万元。老秦遵照常娟的要求，花 7 万元重新布置家具。这笔钱花得他太心疼，但他也同意常娟的说法，这些家具以后肯定带走，肥水不流外人田。

住宿的事落定，老秦掏出记账本，加上杂七杂八的购物和生活开销，102 万元赔偿款花去了 14 万元。他在银行签了两张大额存单，30 万元一张；接着买了 20 万元理财，一年后旱涝保收能有 3.5 万元的利息。

当地房产均价每平方米 1.1 万元，老秦想着买个 60 平方米的两居室，那两张大额存单加利息钱管够，手头余二十几万，一半作为结婚的礼金和开销，另一半作为生活应急资金。

老秦准备去搬家公司应聘，虽年纪偏大，但体力还是有的，靠力气搞定生计不是问题。等常娟生下一儿半女，给她开个小店，卖什么都行，日子能过下去他就知足了，对得起死去的爹娘。

这是老秦的如意算盘，太一厢情愿。同居第二天，他账上立刻少了 1 万元。常娟学会了摆弄网购，要买鞋，运动鞋要买 2000 元钱一双的 AJ，趁着打折活动加紧买两双；她还相中一双马丁靴、一双高跟鞋和三双色彩不一的帆布鞋。统计共七双鞋，一天一换，抵扣完一堆新人优惠券，刚好 1 万元。

老秦极为心疼，但心想一年后可以有 3.5 万元的利息钱，咬咬牙给她买了，不能在这最初的当口显得自己小气。

之后一个月时间里，老秦几乎都处在这种咬紧牙关的状态下，3.5 万元的利息钱早早超支了。老秦头一回跟常娟板脸，那天两人冷战到凌晨，他无法入睡。不久常娟推门进来，摸到了他床上。他嗅到一股香水味，很紧张，立即假装熟睡。常娟钻进被窝时，他还是不敢动弹。

"别装了，烟灰缸还冒烟呢。"

"你进屋干吗？"

"你为我花这些钱，总该让你得逞一次，来吧。"

老秦坐起身，斥责常娟，让她别闹。

"别假正经，快来。"

春风漫进屋内，老秦站去窗边，心口酥酥痒痒，嘴上却说："等领证那天吧。"常娟也坐起来，说："老秦，想不到你挺正人君子。我没看错你，明天咱俩领证吧。"

老秦有些吃惊，问："怎么突然就要领证，试婚不试了？"

常娟从床上下来，从身后抱住他，说："不试了，踏实了。"

老秦没敢表态，常娟问："嫌弃我乱花钱？"老秦仍不吱声。常娟松开他，说："花这些钱其实是考验你稀罕我不。"

"稀罕，就是太稀罕。快领证了，我害怕，怕以后不知道咋样疼你，万一疼不来，耽误了你。"老秦赶忙回应。

常娟笑笑，说："还行，不是个傻老头，会说两句嘴甜的话。"又交代他："怎么也不能在婚礼方面小家子气，虽然我俩没亲戚没朋友，可是该花的钱、该买的东西都不要少。"

"一定的，必须的，按好的来。"

婚纱是买的。常娟表示，自己没被人疼过，想要婚纱留个终身纪念。老秦认可，心想：人家这么年轻嫁给我这糟老头子，这点要求也在情理之中，于是花 59999 元买了一套。"三金"也不能少，花去 2 万元。接着，常娟又买了一枚钻戒，花了 1.8 万元。老秦提前支取一张大额存单，买西服、皮鞋和价值 3000 元的男款金戒指。

老秦计划拍一套婚纱照，预算 5000 元，常娟却说免了，自己不喜欢拍照，有婚纱穿就行。他说："哪有结婚不拍照的，这跟拍遗照是一个道理。"常娟态度坚决："不拍就是不拍。"她举起手机和老秦拍了一张合影："妥了，拍婚纱照的钱留着，给我买鞋买包。"老秦只好作罢。搞妥这些事宜，老秦说立刻去民政局领证。常娟却不肯："你还没求婚，你得给我办张卡，把礼金钱存卡上，一共是十八万四千四百块钱，一分不少，一分不多。"

"这什么钱数，为什么一定要这些？"

常娟不回答，接着自己的话说："钻戒、婚纱、三金加那张卡，一起捧在手心，单膝跪地，再说几句甜嘴的真心话。当然了，最重要的是买一张王力宏的海报，将头像剪下来贴到脸上。"

"王力宏是谁？"

"梦中情人。"

"我求婚，贴他的头像干什么？"

"叫你贴，你就贴。他吧，是我初恋情人，死了。我以前发誓非他不嫁，你呢，就委屈一下，我就走个形式。"

"你这还挺痴情，行吧，死者为大。"

最重要的事也已稳妥，两人便去领了证，办事员将钢印戳上，两个本本递过来。老秦梦一场似的，仰头喊一声"老爹老娘"，吓了办事员一大跳。

六

狱警朋友帮我联系上老秦，先是电话沟通了一个半小时，而后约在茶餐厅面聊。老秦骑着一辆女款电动车，人又瘦又高，头顶秃得厉害。他跟我不熟，有时不搭我的腔，只专注地和狱警朋友说话。

"领证日期是 2016 年 5 月 20 日。5 月 23 日那天，周末，下着雨，她提着婚纱，打伞出门。说左胳膊长了太多肉，晚上试婚纱，胳肢窝那儿的线绷开了，找家店去修一修。但再没回来。"

聊天的过程中，他容易出神，不时伸头出去查看那辆电动车。狱警朋友三番五次提醒他，让他重点讲讲和常娟的后续事情。他不太乐意："讲完这堆事有什么意思？上报纸也好，卖书也好，拍电影也好，一来解决不了什么现实问题，二来和我也没半毛钱关系。"

狱警朋友继续给他做工作，说："老秦，你人既然来了，能讲的就多讲讲。"

老秦把头从窗外缩回来，忽然说："我去她老家找过一阵子。"

终于，老秦渐渐打开话匣子。常娟的户籍地远在 2000 多公里的外省，他年过半百头回坐飞机，竟是因为一场寻妻的苦熬之旅，但没能找到人。他怀疑第一次找得不够仔细，又飞了一趟，仍旧被准确的路线信息指引着，站在了一条三省通衢的高速公路旁。

正午烈日炙烤着路面，一股难闻的柏油味升起。道路上车流滚滚，老秦满头大汗地站在那儿，太阳晒得他恍惚不已，一堆寻找妻子以外的事在脑中盘桓：为什么坟墓会被推平盖起高楼，为什么户籍地会在证件的有效期内成为一条公路……他无法理解这个快速变迁的时代，更不明白人和故土的决裂怎会瞬间发生。

热浪向老秦扑去，知了叫嚷起来，春天过了。老秦昨日的喜庆一眨眼变成破碎的肥皂泡，梦幻而又残酷。

2016 年 6 月末，天气极热。从常娟老家回来之后，老秦在出租房憋了很多天，吃吃睡睡，每晚灌下一瓶牛栏山。有天早上，他躺在床上被一股臭味熏醒，迷糊间发现垃圾桶内爬出来一群米粒大小的胖蛆，正在地板上蠕动。

坐牢时，老秦每天 5 点半起床洗漱，过后第一件事就是整理内务。首先将被子叠成方正的豆腐块，然后掀开床板擦洗床架；脸盆牙具要整齐排列，摆出一条直线；毛巾拧干对折，平整地挂起来，不得滴水；擦地要双手撑住，用专用的毛巾来回推上两遍，直到水磨石地砖干净得能映出人影。管教开封后要检查卫生，戴着一只白手套，进监舍后随处摸。老秦的监舍很难挑出卫生瑕疵，他因此月月评上卫生标兵。

在那个被臭味熏醒的早晨，老秦突然醒悟似的，迅速起床，收拾屋子，擦亮每一件物品。脑中似乎有个声音告诉他，常娟不过是个贪玩的孩子，玩够了、没钱了就会回来，结婚证是真的，什么都是真的。

老秦片刻不能停，因为会有另外一个声音在他静心时嘲笑他，别一把年纪还这么幼稚，你就是被人骗了。最终，嘲笑的声音胜出，他累得瘫在地板上，天花板在眼前旋转，他则老泪纵横。

夏天拖着长长的尾巴过去，老秦才渐渐从郁闷的心境中走出来，他变卖部分家具，换到了一居室。他没去搬家公司，而是去了一家后厨保洁公司，每晚9点去各个饭店进行后厨保洁，钻进巨大的管道内，将油垢细致地清除，擦亮油迹斑斑的不锈钢灶台。这活儿是他的强项，整个清洗过程能令他产生快感，好像自己陷在污垢中的人生，也获得了一种仪式上的清洁。

七

有天出工前，老秦接到一个未知号码的来电。之前找房子给一些人留过号码，总有售楼处的来电骚扰，他掐掉一遍，对方又打了过来，他只好接听。对方是个女人，问常娟在不在。他吃了一惊，慌忙查问女人的身份。女人自称是常娟以前的管教，常娟出狱那天，用这个号码跟她通过电话。听到这儿，老秦想起来了，那天常娟刚买手机，但没来得及办卡。

女管教查问老秦的身份。老秦想了一下，称自己是常娟的丈夫。女管教之所以回拨这个电话，是想告知常娟一件事，于是问老秦是否方便提供常娟的号码。

老秦表示，有什么事可以直接讲。女管教说："常娟出狱前查问补交民事赔偿的程序，当时我很忙，没及时回复。最近监狱开展'服刑人员退赃认赔思想动员会'，我才想起这事，想跟她说一下。"

"她的案子还附带民事赔偿？"老秦问。

"有二十三万四千四百，她奶奶履行了五万，还剩十八万四千四百。"

老秦听到这个数字，立刻想到常娟索取的彩礼钱数，兴许常娟的出走和这案子有关，便对女管教讲述了他和常娟之间发生的事。女管教听完之后，说："糟了，可能情况不好。"两人相约当晚面聊。

两人约在商业街一家24小时营业的咖啡馆，女管教带着教改科同事一道前来，老秦已早早在那儿候着。三人碰面后，女管教先开口："常娟可能又做了傻事。"老秦询问具体情况，女管教让同事递上一份表格，上面详细记录着常娟的改造表现。

2007年4月9日，少管所女收押区303号常娟吞针34枚，给予严管两周，进学习班一周的决定。事件过程：该犯趁工间休息，从车间捡了几十枚废弃缝纫针，返回监舍后吞针自残。原因分析：悔罪情绪严重。

2008年1月12日，少管所女收押区303号常娟割腕，给予严管四周，进学习班两周的决定。事件过程：该犯趁收封时机，将犯号牌磨成刃器，企图割腕自杀。原因分析：悔罪情绪严重。

2010年11月19日，4监区202监舍服刑人员常娟有自杀情绪，严管三周，通知心理咨询科室进行危机干预。

……

满满一张纸，记录了常娟的8起自杀、自残事件。老秦将表格放下，问："她到底犯了什么案子，为何这么想死？"

女管教回答："我们针对常娟开过多次顽危犯攻坚会，她的心理原因还是在于缺失家庭温暖，犯罪原因也在于此。"

从管教口中，老秦得知了常娟案件的始末。

常娟的父母在一次车祸中双双丧生,她是被奶奶带大的。父母死后,她并没有获得赔偿,肇事者是个开拖拉机卖西瓜的贩子,毫无履行赔偿的经济能力。此人入狱几年,相关的民事赔偿一直拖到不了了之。肇事者家在相隔常娟家3公里的村镇,常娟16岁时,镇上的初中合并,常娟和肇事者的女儿进了同一所中学。那年奶奶心疼学费,决定不让她继续上学。辍学后她尾随一个女孩,将其杀害。那女孩回家要绕过一条200米长的田埂,旁边有一个野塘,常娟把她推下池塘,眼睁睁看着她淹死。常娟还找来竹竿,将死者的鞋子钩到岸上,穿走了。

警察根据往返脚印确定是他杀案件,并迅速破案,逮捕常娟。审讯过程中,常娟才知道自己杀错了人,撞死父母的肇事者的女儿叫黄芳,而她杀害的女孩叫王芳,她在学校打听时弄混了人名。而常娟穿走死者的鞋子,是因为作案当天是她的生日,被害人穿着名牌运动鞋,她想用来当作自己的生日礼物。

奶奶卖掉常娟父母的宅子,凑了5万元赔偿受害者家属,表达积极悔错的态度。常娟因犯案时尚未成年,最终获刑15年,附带民事赔偿23.44万元,剩余18.44万元一直未予履行。

常娟是2006年11月被送进少管所的,奶奶去探视过一次,给她带了5斤香肠、一摞手工缝制的鞋垫。

本来约定一年看常娟一次,谁知奶奶回家后不久便在门口摔了一跤,一直卧床不起。直到奶奶去世,常娟两个叔伯都没有送她就医。

管教民警去家访时也听村民说过这事,村民们认为,当年那地方要修高速公路,已划进征地范围,常娟叔伯盼着奶奶尽快咽气,老人也赌气,躺在床上拖到离世。

八

老秦说到这里,停了下来,狱警朋友给老秦续水,我在一旁问:

"那么找到常娟了没？"

"管教查了5月23日到10月的死亡证明，里面没有常娟的名字。她还调取了常娟的银行卡转账记录，发现有一笔18.44万元的款项汇入当年审理她案子的法院，财产刑履行完毕的证明都已经帮她取好了。"

这时，老秦不讲了，准备去一家饭馆做后厨油烟管道的保洁，他独自包了几家店的生意，苦是苦点儿，但钱挣得多。我和狱警朋友送他下楼，目送他骑着电动车迅速离开，那瘦削的背影很像电影《木乃伊》里的骷髅兵。

狱警朋友递给我一支烟，说："他还是不肯讲。"

"什么？"我不明所以。

"常娟在老家酒店住了一阵，穿着婚纱从酒店楼顶往下跳，人没死，但后脑勺被揭掉一块骨头，并发癫痫和半身瘫痪。警方根据她录在档案里的婚姻状况，查到老秦。现在人被老秦接手照顾了，两人名义上是夫妻。常娟的管教倪队长，还为他们组织过一些捐款。这些事儿，才是他不愿再讲的。"

我很震惊，狱警朋友转而又说："知道常娟为什么非要领完结婚证再办这些事吗？"

不等我回应，他便继续说："一个狱友教她的，那人专搞婚骗。领了证，那18.44万元就是合法的了；不领证，整件事肯定被定性为诈骗，钱还会被追回来。"

常娟想在自杀前把钱偿清、赎罪，却没想到后续这些煎熬的事情不得不由老秦承受。两趟死缓官司熬了过来，而这段婚姻，老秦怕是熬不过去了。

作者：夏 龙

*文中人名均为化名

世界上最喧哗的爱

一

"你是哪里人？"

每次我开口说话，就有陌生人好奇地问道。这个问题让我难以启齿。

我调慢自己讲话的速度说："我是来自日本的。"

他们恍然大悟，然后补充说："汉语讲得很好啊！只是觉得你口音不太像本地人而已。"类似这样的对话不知重复了多少回，虽然我早已习惯，但心中总是有一丝无奈感。

事实上，我是在中国"留学"的中国人。

这天下午，我坐校车到达医院，跟着同学来到耳鼻喉科室。诊室里，男女老幼的患者进进出出，我穿上白大褂，站在医生旁边，看他们与患者们交流，基本以视触诊为主。

我开始心神恍惚——这场景让我想起 21 年前，在妈妈怀里极配合医生检查的我。

医生的头上戴着圆形的反面镜，他靠近我的脸，发现光线不好，把侧面的黄色灯光靠近我，光线刺眼，我缩身眯起眼睛。灯光聚焦到我耳朵上，医生将他头上的反面镜调整到最佳角度，从我的耳轮到耳洞，一一检查。

20 世纪 90 年代，中国的大医院都很少有听力检查的设备，如脑干诱发电位等，更何况县城的小医院，医生只能用最简单的方式来测试我的听力。

检查了一段时间后，医生挠着头喃喃自语，我看见爸爸妈妈一脸绝望。

同学们进入门诊室，我回过神，意识到小组见习的交换时间到了。

我接着来到听力室，发现听力室对面，门口写着"人工耳蜗调机室"，我又开始恍惚，这种环境实在是熟悉。

狭窄的听力室里，挤满了大学生和护士，还有一位小患者。我们一群医学生隔着玻璃窗观察护士如何操作。

被测的小孩戴上耳机，手里握着小按钮，腼腆而紧张地接受听力测试。

测试的步骤很简单，听到声音按下按钮即可。护士坐在电脑前操作，电脑屏幕上出现了一条折线。小患者折线的位置，比我小时候看过的自己的折线还要高。

我好奇地问护士，听力多少分贝算是正常？护士说，正常听力一般都是在25分贝及以下，这位孩子在20分贝前后，是比较正常的。

根据世界卫生组织耳聋分级标准：正常听力是在25分贝及以下；轻度耳聋是26～40分贝；中度耳聋是41～55分贝；中重度耳聋是56～70分贝；重度耳聋是71～90分贝，也就是说听力测试时分贝数越大，折线的位置越低，听力越差。

我突然意识到，生活这么多年，做了那么多次听力测试，还不知道自己的听力是多少分贝。

晚上问爸妈，我才知道，自己当时左右耳的听力都是102分贝。

耳聋是什么样的感觉呢？40分贝左右的传导性耳聋相当于把无名指伸进外耳道，堵死，外界的声音明显听不清了，如果仔细听，还有那么一点儿"轰隆隆"的噪声——这是人体内的血液在血管里流动时发出的声音。

60 分贝的聋人，相当于站在电话座机旁，却听不到铃声响。

100 多分贝，则是你闭上眼睛后，会感到除了自己，仿佛世界上毫无生命存在，任何声音都是多余的。

二

我的父母出生于 20 世纪 60 年代。奶奶是一名小学校长，父亲作为家里的大儿子，奶奶对他要求很严格。父亲从小成绩优异，跳了很多级，十九岁时，父亲已从重点大学电子系毕业，此后去一所大学当了教授。

我母亲是家中的二女儿。当年，外公和外婆认为读书是多余的事情，更希望孩子们多分担家务，去田里做农活儿。母亲一放学就要帮家里做农活儿，直做到晚上，才有自己的时间去学习。

母亲坚持认为读书才是真正的出路。她偷偷看书被外婆发现，总挨打，但母亲性格执拗，最终考上了大学。

母亲所上的正是父亲任教的大学。母亲向我简单地介绍了当年的情况：年轻的父亲教书之余，还担任班主任，我母亲则在另外一个班。母亲回忆道，当时大家的印象中，父亲的性格非常古怪——戴着笨拙的黑框眼镜，总一个人抱着书吃饭，不爱和人交流，但精通各种知识。只是大家怎么都没想到，少言寡语的父亲竟然会给我母亲写了一封情书，还委托我母亲的班主任递给她。他们走到了一起。

母亲毕业后在银行工作，父亲则离开大学去了国家电网，同时还和朋友合伙开了个电脑公司。工作几年后，经济上安顿下来，他们打算生孩子。

那个孩子就是我。

在县城的一家医院里，母亲正承受着她有生以来最难以承受的疼痛，因为我就要出生了。

也许是我太顽皮，预产期我还在她的肚子里大闹天宫。听母亲说，每隔几分钟她就会感受到一次激烈的阵痛。来看望我母亲的朋友们把儿童节的礼物送过来，以盼望我的到来。可儿童节过后，我依然顽固地待在她的肚子里不肯出来，母亲已经筋疲力尽了。

几天后的凌晨时分，我终于来到了人间。

在产房门外等待多时的爸爸，激动得热泪盈眶。我生下来后，和其他孩子不一样，我总是笑，不爱哭。大家都喜欢逗我玩，开玩笑说你家女儿真好养。

有一次，表姐表哥带我去公园玩儿，想拍张照。我总是天真烂漫地一脸笑意，母亲突然想到个点子，拍张"哭"的照片吧。

拍照时，前方有一台相机，周围的大人们看着我。趁我不注意，妈妈狠狠地拍我屁股。也许是因为受到惊吓，我表情渐渐僵硬，最后终于大哭起来，大人们都哈哈大笑。几年后，亲戚们还笑着说，那张记录那一瞬间的照片非常难得。

妈妈说，那时候她过的正是理想中的生活，她非常幸福。

三

我一岁那年，妈妈的幸福生活被毫不留情地打破了。

刚出生的我很少哭，是个安安静静的婴儿。有一次，我突然发起高烧，烧到40多摄氏度，哭闹很严重，爸妈都吓坏了，赶紧把我抱到附近的门诊部，打了庆大霉素。

几天后，高烧总算是退了。接下来的日子，一切都显得那么正常，我依然还是爱笑的乖女孩，看起来没有什么不对劲的地方。

1997年，为了庆祝香港回归，家里招待亲戚一起欢腾。当时我被舅舅们抱得高高的，我哈哈大笑。

随后大家跑到屋外放鞭炮。我走路不太稳，慢慢走到鞭炮源头旁边，大人们正要点火，才发现我离他们太近了。有人赶紧跑过来尝试捂住我的小耳朵，怕我被响亮的鞭炮声惊吓到；但响声已起，还是没来得及捂住我的耳朵。

大家都认为我会大哭，但我没有，还是一副无动于衷的样子，眼睛好奇地盯着未灭的火花。

我对鞭炮声毫无反应，这让爸妈开始觉得不对劲，决定带我到医院。在医院里，为了确认我的听力是否有问题，医生在我的背后拼命地摇铃铛，在我耳边使劲地拍巴掌，可我依旧是自顾自地盯着前方，毫不理会。

世界好像睡着了一样寂静。不管是谁喊我，声音再大，都没有作用，我只能眼巴巴地看着人们的嘴巴在空气中动来动去。幼年的我还不知道，原来人们是通过声音交流的。

医生说我听力很差，病情非常严重。妈妈听了后，觉得整个世界要塌了。

长大后，父母说起小时候带我求医问药的艰辛事。他们到处借钱、寻医问药，亲戚们帮我打听能治好耳朵的医生。爸妈带我去了福州、北京、上海、大连、哈尔滨，拜访了一遍人们口中说的最好的医生。然而，所有为我看诊的医生都说我的耳朵无药可救。有的医生无奈地看着我爸妈说，还是找其他更好的医生吧，我们这边解决不了，便把诊断单丢给他们；有的医生会随便开个药，叫我们赶紧拿药离开。

有一次，妈妈带我去大连看病。当时正值寒冷的冬天，妈妈披着大衣，把厚毯子一层一层地围在我身上。她紧紧抱着我，走在大雪飘落的路上。大雪挡住了视线，她不小心地在雪地上摔了一跤，被厚毯子裹着的我在雪路上滑了好几米。

妈妈着急地站起来，跑过来看看我有没有受伤。看着我依然睡得很香，抱头大哭："为什么会这样，为什么！"

父母抱着最后一丝希望，来到北京的一家大医院。

经过精密检查，医生写了个权威的诊断书——神经传导性耳聋，双耳重度耳聋。爸妈依旧不愿相信眼前的事实，半天才鼓起勇气问："孩子的耳朵还有治好的希望吗？"

那位医生耐心而诚恳地说："目前来说，国内最好的医生也解决不了耳聋。近年来国外好像有成功的案例，但那个是第一次成功的，总体来说成功率还是非常非常低。她以后只能上聋哑学校了，让她学手语吧。我们真的救不了你们。"

医生的话好像一把无情的剑刺中爸妈的心，他们来不及思考就痛彻心扉。

然而，妈妈怀抱中的我，对这一切浑然不觉，嘻嘻笑了起来。

四

妈妈不愿就此放弃。她在得知被称为"中国的海伦·凯勒"的聋哑人周婷婷，不但上了大学，还顺利毕业后，觉得自己的孩子也是有希望的。

爸爸则用电脑疯狂地查资料，得知人工耳蜗能使重度耳聋患者重获声音，但需要做过精密的手术后才可以佩戴。在1997年，只有澳大利亚、美国和日本，能做使重度耳聋患者获得听觉的手术。

于是，父母重新定制了人生计划——辞掉工作，一起去日本留学，让我做手术，戴上人工耳蜗，把我培养成正常的孩子。

两岁的我先被寄放在外婆家，我还不会说话，只能用幼小的手比画一下想要的东西，比如柜子上的饼干。如果对方拿的是旁边的玩具，我会暴躁起来，哭闹、摔东西。

三岁时，妈妈从日本回来看我，给我配上了人生第一个助听器。

突然，我听到了声音。但对当时的我来说，一切都是噪声。就像出生后的婴儿，注定被关在漆黑一团、伸手不见五指的笼子里，生活了1000多天后，突然出现一道光线，对于长期待在黑暗中的人会产生极大的刺激。

人的瞳孔有自动调节能力，或许还可以马上适应，但耳朵不像瞳孔有自动调节能力。如果助听器没有塞好，它会自动发出刺耳高音："哔、哔、哔——"仿佛它会刺破鼓膜。

"好吵啊！好吵啊！"

我无声地咆哮，抓自己的耳朵，粗鲁地摘掉妈妈辛苦挣钱买来的助听器。我不肯戴，宁愿一直待在无音环境中。

为了让我适应，妈妈带我离开了家乡，安排我住进中国福州聋哑寄宿学校。

有了助听器后，我便开始学习说话。第一次跟老师学发音，说数字 1、2、3。有一天，老师问我，你几岁了。我便拿出 3 根手指做出 OK 的手势，慢慢地说出 "san"。

那是我人生中第一次会用语言交流。知道我能说出话以后，父母都乐坏了。过了不久，我又学会说出 "爸爸、妈妈"。父母听到我说话后看到希望，他们更不愿放弃了。

寄宿生涯中，我不记得自己能说多少单词。我会的词语不多，发音不清晰，也不能说出完整的句子。

五

1999 年，四岁的我第一次坐飞机来到日本，爸爸在机场接我，还把我高高抱起来。在我来之前，父亲住在日本福井县，没有任何熟人，他边学专业课边学日语。20 世纪 90 年代，日本的物价比中国贵很多，他只得用奖学金租个矮小的旧房间。

为了省钱，他一年两件衬衣交换着穿，皮鞋都穿出皱纹，每天只花 100 日元来应付饮食，都是吃些毫无营养的素面。

福井是一座小城市，靠近日本海，冬天的气温非常低。零下十几摄氏度的晚上，父亲仅靠一层毯子和小电炉取暖，睡觉的时候由于太冷，父亲像哆啦 A 梦一样钻进储柜里睡觉。

长大后，我看到家里的毯子有一块烧焦的痕迹，问母亲这是怎么回事，为什么还留着。母亲轻声细语地告诉我一切。父亲独自一人在日本过的那些苦日子，都浓缩在那块焦痕中。

　　不久，母亲成功申请到父亲所在的大学读硕士。但他们并未住在一起，而是和其他留学生一起合租。她省吃俭用，白天啃日语书，晚上就在便当工厂打工。工作到深夜，还可以得到一些快过期的便当，这样她就不用为吃的愁眉苦脸。

　　为了让我在日本生活得好一些，父母攒下奖学金、打工的钱和省下的钱，从小房间搬了出去，租了一间有厨房有客厅的公寓。我们开始了真正意义上的一家三口的生活。

　　在公寓旁边，有一所聋哑学校附属的幼儿园，大多数同学是轻度聋儿。恰好，我来日本的年纪，四岁，是日本小孩刚刚开始正式学单词的时期。

　　我第一个会说的日语是"まって"，意思是"等等我"。我已不记得当时是如何学习到的，或许，我只是不想被人们落下不管。

　　有时候，幼儿园外的聋人中学生会过来陪我们一起玩，那是我第一次接触手语——那也是她们唯一的交流方式。其中，有两位姐姐对我非常好，经常带我去超市里的小乐园玩游戏、吃饭、买零食，还贴心地写了字条说明如何做日本客家菜——日式汉堡肉饼和天妇罗给我母亲看。

　　日本的幼儿园会安排野餐活动，这时需要母亲做便当。大多数时候，母亲在日本还是选择做中国菜。但为了让我融进去，母亲开始认真向二位姐姐学习做便当。

　　日本女性做家务往往比较细心，比如做汉堡肉饼就需要复杂的前期准备，但妈妈常常忽视那些对她来说不重要的部分，几乎没有做过像样的汉堡肉饼。妈妈自嘲，说她不像其他日本妈妈做那么可爱的便当，常常对幼年的我道歉。

"*だいじょうぶ*（没关系），妈妈，您做的任何菜都好吃。"

当时我还不能这么表达，因为我还不会说。

六

不久，父亲博士毕业，他导师介绍他去一家医用电子株式会社工作，总部在 600 多公里之外的神户兵库县。

有一天，爸爸租了辆车，说要带我们去旅行。当时的我不知道去哪儿，但就是很兴奋。坐上车的后座，我看着路边的风景，就不知不觉睡着了，一觉醒来发现外面已经天暗了。

我们到了神户。父亲开了两天一夜车，把车停在公安局门口的停车场。父亲带着我下车，路过公安局的门口，走进一座 5 层的小公寓。

我们爬到顶层，用钥匙打开门，咔嚓一声，父亲跟我说："这就是我们的新家，我们以后住这里。"

我的瞳孔一瞬间放大了，惊讶地抬头看着爸爸，他会心一笑。要知道，在我的童年记忆中，父亲是寡言少语的。那天晚上，我们在阳台看明石海峡大桥在远处闪闪发光，是彩色的。

来到神户后，我迅速适应了新生活。每天坐妈妈自行车的后座——小孩的专属座位，去 3 公里之外的普通幼儿园。刚从大学毕业的母亲也有了新工作，和父亲就职于同一家公司。为了能早点儿回来煮饭教子，她拒绝了上司的邀请——升级正社员。

为了让我更好地学习中文，妈妈注册了收费的中文电视台，每天坚持把节目录到盒式录音磁带里。妈妈下班一回家，就会陪我把录下来的节目一起看完，翻开从中国买回来的拼音书，一个一个地教我发音。她从百元店买了白板回来挂在客厅墙壁上，客厅中间有一把椅子，妈妈让我坐在椅子上，客厅秒变小教室。

妈妈站在白板前念道："che。"

"se。"

"不对，仔细听我的，che。"

"se。"

妈妈靠近我的脸，拿起我的手靠近她嘴边，无声地说："che。"我的手可以感受到从她嘴中吐出了气体，她是想教我要达到这个效果。

不管我有没有讲对，妈妈一直没有放弃，一定要教到我完全掌握怎么正确地发音为止。

比如说"r"需要卷舌头，妈妈会做个动作给我看。妈妈让我通过看和接触的方式，使我慢慢理解如何发声。

我不认真，妈妈会打我手；我想放弃，妈妈也会打我屁股。只有我说对了，妈妈才会开心地夸我。

妈妈教育我特别严厉，犹如虎妈；但如果没有她，可能现在我说话还是不三不四的。

高一的时候，妈妈曾经给我写了一封信说，其实她打我一顿，心里就会心疼一次。骂我、打我都是希望我能讲好话，希望以后我不会被欺负、过痛苦的一生。

"不要依靠政府来养你，而是要学会自己养活自己。"

"即使以后在日本生活，也绝对不能忘记母语，因为我们是中国人。"

七

一天，妈妈接到了电话，开始讲起中文，那是来自中国的长途电话。突然，妈妈在我眼前崩溃下来。我跑过去，发现妈妈已是泪流满面。

我当时什么也不知道。等她挂完电话后，我带着哭腔问："妈妈，妈妈，到底怎么啦？"

"小孩不要懂大人的事情。"

我一无所知，只是不忍心我妈妈哭得那么伤心。我急坏了，扑在她怀里，跟着妈妈大哭起来。

"是谁打的电话害我妈妈那么伤心？到底发生了什么？爸爸呢？爸爸在哪里？爸爸快点儿回来！"

我跑去客厅的窗口打开窗户，往外面嘶喊："爸爸！爸爸你在哪里！爸爸你回来！"

窗外下面是车水马龙的国道，我也不知道我的声音会不会有人听见。妈妈赶紧抱着我，往屋里走。

2000 年，父母在日本生下了妹妹。以当时他们的经济情况和精力，养不了两个孩子。妹妹生下不久，母亲带着她回到中国，由外婆来带。他们打算等到父亲工作稳定后，再把妹妹接回来。

刚过完周岁的妹妹，很喜欢到处乱摸，一摸到东西就往嘴里放。一次，妹妹抓住桌上的花生米往嘴里塞，不小心呛了一下，卡在喉咙里。尽管叫了救护车，也没能抢救过来。

母亲当初为此泣不成声。

我只知道，那天我嘶喊哭泣的行为一直留在心里无法忘却。的确，那时从我小小的心中萌生出英雄主义，是发自内心的喊声——想知道情况，想保护妈妈，但我什么都听不懂、听不见——这是多么痛苦的一件事情。

假如当时我能听懂电话中的内容，我就会懂得安慰妈妈，而不是随便对外乱喊乱叫，不会更加让妈妈悲恸欲绝。从那以后，我更加努力地一遍一遍地跟着妈妈读单词，直到读正确为止。

一次傍晚从幼儿园出来，看到妈妈推着自行车过来，我爬上后座。从幼儿园到家需要上个小坡，坐在后座看着妈妈背后，我却能感觉她骑得气喘吁吁。

终于骑到桥上，再经过一座桥和小坡路，就会看到明石西公园。

妈妈停了下来，望着桥下的小河，我依然坐在座位上。然后，我看到妈妈用手指着什么。

妈妈调整了车的位置，把后座靠近了桥的栏杆，好让坐在"王座"的我能看到妈妈指的地方。那里有一只乌龟在慢吞吞地划水。

不久，一只白鹭飞了过来，我激动地指着远方说："哇，妈妈，那个！"

这一次，妈妈没有修正我的发音。我看着妈妈，她脸上露出慈祥的笑容。仔细一看，妈妈的眼角出现了不少皱纹，沧桑了许多。

八

过完五岁生日，父母带我去西宫市的兵库医科大学，看了几次门诊、做完听力检查后，我的人工耳蜗手术定在 2001 年 10 月。

每一次做重大决定，父母都非常慎重：哪个医院可以做人工耳蜗，日本的医疗制度、手术经费、保险问题等。留学时期，他们已经了解得很透彻。

手术前，医生叫父母签手术同意书，并提示，这次手术含有很大的风险：很有可能伤到面部神经导致面瘫。即使在科技发达的日本，人工耳蜗手术的成功率还未达到 70%。

面对医生的忠告，母亲忧心忡忡，签字时，她的手无法控制地颤抖。

为了我的医疗费和以后的学费，父母平时过得非常简朴。尤其是我父亲，几乎不为自己花多余的钱，骑行 15 公里去公司上班，午餐吃自己做的便当，一年四季轮换着穿三套西装，除书籍外，他很少为自己消费。

但为了让我开心，他们会慷慨地买下我喜欢的东西。比如为我买了《プリキュア（光之美少女）》的图绘本和剪纸本。即使反对快餐，但为了满足我的小小心愿，他们还是常带我去吃。一看到我获得玩具时的喜眉笑眼，父母都拿我没办法。

住院期间，同一个房间有 6 个人，其中只有我是小孩。即使有母亲的陪同，但大多数时间依旧很无聊。我很牵挂 9 楼——每次坐电梯停在 9 楼时，从电梯里能看到门口有个小游乐场，里面有很多同龄的小孩子在玩——后来才知道 9 楼是儿科。

幼年的我天真地以为，那层是医院唯一的游乐场。好几次坐电梯，我想直接去 9 楼，但大人们牵着我的手说不要乱跑。因此每当护士来确认点滴情况时，我都抓着护士姐姐的手，求她带我去 9 楼找小朋友玩。

她笑着说："下次哦，下次带你下去玩。"

恳求了几次后，终于有机会来到 9 楼，那是第一次，也是最后一次。

那天下午，在护士姐姐的引导下，母亲牵着我来到 9 楼的游乐场。护士跟我妈妈说了一些注意事项：能让我玩到几点，要记得及时回病房做术前检查等。母亲点点头。护士姐姐蹲下来跟我说："要玩得开心哦。"说完后便离开了。我小心翼翼地进去，看到房间里摆放着各种玩具和儿童书，甚至还有两台任天堂的游戏机。

房间里只有我一个小孩，不久，终于来了个小朋友。一个戴着针织帽的白皮肤小男孩走进来，他母亲还冲我们打招呼。我心花怒放，拿起游戏机看着小男孩，他领会到我的意思。他妈妈教我怎么操作游戏机后，我和小男孩一起玩马里奥。那是我第一次接触电子游戏，我觉得很刺激。

玩得正欢快的时候，屏幕里的伙伴没有跟上来，往身边一看，小男孩放下游戏机，脸色有点儿苍白，他的母亲跟我们道歉说："到了要回病房的时间了。"

离开前，小男孩笑着跟我说："楽しかった、また遊ぼうね（玩得很开心，我们下次再一起玩哦）。"

我大概在游乐场里待了十几分钟。看到小男孩离开，我跟妈妈说："我们也回病房吧。"

9楼，好像也不是一个我曾以为任何小朋友都可以去玩的地方。这时候我意识到，跟疾病斗争的孩子，不是只有我一个。

手术前，我打完麻药，动弹不得，但被推进手术室前还保留着模糊的意识。我在病室躺着，主治医生、护士和爸妈都站在我面前，和我说"要加油"。我手上紧紧握着《光之美少女》图绘本，然后交给爸妈，冲他们点点头。

不久，我被推进手术台专用的电梯，我使劲睁着眼睛，模糊地看到爸妈站在电梯门口，爸爸抱着妈妈的肩膀，妈妈用手帕捂着自己的脸。电梯门要关起来的那一刻，妈妈还是没忍住，哭了出来。脑袋的蒙眬状态使我有个错觉——我可能会死掉。

我是谁，我在哪里，我要去哪里？我不恐惧，而是茫茫未知。

离开电梯后，依然能感受到车轮在动，车轮的震动传导到我后背。我想象过，手术室门是自动门，但实际是一条一条的帘子门。经过淡蓝色的帘子后，我被推进手术室，一道刺眼的光照进我的眼睛，应该是手术灯。

灯光太闪，我眯起了眼，感受到医生戴着的塑料手套碰到我的耳朵，最后我彻底失去意识，进入了梦乡。

我醒来时，人已经在病室里，头部一阵阵痛，身体还不听使唤。我慢慢抬起手腕，摸着头部，发现有一层一层纱布围着。

经过一周的休养后，母亲带我去人工耳蜗调机室，心之向往的一刻要到来了。

经过听力测试——测最小、最低、最高的声音后，人工耳蜗就配好了。

打开开关的那一刻——仿佛在死寂的湖边，突然一群鱼在湖中跳来跳去，湖面出现了各种半圆形的波纹。

2001年秋天，我人生中出现了新的"生命力"。

看着我表面上没有反应，医生暂停了跟我母亲的谈话，担心地问道："怎么样？"

空调吹风的声音、医生桌子上时钟的嘀嗒嘀嗒声、走廊的走路声。"聴こえる！どうしよう、なんでも聴こえる！（我能听到！怎么办？我什么都能听到！）"似乎一切都很不真实。没想到"声音"原来这么好听，没想到"音乐"这么动听。

医生看到我的反应，大笑起来。

九

2018年4月，由于紧张，外科手术基本操作这门考试我没有考好。想到平时练了那么久，我心情很低落。

那天晚上开班会，同学们一起看与中国文化有关的视频。作为去哪都缺乏身份认同感的"国际人"，我常常感到和班里同学格格不入，悲伤的情绪突然涌入心头。

这时，我心中萌生出了一个想法：打开微信和爸爸说，今晚我们可以视频吗？

虽然母亲和我最亲密，但那天晚上我不敢面对母亲。父亲一直都很理解我，起码他不会说很难听的话。

我离开座位，穿过后门走出教室，站在教学楼昏暗的走廊里，呼叫我父亲。

"喂，宝贝，畹莹。"

我慢慢和爸爸聊起最近发生的事情，包括聊到上午考试可能考砸的事。

说到这里，眼泪已经在我的眼眶中打转，为了不哭出来，我昂头看着月明星稀的夜空。

我甚至说出了一句话："我觉得我不适合当医生，和普通孩子比起来我真的就是个学渣。"

父亲说："你仔细想想，你小时候为什么那么想当医生呢？"

过了两天，妈妈知道了我的困惑，在微信里给我发来一段话：

"任何人要想做成一件事情都是不容易的。就拿你的父母做例子，为了给你治病，放弃了在中国优越的工作条件，来到日本。一分耕耘，一分收获。虽然我们来日本比在中国工作辛苦，但是最大的收获就是把你培养成跟正常人差不多。我每次跟你提这些，是想要告诉你，你付出多少就能收获多少。第一次在医院查出你耳聋的时候，我们唯一的希望就是能听到你会叫一声爸爸、妈妈，哪里敢奢望你能上大学？所以人的潜力很大，只要你努力了。"

2018 年 5 月 27 日，我第一次见习外科，有幸进入手术室，学习的是麻醉。

看到一位不到两岁的小患者被抱进来，又从护士那里听到他做的是人工耳蜗手术时，我心里特别震惊。没想到仅仅 16 年后，我能作为医学生看到自己做过的手术。

我心里默默为小男孩加油。

路上我在校车上，默默连上蓝牙耳机，听 SEKAI NO OWARI 的 *sasanqua*：

夢を追う君へ（想告诉追梦的你）

思い出して、つまずいたなら、いつだって（处境艰难的时候，记得想起来，不管什么时候）

……

僕は知ってるよ（我一直都知道）

誰よりも君が（你比谁都要耀眼的）

一番輝いてる瞬間を（那个瞬间）

作者：曾畹莹

和兔子一起长大的女孩

一

我叫程喜喜，今年 23 岁了，出生就患有怪病。照医生的话，我活不到 10 岁，可是我又多活了 13 年。我在胶东半岛外婆的老家长大，除了外公和外婆，20 多年来陪伴我的，是一只小白兔和它的孩子们。

我一出生，样子就特别吓人，浑身如海蜇般没有筋骨，抱也抱不住、提也提不起，据说护士吓得一直惊叫不已。妈妈用被子将自己严严实实捂起来，离我远远的；爸爸惊慌失措，吓得直往后退。

他们认为我是丧门星，是不祥之物，两人不给我起名字，不准我随爸爸的姓，甚至要将我留给医院做实验用。

我连妈妈的一口奶都没喝到，他们就逃命似的，跑回城里了。

幸好外婆和外公救了我一命。两个老人赶到产房，轻轻将我端起来，柔声地哄着我，将我带回家，给我取名"喜喜"。

外婆牵回一头哺乳期的母羊，挤奶给我喝。外公抱来一只小白兔和我做伴，它有红红的眼睛，通身洁白细腻的毛。外婆给它取名"小白"。她将小白抱到炕上，用它的体温，暖着我冰凉的手脚。

小白是我唯一的伙伴，它陪我一点点长大。当我的手有抓、握能力时，我先抓住的是小白的大耳朵。

外婆的老家是一个穷乡僻壤的地方，缺医少药，老两口是抱着治好我的心愿回去的，可是最近的医院，也在 30 里外的乡里。两个年过半百的老人不辞辛劳，轮流带我跑医院，抓些中草药偏方治疗。

有医院给出诊断说我是软骨病，也有说是先天性瘫痪，既不能确诊又非常笼统。但他们统一的口径是，胎里带来的先天性疾病，治愈率是很小的。而我严重缺钙，是一个不容置疑的事实，最好多吃有钙质的食物。

幸好外婆家就在海边，新鲜鱼虾有的是，鱼肉、虾肉我总吃不够。每天，我被外公抱出来，在院子里晒太阳，小白也一蹦一跳地跟出来，陪我晒太阳。我在躺椅上，摊着身体盖着毯子，毯子一角垂下来，被小白啃去了。

外婆生气地拍它的小屁股，我嘎嘎笑得乐不可支，小白一蹦一跳地躲到我的躺椅下面。

4 岁时，我可以坐起来了。虽然身体有一些支撑力，但神经触觉还很迟钝。外婆将盐水擦在我的脚丫和手指上，小白天天都舔我的手指和脚丫。手指和脚丫上的淡淡咸味，小白似乎很喜欢，天天都舔不够。味道被它舔淡了，外婆再给我擦上，它又乐滋滋地舔着……粉色的小舌头，一闪一闪地在我的脚丫上，如同火苗跳跃。

外公外婆的精心照顾，竟让我的病情有了好转。

渐渐地，我的手指尖和脚丫尖，有了痒痒的奇怪感觉。一丝丝热流，就随着阵阵痒痒的感觉，往胳膊上和腿上涌来。

那里好像有一条条小虫在蠕动爬行，直到后来它们有了疼痛感。

那天，外婆上炕拴蚊帐杆，杆子不小心落到我腿上。我哎哟一声喊疼，外婆愣住了，突然，她哭着抱紧我："我的小喜喜哟，你活过来喽，活过来喽！"

有了疼痛感后，我的身体慢慢恢复弹性，松垮垮的皮肤紧致了，骨骼也坚实起来。外婆将我抱到小母羊身上，我抓紧它的耳朵，居然也能稳妥妥地坐住了，没有摔下来。

就这样，我一天天好起来，也一天天成长起来。外婆常常对我说："我的小喜喜呀，你活着有命是福分，你不傻还聪明是福分，你的小模样招人疼爱和喜欢也是福分！"我对外婆说："姥妈妈，我有您，才是最大的福分！""哎哟，一声姥妈妈，听得我比吃蜜都甜哪！"

外婆说，我很早就开始学说话，七八个月时就要叫"姥姥"了。因为有难度，后来叫着叫着，就叫成"姥妈妈"了，并且一直沿用至今。

二

外公说，喜喜这孩子虽有残疾，却心智健全，不读书可惜了。于是，我开始跟着外公学写字，书本是外公从邻居家的孩子那里借来的。

一开始学写字，我手腕的力量极其微小。手里的笔常常滑落，外婆将铅笔绑在我手指上。外公说，这样不行，写出来的字不标准，不能用这个办法。

为了捡起掉落的笔，我还训练过小白，却始终没有训练成功。

外公将我抱到院子里，找来树枝，在土上练习写字。一横一撇划拉着树枝，这样既可以锻炼手腕，也能使手掌的握力渐渐增强。

之后，外公又给我买来小黑板和粉笔，他监督我分别用左右手拿着粉笔在黑板上写字。我用右手写时，还好一点儿，用左手时竖写成横、横又写成竖。我不得不反反复复练习，粉笔总是掉落，外公在旁监视，令我既气又怕。为早日摆脱外公，我下大力气，咬牙坚持。捏笔的手指被磨得生疼，硬生生磨掉一块细嫩的指皮。直到后来我的左右手都可以流利地在黑板上写字了，再拿笔书写时就自然得多了。

有一天，我趴在被垛上一遍遍地写字。突然回头看，天哪，小白在啃咬书本。我大喊外公："小白把人家的书吃了，怎么办哪？"外公从它嘴里夺过书，哈哈笑着打趣说："瞧瞧我们家小白，向喜喜学习，啃书本学知识呢，哈哈哈……"

小白是为了磨牙才啃书本的。它啃的是书本的装订部分，那里是最硬的。被小白啃过的、有牙印的书，邻居的孩子不要了，我保存了好久。识了不少字后，外公叫我将小白啃书的故事写下来。于是，我断断续续写完我的处女作《小白啃书的故事》，外公很满意。

7岁半的我，听着窗外、门外孩子们上学的脚步声，再也坐不住了。起初我叫外公抱我下地，学着小白的样子，四爪着地练习爬行。我的双膝跪在地上，双手拖着身体前行，两个膝盖磨得生疼生疼的。但我硬是不吭声，天天练习，手掌上磨起一层厚厚的老茧。

1年之后，我已经爬得很顺溜了。外公用木板，再加上四个小轮子，给我做了个简易小车。

我将身体放在小车上，用双手在地上滑动，从小心翼翼到想多快就多快地向前滑动。我滑着小滑车，随外公去村小学报名，老师和校长都出来看我，询问我一些问题，我都对答如流。他们问我能坚持天天来上学吗，我响亮地回答："能！"

三

小学一年级寒假，父母带着我的弟弟来外婆家看望我们。我很怯生，无法面对他们。看我长得这么好，我爸妈有愧疚之色，和我假惺惺地打着招呼、问着好。他们一包包往外拿礼物，把给我买的新衣服，一件件朝我身上比画着。比我小1岁的弟弟，调皮地在外婆家院子里跑来跑去。

妈妈试图伸手抱我，我不由自主地往后躲，怀里小白的眼神也是怯生生的。妈妈说："它太脏了，快放下它，别把细菌弄身上。"弟弟跑进屋时，猛然打了小白一下，我喝问："你干什么打小白？""哼，怎么了，我就打，就打！"说着他又伸手过来，我当即用手把他挡回去，他哭起来："妈妈，这个残疾人打我！"外婆不高兴了："这个孩子怎么说话呢？"妈妈和外婆吵起来，母女俩一人护着一个孩子，互不相让。

妈妈嫌弃小白，弟弟欺负小白，我很难过。可是最刺痛我的，是弟弟不叫我"姐姐"，反而叫我"残疾人"。据说，爸爸在城里的家中就是这样称呼我的，于是弟弟就这样有意无意地把"残疾人"说出了口。而妈妈也没有劝阻的意思。我能感觉得到，她很欣赏、喜欢她的儿子，对我是一种俯视的眼光，可怜我，居高临下离我很遥远。他们不来还好，每次一来，就更生分。

每次他们一走，外婆就安慰我一番，我还要抚慰小白。村里好多人都知道，我是一个被爸妈抛弃的孩子，没办法才长在外婆家。

我从来都没进过那个所谓的家。

有一次父母提出，想带我回城里读书，可是我和外公外婆都不愿意，他们立刻就应允，头也不回地走掉了。那时，我分明看见两人的眼神中闪烁着侥幸和喜悦。外婆说："姥妈妈活一天，就不能与你分开一天，喜喜懂。"

外公为我买了两副拐杖，他希望我再进一步，站起来，拄拐行走。那时我的身高已经有 1.5 米，从地上一下子直立起来，非常不适应。我感觉眩晕、飘忽、脚下无根，害怕一头栽下去。我一步步撑拐挪动，小白跟在我周围撒欢，似乎对我喊着："快走，往前大步走吧！"

有一次，我没有掌握好平衡，挪步时栽倒了，头部不偏不倚地砸在小白身上。在我耳边，有惊心动魄的咔嚓声响起。那是小白骨头断裂的声音。我的头部和面部只有轻微的擦伤，是小白挡住了我。它的大腿骨骨折了，我的左腿腓骨骨折了，我抱着小白一起住院。

我做接骨手术；外公给小白找兽医，也做接骨手术。这是我强烈要求的，兽医鄙夷地说："切，一只兔子，至于吗？正好炖一锅肉，给小姑娘补补。"我大声呵斥他："你不是兽医吗？你不是为了挣钱吗？我给你钱的。"病床上我的腿部打着石膏，缠着绷带，小白也用绷带缠着小夹板。它安静地躺在我怀里养伤，偶尔会因为疼痛身体抽搐。我流着泪对它说："小白，对不起，你快快好起来吧！等我好了，我要好好练习拄拐走路，不能辜负你对我的付出。"养伤的它，也只能吃草吃菜，但吃得很少，我心疼极了。

腿伤痊愈后，我经过3个多月的锻炼，应验了外公的"再进一步"。我终于可以拄拐走路了，而小白也能蹦蹦跳跳了。它不会说不会笑，却仰着脸用红红的眼睛紧紧盯着我。

拐杖上的我，身高也在疯长着，亭亭玉立。总觉得小白还与小时候一样，一点儿都没有变。

六年级寒假的那个小年夜，外婆包了白菜猪肉馅饺子，外公炒了好几个菜。

小白甩着长长的耳朵，在桌子底下钻来钻去。自从它骨折后，腿部行动迟缓，表达快乐的方式改成甩耳朵了。等外婆的饺子端上来，一直吃草吃菜的小白，使劲耸动着鼻子，它闻到饺子的香味了。外婆说："过年了，让小白也吃个饺子吧！"

外婆喂它一个，它吃完后，又竖着耳朵伸长脖子，我顺手又喂给它一个。第二天一早，小白竟直挺挺地躺在地上，永远闭上了那双眼睛。

四

小白走后，我陷入久久的悲伤。大约有好多年，我不敢再吃饺子，尤其是猪肉白菜馅的。每到小年前后，我都会跑到埋葬小白的大槐树下，伫立很久。外婆先后抱回几只与小白一模一样的白兔，但那只是皮囊相似，它们并不是真正的小白。看到我不理它们，外婆将它们抱走，送还给主人家。我唯一可以排遣对小白思念的做法，就是不停地书写，记录下我和小白的往事。

上中学后，我写小白和童年的故事，屡屡荣获写作大奖。班里有一个同学，家里是养兔大户，他叫奇胜。他说读我和小白的文章很感动，如果我喜欢可以送我很多白兔。我不禁想到外婆抱来的几只白兔，摇摇头，向他表示感谢。他说不是送给我，而是让我去他家养殖场自选。他这么一说，我还真动了心，挂着拐杖跟奇胜去了。

他家的确有一个规模很大的养殖场。一排排宽敞明亮的兔舍，干净整洁。我在标有"美国獭兔"区停下了。每一只兔子都越看越像小白，小白小时候、小白长大时……有一只卧在角落，一下子勾起我的伤感。这不是受伤后的小白吗？我要伸手抱起它，奇胜告诉我这不是小白，这是一只老年獭兔。它没有病，仅仅是年老体弱，不愿意动弹了。

我问它多大年龄了，奇胜说它12岁了。他问我："你家小白多大年龄走的？"我说："小白在我家生活了11年。"奇胜用一个字"走"，而不是说"死"，我差点儿落泪。

之后，奇胜常常带我来这里。在众多的"小白"面前，我踏实又欣慰。它们不会说话，没有一点儿声音，但我看着它们的眼睛，脑海中就浮现出小白过去的一幕幕。奇胜递上纸巾，拍拍我的肩以示安慰。奇胜与我探讨，说我家外公外婆年纪大了，种地太辛苦了，不如叫两位老人饲养兔子。我回去将奇胜的事情告诉外公外婆。外婆说："我们可以试试。"外公也表示同意，两位老人决定先养几只种兔，看看结果如何。

星期天，奇胜将八只种兔送到外婆家，我们招待他吃午饭。下午，奇胜给外公外婆讲解养兔的注意事项。我捧着种兔爱不释手。我高兴地喊着："它们都是小白的孩子，小白是它们的爸爸，小白还会有子孙万代的。"奇胜问："那你是谁呀？""我是小白的姐姐哟！""哦，那你是小白子孙后代的祖奶奶了！"

学校里传出我和奇胜早恋的风声，我告诉外婆，外婆含笑说："怕什么呀？我和你外公还早恋呢，娃娃亲七八岁就开始喽！两个人有缘分，越早越好、越早越亲。"

尽管我在学校的成绩很好，还是有不少人在怪怪地看着我。甚至有人认为，我不该来上学，更不该成绩拔尖。尤其那些成绩和我不相上下的人，见我考好了，就背后说我坏话。慢慢地，我有了"女怪胎"的绰号，谁一不高兴了，就会找几个人喊"女怪胎"。我哭过、找过老师，老师都以"我批评他们"打着哈哈糊弄过去了。

现在，我和奇胜关系好，更是惹怒了这些人。有关我们的风言风语很多，"健康帅哥爱上一个残疾女孩子，脑子进水了吧？""她程喜喜有什么好？连她父母都不要她了，奇胜还像捡个宝似的，不知图什么！"

事情很快传到奇胜父母那里，他的父母提出要见见我。奇胜告诉我，他父母是通情达理的人，鼓励我要坦然面对。我很害怕，和他商议，能否先别说男女朋友关系，仅仅是同学和养殖户的业务关系。他答应了，有了这个底线，我觉得轻松些了，拄着双拐去见面。结果，奇胜的妈妈当场说喜欢我。他父母告诉我，奇胜早就将我的事儿讲给他们听了，他们早就对我有好印象了。他们还说，因为有我，奇胜改变了很多。后来，我和奇胜都考上了山东某大学的畜牧专业，他的父母包了我大学期间的学费。

2017 年，我和奇胜订婚。奇胜家为我购买了昂贵的双腿支架。我终于扔掉双拐。支架穿在裤子里面，行走自如，谁也看不出我曾经是个瘫痪女孩。

作者：陈玉梅

*文中人名均为化名

婚事价格

一

傍晚时，许霞终于等来了敲门声，她快步从屋里出来，横穿院子，走去大门口。她开了门，发现是快递到了。她刚看到"大学录取通知书"的字样就笑了。里面的东西还挺多的，她仔细盘点一遍，不光有录取通知书、各种宣传单，还有一张电话卡。

2015 年，许霞的高考成绩超过一本分数线 40 多分，顺利考上重点大学。自从上学以来，她所做的一切都是为了眼前的这一纸通知书。等到 8 月的一个下午，她却将录取通知书藏了起来——她决定放弃上大学，郑重地给那所大学写了封邮件："出于家里的某种原因，经考虑决定放弃大学。给您和学校带来的不便，我非常抱歉，在此表达我的歉意。希望学校及早办理，谢谢谅解。"

许霞是莆田忠门人，刚满 18 岁，准备回村里相亲结婚。家里人也是这个打算。家人最早提起结婚是在中考那年，她刚考上全市最好的高中没多久。收到录取通知书的那天傍晚，妈妈突然在她面前聊起结婚的话题，那时她们正在为晚饭忙碌。

"考上了，高兴是高兴，"妈妈叹了口气，"但以后怎么办，越上越久，嫁不出去了怎么办？"她的心突然咯噔了一下，有些猝不及防。后来高二那年春节，爸爸给爷爷做寿时喝醉了，朝她走过来，当众搂着她的肩说，不想让她上大学。她的脑子顿时一片空白，还未开口，眼泪就掉了下来。

高考过后的那个暑假，许霞在镇外的一家汉堡店打零工。夏天结束，店里其他临时工陆续回学校上课，她还待在店里。同事很惊讶，问她怎么还不去大学报到。她说，我不上了。

同事对忠门的婚俗有所耳闻，那边的人多靠木材业发财，彩礼接近甚至超过百万，忠门的女孩子普遍早婚，一旦年纪大了便"不值钱"。许霞家没有发达起来，爸爸在外地搞建材租赁，妈妈在镇上打零工，收入仅够维持全家开支。她还有个只差 1 岁的弟弟，读书吊儿郎当，高中就辍学，去北京当木工学徒。爸妈希望她高中毕业就出嫁，好为弟弟挣一些彩礼钱。

她明白爸妈的难处——村里有一户人家三个儿子，没有女儿，最后被迫贷款给儿子们娶媳妇。她从高二开始在心里挣扎，终归不忍心做出忤逆之举。年底回到家，妈妈已经向村里认识的媒婆放出风声，说自家女儿要结婚。媒婆大清早就跑到许霞的家里敲门，要先瞧瞧她的长相和身高，好去物色合适的男生。她们的热情源自每成功牵线一对，可以从彩礼中拿一笔不少的抽成。镇上的大户人家经常传出 168 万元、200 万元的天价彩礼，经手的媒婆便能入账几万元。

有些压根儿不认识的女人也往她家跑，甚至还领着男孩来相亲。有些人家看到陌生的媒婆，会把人轰出去，但她不好意思赶人。于是男生进屋跟她见面聊天，媒婆就在院子里跟家长闲聊，妈妈这时才会问，你是谁啊？领来的男孩是哪里的？诸如此类。

许霞很早之前就见过这阵势。以前她在村里经常见到两三个穿着红衣裳的上了年纪的女人，身后跟着一个穿着正装的适龄男青年。高中的某个双休日，她回到家里，突然有个女人找上门，盯着她看了很长时间。当时爷爷在旁边。女人问，要不要相亲？爷爷就说，没呢，还在上学呢。

许霞开始相亲时，很多女人到家里问她，小妹妹你有多高？接着又打听她的学历。她如实回答。女人们观察她的样貌，有些女人会称赞她"长得还可以""皮肤挺好"。她身边的同学几乎都找过媒婆牵线。可她没谈过恋爱，连暗恋都没有。女人们告诉她，大家都是这样过来的，缘分来得很快，结完婚就好了。

相亲那段时间，许霞每天都得接待上门的男孩，她没办法出门，只能待在家里。实在待不住了，她也不会出远门，只是到村里找同学聊聊天。媒婆不会预约时间，只要手里有资源，她们就领着人跑去她家。她在一个月内看了至少 50 个男生，最多的时候，一天有 7 个人上门见她。那天她从早上 9 点左右开始见人，中午的时候也在见人，到了傍晚竟然还有人在她家。无非就是坐下来聊天，问几个基本问题，留下手机号，加上微信，最后把人送走。

村里有些家长会在门外替女儿把关，看到不合心意的男生，他们就谎称女儿不在家，连门都不让男生进去。但她家不好意思这样拒绝，既然来了就见一面。那天媒婆领着男生在门外排队。等里面的人出来后，下一个人立刻走进去。几天下来，她的脑袋木了，眼睛都花了，也记不住大多数男生的样子，只能留下些模糊的印象。她遇到过各种各样的人。有些人比较绅士——屋门敞开，风灌进来，她冻得发抖，对面的男生脱下外套，准备递过来，她婉拒了。有些人坐下来一句话不说，她就得先开口。有些人"头发很差"，看起来就很痞。

她比较关注对方的学历，问了每个人。来相亲的人里很少有大学生，普遍读到初中，跟着家里人做生意。有个开宝马的男生对她死缠烂打，但那个人显得有点自大，即便她明确表示两人不合适，他也会反问一句："你怎么可能跟我不合适？"

还有个很成熟的男生，年纪大她两岁。男生的家里好像是开公司的，她有点害怕，"太有钱了很吓人"。男生很真诚地向她表达了爱意，但她还是在微信上拒绝了。男生没有放弃，继续找她聊天，她没有办法，只好给他拨了通电话，一字一句说清楚。过了几天，她删掉了第一批没有后续发展的男生的微信，继续坐在家里相亲。

闺密黄梦跟她同一年开始相亲。黄梦读书时成绩没有她好，很早便辍学，回家相亲。黄梦迟迟相不到合适的对象，显得特别着急。有天黄梦问她："你怎么做到这么淡定的，一点都不急不慌？"

"我就当作玩嘛，认识朋友嘛。"她说。许霞的心态向来很平稳，她说哪怕是高考也没有焦躁过。有一回相亲，马上就成了，她家人去男生家看房子，突然发现那男生走路时有些跛脚。男生告诉她，前几天踢球时把脚扭了。但她家人去打听后得知，那男生的家族好像有些遗传病，因此黄了。还有一次，许霞相了一个条件不错的男生，接触后感觉良好，他家的房子也去看了。双方的家长开始坐下来谈彩礼的数量。她爸爸第一口喊了 106 万元，直接吓跑了对方，连讨价还价都没有。爸爸对此很生气。告吹之后，她不想藕断丝连，就删了那男孩的联系方式。于是相亲的第一年，她没嫁出去。

二

2016 年春节后，许霞和朋友去市区找了份工作，在茶叶店做销售。行李都带过去了，但朋友突然去不了，她怕一个人有危险，只好作罢。后来爸爸把她接到大同，想给她补补身子——她太瘦了——相亲的时候也会好看一些。

刚过去没多久，爷爷生了场大病，她赶回家去照顾爷爷。接着又开始相亲。黄梦也在相亲，她急着了结这件事，很快就跟一个男人结了婚，彩礼 92.8 万元。一个多星期，许霞见了约有 20 个男生。有个姓赵的男生后来在微信上找她，她想了很久也记不起赵姓男生的样貌，只记得他当时说话的语速特别快，就像机关枪在扫射一样。赵姓男生提出第二天要再上她家，她同意了，没想到他连续去了五六天，每次在她家能待上一小时。

媒婆仍陆续往她家带新的男生，有时跟赵姓男生撞到一块，赵姓男生只好先跑到她家的其他房间回避，等他们聊完后，赵姓男生再出来。时间长了，她妈妈对赵姓男生有了兴趣，不仅询问赵家的情况，还在院子里给赵姓男生拍了张照片，发给亲戚们看看。

　　赵家在内蒙古做铝合金生意，他给家里帮忙，开大卡车去送货。赵姓男生平常跑长途货运时会抽烟，但她不喜欢抽烟的人。跟赵姓男生聊的时候，她总觉得话不投机。赵姓男生还是老样子，语速飞快，经常自说自话，她也插不上话，被晾在一旁。

　　她拒绝赵姓男生的那天，赵姓男生终于给了她好好说话的机会，她礼貌地表达了自己的意思。赵姓男生不甘心，追问一连串的问题，直到确信她没有开玩笑后，默默离开她家。

　　引荐赵姓男生的媒婆找到她说，赵姓男生回家的时候，整个人的脸色都不对，问她发生了什么。她不愿背后说人坏话，就找了个普通的理由敷衍过去。正月，她在朋友圈里看到赵姓男生结婚了，新娘还是她朋友的好朋友。

　　有天清晨，她在楼上打扮自己，就听到楼下来了人。她换了件酒红色的针织毛衣，快速穿鞋下楼，刚洗完头，头发还是湿的。

　　她第一次见到了陈翔。他跟在媒婆身后，是个宽肩膀的男生，背稍稍有些驼，还有一张晒成褐色的脸。他穿了一身三件套的藏蓝色西装，没有打领带。厚重的刘海遮住前额，像是刚从一场舞会回来。媒婆说，这人跟你表姐的老公是同乡，现在都在同一个地方做生意。

　　她带陈翔上阁楼聊天。光线昏暗，她甚至都没看清陈翔的样貌，倒是她大姑看得很仔细，悄悄对她说："这男孩好像脸上有道疤，你问问他是怎么回事。"陈翔后来告诉她，他小时候贪玩，被埋进雪堆里 10 个小时，小命儿差点都没了，他爸妈费尽心力才救回他，脸上的疤是那时动手术留下的。

　　20 多年前，陈翔的爸爸从忠门镇出发去做木材生意，辗转多个木材市场，最后在东北站稳脚跟。陈翔是独子，从小就待在那儿，高中没读完就辍学，跟表哥合伙开过一家汉堡店，在即将赔本前退出了，回到家里的木材厂干活。

陈翔本来没想要相亲。他20岁这年，爸妈逼他回莆田老家相亲，七大姑八大姨也过来劝他，说什么早点结婚生个孩让他们享享福。

他还没交过女友，在汉堡店时喜欢过一个东北女孩，但被人家发了好人卡。不过家里人反对他找外地人。"如果她当时和我在一起，打死我也会结婚。"他说。最后实在禁不住爸妈的施压，他回老家相亲了。聊得差不多，许霞把陈翔送到门口，突然听到他说："你什么时候有时间，我来找你？"

她心里荡起涟漪。过了一会儿，她又收到陈翔的信息，说村口又有相亲的人要过来，让她赶紧去吃早饭。她和他闲聊了一番，顺口告诉他，还有一个姓黄的男生也在跟她接触，而且各方面的条件跟他都很像，甚至抽的烟也跟他的是同个牌子。但她就是更喜欢陈翔，哪怕这个人会抽烟，她也不介意。他们开始在手机上疯狂地聊天，有时候也煲电话粥——因为陈翔懒得打字——聊的话题越来越多，甚至讨论起他们以后该给小孩取什么名字。

黄姓男生还在追求她。有天陈翔在她家撞见了黄，就把许霞支开，跟黄姓男生单独聊了10多分钟。许霞好奇他们聊什么，但陈翔不肯透露，说是男人之间的对话。她在心里认定了陈翔，但为保险起见，家人仍然要求她寻求几个备胎。

有天晚上黄姓男生在微信上对她说，后悔没有早点遇见她，还想让她家人在陈家看完房子后立刻去黄家看房子。她跟黄姓男生聊了一会儿，不小心忽视了陈翔发来的信息。

她也不会撒谎，坦陈之后令陈翔起了醋意。两人吵了一小会儿，她害怕自己会失去陈翔，便立刻向他道歉。那晚两人都没睡好。

认识陈翔的第六天，媒婆带着她的家人去陈家看房子。陈家的房子在镇中心附近，有四层半，一楼出租给一家灯饰店。他们前脚刚走，陈翔就给她发消息："你一会儿找个时机问问你爸妈。"言外之意是，对房子满意吗？"看房子很满意，说挺干净的，地段也好，各种都好，"她说，"现在就差彩礼了。"

第七天上午，陈翔的爸妈和伯父到她家里谈彩礼。又到这一步了。家这边是爸妈、爷爷，还有关系比较亲的姑父。两边家长去楼上商谈，她和陈翔坐在楼下等结果。她大汗淋漓，紧紧地挨着陈翔，没有说什么，偶尔与他四目相对，又竖起耳朵，仔细听楼上的动静。陈翔忍不住点燃了一根烟，那是他第一次在她家里抽烟。

这回，许霞的爸爸第一口开出的价格是 98 万元，有了前车之鉴，他不敢超过百万。陈家也报了一个心理价位，88 万元，直接压了 10 万元。两边都是生意人，对谈判轻车熟路。

陈家说，我们村还没有高出这个价格的。这话明显有些离谱——陈翔的堂哥同一年相亲，彩礼出了 126 万元。许霞的爸爸反驳道，我们村前几天就有这价格，接着细数了女儿的优势，性情乖巧，个子不矮，读书也多，其他人的成绩都没她好。

陈家又说女生的相貌不是最出挑的，笑起来露出一大块牙龈，不好看。许霞的妈妈跟着说，男生长得也不好看。其间，许霞看到陈家三人走到阳台上窃语。两家谈了有半小时，没谈成功。

下楼后，陈翔跟着他们回家，看起来很沮丧，一直在说"完了完了"。许家四人还在讨论，顾不上一旁的许霞。她担心出差错，哀求她家人把报价降一些，眼神柔弱得似乎立刻就能哭出来，又给陈翔发信息，让他也去劝他爸妈把报价抬一些。

陈翔回到家里，吵着说非要许霞不可，如果黄了，就不想再相亲。他清楚他爸爸拿得出那笔钱，他们家的年收入稳定在 60 多万元，相亲前他爸爸还说，如果相中长得特别好的女孩，彩礼 120 万元也行。

他的一个堂哥就花 180 多万元娶了个相当漂亮的媳妇。10 年前，陈翔的大姐出嫁，彩礼还只有 30 多万元；到他二姐结婚时，他爸爸收了 100 万元彩礼，并用这笔钱扩大家里的生意。

三

彩礼飞涨，当地政府不得不出面管控，声称要移风易俗，把彩礼压在 20 万元以下。各种宣传活动开展得火热，隔壁镇以官方的名义举办相亲大会，今年已经是第八届，特地请电视台记者过来。

现场的青年——大多是各个村干部派去撑场面的，"是政治任务"——在签名墙上签字，右手握拳，举到太阳穴这么高，承诺"拒绝高价聘金，倡导新时代文明新风"。一个女孩在镜头前一本正经地说："这次活动能帮助我们女孩子找到伴侣，也深化了婚姻不是买卖的观念。"

下午陈翔给许霞打了电话，声音激动，说他爸要过去再谈谈。她兴奋得在屋子里来回走动。两家人重新回到谈判桌上，互相都让了步。但许霞的爷爷执意要让彩礼高过 90 万元，因为许霞有个同学不久前才嫁人，彩礼 88.8 万元，爷爷觉得孙女各方面都比那女孩要优秀，彩礼当然不能输。陈翔的爸爸决定给许家这个面子。最后彩礼定为 90.8 万元，不过她家随过去一套 20 万元的红木家具做嫁妆。

村里都在暗自攀比彩礼，在她之后出嫁的女孩彩礼都高过 90 万元。后来陈家离开后，她家人开始后悔，"一开始就应该往一百万以上喊，再降才会好降一些"。

陈家再次上门便是客人了。按照习俗，许家去镇上买来糖果、瓜子、鸡蛋和红色的筷子，等等。两家人坐一块儿商量婚礼需要准备的烟酒，统计宾客的人数。许霞和陈翔待在一旁。她伸出手，看着陈翔将准备好的戒指轻轻地戴上她的手指。

许霞第一次去了陈家，在陈翔的房间里听孙燕姿的《遇见》时，她把初吻献了出去；她和陈翔开始出去约会。婚前最后一次约会是去壶公山,他们一路爬到山顶。

有一天,陈翔的爸爸问她要她爸的银行卡号,准备把70.8万元的彩礼转账过去,20万元的嫁妆直接扣掉。她爸立即发过来一串卡号。陈翔将那笔钱转过去。她就在身边,瞬间她在心里感叹:好多钱啊,我爸这下有钱了。

许霞没有在高中的班级群里提起自己的婚讯,她怕同学报以同情的目光,将她的境遇想象得很糟糕。她私下邀请了高中的三个室友——也是高中最好的朋友——来当伴娘。

高中有无数个夜晚,她在寝室里跟室友倾诉嫁人的忧愁,经常聊到后面就抱头痛哭。聊一次哭一次。室友也不知道怎么办,只能边叹息边安慰她。高考后有两个人在福州上学,一个去了北京。

她们四个人有个聊天群,有时室友在群里分享大学的新鲜事,她不知道该接什么。不过令她诧异的是,三个人从来没问过她放弃上大学的理由。她说不准自己去上大学是什么样子,但看到这三个室友,她总是会想起这个假设。婚礼散席,一个室友临走时特意又给了她一个拥抱。

2017年2月的一个下午,她化了浓妆,将头发盘高,又换上了红色的婚纱,在亲戚的簇拥之下钻进婚车。3点钟,她弟弟站在大门口放鞭炮。当时他已经在上海谋了份工作,老板不准他请假,为了赶上婚礼,他直接辞职了。老公陈翔就坐在她身边,还是一身藏蓝色的西装,不过这次打上一条暗红色领带,还用发蜡把头发抓出纹理状。司机在鞭炮声中发动引擎。那一瞬间,许霞的眼泪在打转,心里默念了两遍:这就嫁了。

四

婚后不久,许霞跟着老公去了东北。出发前,陈翔向她坦白,东北的房子很破,要做好心理准备。

到东北的那天，飘着雪，她第一次看到雪。老公家的木材厂在郊区的建材市场里，离市中心有 15 公里远。他们就住在木材厂的后面，一座灰色平房，确实和他们在忠门的楼房相去甚远。

莆田忠门镇到处都是奢华洋楼，每年都有人拆旧房，盖新楼。第二天她去陈翔的表姐家做客，发现表姐家居然是两层楼，心里有了落差。但她也不敢跟老公直说，只是安抚老公："房子还可以，哪有你说的那么破。" 许霞大致数了下，这个市场里有几百户像他们这样的厂家，多数是莆田人，老公的亲戚和邻居也在这个市场。

路是黄土和碎石铺成，各种颜色的木头堆积在两旁，货车来来往往，掀起路面上的滚滚尘土。下午偶尔会有几辆黄色的小班车——那是幼儿园的校车——缓缓地驶进来，两三个背着书包的小孩下车后，埋头跑向他们的妈妈怀里，这些人很快就走到屋子里，关上门，市场又只剩下木头被锯开的噪声。

她怀念老家的样子，想起雨后家里院子湿漉漉的地面，长在角落里的暗色的青苔，以及抬头望得见的天空。

陈翔不让她出去工作，许霞只能待在家里。一开始她想自己出门转转，市场门口有开往市区的公交车，还有来来往往的出租车。陈翔对公共交通不放心，他坚持要开车接送。后来许霞想去考驾照，但老公说，算了吧，上路真的很不安全，这事只好作罢。许霞对婆媳关系也有过憧憬，理想之中，婆婆会和她一块儿做家务活，其乐融融。刚嫁过来，她看到婆婆在厨房里忙碌，就进去搭把手，"慢慢就会变成只有我一个人在那儿做"。有了儿媳，婆婆将所有的家务活都塞给她。

公公很喜欢吃鱼肉，有段时间经常买活鱼回家。许霞从来没杀过鱼，以前这事都是她妈妈做。现在她不得不去杀鱼，即便感到恶心，也得硬着头皮刮鱼鳞、掏内脏。有时实在忙不过来，她会喊老公来帮忙。起初陈翔还去洗洗碗，日子久了便敷衍了事，最后干脆找借口逃开。

偶尔她闪过一个念头，好像自己只是他们买回来的用人。她忍不住去找她妈妈倒苦水。妈妈开导她，公婆的为人和习惯改变不了，她只能调整自己的心态，"不要自己钻牛角尖，把自己气死"。

有时她告诉自己，做家务是融入这个家的一种方式，不做的话，又显得自己在这个家白吃白喝。忙完家务，许霞就躲进自己的房间。有段时间，她厌烦了无休止的家务，胃口也没了，话也少了，整日愁云笼罩眉间。在屋里闷久了，情绪变得飘忽不定，动不动就在房间里哭。

许霞看到市场里一些莆田媳妇，一辈子都待在木材厂。许霞跟老公说，自由很重要。但老公并不理解。她还打算去大同探亲，爸爸和一些亲戚都在那边，但老公也不同意，怕她一走，家务活忙不完。

有回公公趁她不在场，问陈翔怎么还没有要小孩，陈翔回答："还不急，打算晚点要。"公公火气上来了，说已经等了几个月，还要晚到什么时候？还不解气，又打电话给许霞妈妈，意思是让她去做她女儿的思想工作。

婚后三四个月，许霞怀上孩子。公公和婆婆告诉她，头胎是男是女无所谓，但她清楚他们还是强烈期盼能生个男孩。陈翔有个表哥，头胎生了女孩，跟全家人报喜；第二胎还是女孩，谁也不提了，等其他人知道的时候，孩子都快半岁了。生产的前一晚，许霞在睡梦中感到阵痛，"像一万个大姨妈来找你"。她紧紧地抓着床头的栏杆，咬牙忍耐。她很能忍，再疼也没有叫出声。挨到天亮，她进入手术室。医生们进进出出。老公背靠着墙，紧张极了，悄悄抹眼泪。她是顺产，生了一个小时。护士把孩子抱到她眼前，告诉她生了男孩，她松了一大口气。此时是 2018 年 3 月，距离结婚刚过去一年多。

五

许霞在家忍习惯了，跟婆婆相处，经常得忍。婆婆会擅自拆开她的快递，这让她很不舒服。她在孕期时囤生育用品，从网上买了三个脸盆，收到快递，发现婆婆不仅拆了包裹，还拿走一个脸盆。她实在无法理解婆婆的行为，告诉老公。陈翔说没事，再买一个就行。她无可奈何，又买了一个脸盆。

婆婆的语气比较冲，有时她把一些剩菜剩饭倒进垃圾桶，婆婆看到了，非得用浪费粮食之类的话数落她一番。

尽管结婚两年了，许霞和老公还没领结婚证。他们对结婚证都不太重视，觉得只要摆过酒席就算是夫妻了，跑不了。她的一个表姐结婚七八年后才领证。许霞听说镇上还有些大户人家的媳妇，只有生出男孩才能领证。春节期间，她本打算跟老公回老家领证，但走的时候太匆忙，把户口本落在东北，这事又搁置了。

陈翔包办了木材厂的体力活，装车、卸车、搬运木材、开叉车去送货。他不领工资，吃住都在家里，除非急需用钱，否则不会张口管家里要钱。公公还是把陈翔看成小孩，每隔一段时间会给一点零花钱，不多，也就五百块左右。陈翔也攒不了钱，口袋里一旦有钱，很快就花没了。许霞倒是有理财的习惯，前年开始往几个 P2P 里投钱，挣了些利息，但去年有一个平台爆雷，她损失了 1000 元，吓得收手了。许霞更希望跟老公从家里搬出去，自己去找份工作来养家糊口。有一阵子她试图劝老公离开家，甚至跟他争论。

她的努力无济于事，陈翔根本没有离开家的想法。许霞心灰意冷，也懒得再吵。分开是不太可能，娃都生了。可陈翔不愿意带娃，每天晚上宁愿躺在床上玩手机，也懒得帮她哄一哄小孩。有时小孩哭着要爸爸，陈翔不得不接过来抱一会儿，没几分钟，便把小孩塞回给她或者婆婆。许霞难掩失望，却无能为力。

闺密黄梦婚后的情况也不如意。结婚时黄梦和她老公就没什么感情基础。去年跟老公吵了架，黄梦一气之下跑回莆田娘家，吓了许霞一跳。黄梦还没有小孩，动过离开的念头。

读书是许霞所剩不多的爱好。今年她读了毛姆的小说《人性的枷锁》，小说读到最后，她发现书里的人物大多娶妻生子，回归平凡的生活。她想起妈妈经常说，没办法，生活就是这样的。

她认同毛姆在书里所说，人生是没有意义的。后来她又被小说《三体》震撼。我太渺小，她想，经历的这些根本不算什么。阅读的过程中她常想：我们追求的到底都是些什么？

2019年春节，许霞开始帮爸妈一起张罗弟弟的相亲。在那之前，爸妈连着催了他3年，每次都被他推托掉。现在弟弟22岁，如果再不相亲，保不准就会跟家里起冲突。

相亲时，找上门的媒婆看到他家还是老房子，目光很鄙夷地打量了弟弟。他家在高速路口底下，据说多年前便被划进政府的拆迁范围内，却迟迟没有动静。家里人盼着有天拆迁，带来一笔可观的收入。

有天媒婆领着他们去一个女生家，结果女生家长说人出去玩了。第二天他们又路过那户人家，拐进去询问，还是不在家。连着两天被拒绝，弟弟对相亲感到一丝悲观。他只能把希望寄托在政府方面。政府规定的彩礼价格不得高于十六万八千八百元，如果结婚只花20万元，说明政府的干预有效。然而镇上的彩礼依旧噌噌往上涨，村里村外的人都在兴奋地讨论着那些天价彩礼，如今起步价就有66万元。许霞的弟弟有个长得很漂亮的同学，300万元彩礼，嫁去了隔壁镇。传闻中还有千万的，当然，那是富贵人家的联姻。

回家路上，许霞听到弟弟抱怨彩礼太贵，眉头耸了耸，什么也没说。她过去以为爸妈一定能支付得起弟弟的彩礼钱。毕竟她做出了牺牲。如今，这些牺牲就像落在沙地上的雨点一样，被吸了进去，没有惊起任何波澜。

她边想这些，边朝前走，弟弟在身旁说着什么，她一句也没听清。

作者：林炜鑫

*本文根据当事人口述撰写，文中人物均为化名

当一个抑郁症患者决定去说脱口秀

一

周六下午 5 点，蔡师傅送完当天最后一单外卖，在手机上点了停止接单，骑车前往位于成都建设路附近的一家酒吧。每周六晚，蔡师傅不接单、不送货，摇身一变成为一个脱口秀演员。他在台上讲段子，黄色的工作服有时会透过领口露出一截来。

这场开放麦是"过载"俱乐部 2019 年的开箱演出。俱乐部位于成都东二环一个矗立着巨大高架的路边。现场摆放着三四十张椅子，舞台被惨白的灯光照着，一支麦克风孤零零地竖在那儿，一副绝不讨好观众的样子。前三位演员状态不佳，现场冷得可怕。

蔡师傅排在第四个。他一副提不起劲的样子，银灰色长发随意扎在脑后，一两缕披散下来，他伸手一捋，懒懒道："其实，我是一个骑士，你们都知道骑士代表着什么地位吧。比如在英国，就代表贵族，女王亲自授予的。"

观众发出嘘声。女观众们则有轻微的躁动。蔡师傅高鼻深目，长发披肩，瘦削忧郁，有别于俱乐部其他五大三粗的脱口秀演员，常引得女观众们脸红惊叫。

"我呢，也是一个骑士。美团授予的。"台下一阵稀碎的笑声，现场开始回暖。

蔡师傅接着说："是的，我是个美团骑士，送外卖的。为什么干这行呢？前几年不是流行大众创业嘛。我也下海了，也创业，做电商，做自媒体，刚开始一个月能有一万，后来到两万。一年时间啊，真是越欠越多。"

观众大笑，将吸管从嘴中吐出，带着咬痕的吸管在杯中乱晃。

"经常听到有人说送外卖这行很心酸，被人瞧不起。我送外卖之后，倒是经历了一些温暖的场景。我经常去送餐的那个小区，物业管理很严。一次我没带身份证被拦下，我很生气，质问保安：'你看我穿了外卖服才拦我，那些进去发传单贴小广告的你们从来不拦！'保安说：'我不是针对你啊，这是公司制度，被监控拍到我会被罚款的。'我见他语气缓和，也表示理解。"

"第二次去这个小区送餐，还是这个保安，查完我身份证后，他好心劝道：'你们最好把身份证复印件塑封一下，带复印件就行了，外省人身份证掉了不好办。'自家大哥般的关心。"

蔡师傅往前移动一两步："我正感动着，保安大哥上前一步，低声道：'如果身份证掉了，要办证可以找我，我的号码是138……'"

他模仿中学门口卖黄色光碟的小贩"同学，欧美、日本动作片了解下？"的语气，台下再次笑作一团。刚才一脸冷漠的观众此刻面带柔情。

连着几个段子都响了，场子热了。

前三位冷场的演员中，其中一个就是我。我内心不爽，但更多是疑惑："嘿，蔡师傅啥时候变这么好笑了？"

二

我第一次见到蔡师傅，是在一个脱口秀爱好者建立的微信群。

他是为数不多用自拍做头像的人之一。我点开看大头像，此人有星相。那时他的群昵称叫"JC"——英文名 Joe 和中文姓 Cai 的首字母缩写。群里还有一个妹子叫"JC 的粉丝",我很惊奇,粉丝和偶像在同一个群里,简直是行业乱象。我记住了 JC。

在这个群举办的第一次线下脱口秀活动上,我第一次上台讲段子,就调侃了蔡师傅。

"今天的演员中好像有个叫 JC 的人气挺高,我刚坐在台下一直在想,JC 是什么意思。后来看到他的表演,以及跟台下女朋友的互动,那副春情荡漾的样子,我想问你,JC,就是叫春的意思吗?"

段子效果不错,蔡师傅笑得也很开心。蔡师傅讲了什么,我完全记不得了,只记得不好笑。我下台后,我俩加了微信。他提前走了,我看完整场演出,对成都的喜剧市场感到绝望。

之后,脱口秀演出停滞了一年多时间,直到一个新的俱乐部重新支起摊子张罗这事,我才重新见到蔡师傅。那时他还没开始送外卖,但是已经在熟悉附近送餐路线了。

蔡师傅的段子一度很不好笑。观众坐在台下,全程升旗仪式般严肃。演出完,他直接退出了演员群,有人问:"他怎么了?"没人回应。不知道他是气观众,还是气自己。

脱口秀段子多取材于现实生活,用段子消解真实生活中的种种不如意,往往能取得好的舞台效果。蔡师傅姿态高,他从前不讲送外卖的段子,最引以为傲的是他 10 岁那年离家出走的事。

蔡师傅来自广西北海,10 岁那年,他看厌故乡千篇一律的街道,认为广州是世界上最大的城市,一心要去看看。他往广东方向骑行了 20 公里,怀里还揣着一条狗。这是在模仿塔罗牌上的愚人,蔡师傅当时很喜欢这个人物,一副不管不顾昂首往前走的模样,脚边还有一只狗忠诚地跟着。

这是蔡师傅人生中首个具有仪式感的事件。刚开始认识世界,蔡师傅最常思考的一个问题竟是:我凭什么这么幸福?他的小脑袋无法适应家庭和睦带来的这份圆满,也不愿接受毫无冲突的生活,索性选择逃离。

"我要强调一下，在本次离家出走中，没有任何小动物受到伤害。"蔡师傅通常会补充一句。

离家出走一般会在意识到没钱时被终止。从资金链到自行车链都断掉的蔡师傅，推着车灰溜溜地回到了家中。

蔡师傅心里一直装着对远方的幻想。高中时期，正值美国对伊拉克的战争，他在电视屏幕上看到，记者们跟着士兵从运输机中走出，士兵手中扛着机枪火炮，记者手中扛着话筒摄像机。报道现场同演播室相比有信号延迟，主持人在呼唤记者姓名后，常会陷入漫长的停顿。这几秒钟的沉默似乎饱含了人生的瞬息万变，蔡师傅暗下决心，自己也要成为一名战地记者。

2003 年，蔡师傅发挥超常，考上了武汉大学的新闻专业，朝理想大大迈进了一步。大学的专业课老师认为蔡师傅是做新闻的好苗子，劝他利用假期多去几个媒体机构见习。

大二暑假尾声，蔡师傅准备跟一个师兄秘密去阿富汗。师兄有熟人在那边办公司，他们以劳务派遣的方式拿到了签证。他激动万分，还买了一条万宝路，他听说这烟在那边通关好使。

出发那天在上海机场，师兄父母心急火燎地赶来，师兄妈妈大闹机场，对安检人员说："你们敢放他们走，我就一把火把机场烧了！"师兄爸爸在一旁低声提醒："打火机刚进来的时候就被收了。"

争执引发不少人围观，师兄见妈妈情绪激动，终究还是狠不下这个心，决定放弃。师兄妈妈也劝蔡师傅："现在这些年轻人太自私了，完全不考虑自己父母！阿富汗是什么地方，你们想装在盒子里被寄回来吗？"蔡师傅猛拍大腿："我就说该只买单程票的！"

国外去不了还有国内。蔡师傅也跑过一些突发现场，山西、河北的一些小型矿难、帮菜场拆迁的菜农打官司……后来，他再没回过学校，成了武大的肄业生。

我问他："这么好的大学，怎么就不读了呢？"

蔡师傅掐灭手中的烟，不愿多提，只说："我身边所有做社会新闻的，都去写《超级女声》了。"

那两年国内大学生刚开始流行起间隔年，即中途休学，不工作到处游历一段时间后再回到校园。身边不少朋友去西藏朝圣，洗涤心灵，弄脏衣裤。蔡师傅也从了这个势，类似于 20 世纪美国"垮掉的一代"，他们把这叫作"自我放逐"。

三

蔡师傅回到家乡北海，当地正在打造文化产业街。在朋友介绍下，他成了餐饮酒吧的文化代理。因为模样讨喜，话术了得，成了酒吧街的人气小生，到处串场主持活动，偶尔上台唱两句。他有自己专门的办公室，白天偶尔象征性地坐坐班，保温杯上插一把小雨伞。

那年 10 月的一天晚上，他跟几个老板喝酒。席间一个酒量豪爽的成都姑娘是第一次见，长得小家碧玉，喝起酒来却有大杀四方的气质。几个北海爷们都争着给女孩献殷勤，女孩的眼神却只在看向蔡师傅的时候有所区别。她当着众人面给蔡师傅说："有没有人说你长得像周渝民哦？"

蔡师傅咬着酒杯，强装镇定："没有啊。"一边转过头，将更像周渝民的那半张脸对着她。

临海潮湿，容易滋生湿疹和恋情，蔡师傅跟成都女孩很快走到了一起。成都女生精致美丽中又夹带三分泼辣的感觉，就像鸳鸯火锅的白汤不小心滴进了两滴红油般，他觉得别有滋味。

女孩酒量很好，蔡师傅喝不过她，有时躲进厕所吐到天亮，脸上枕出马桶圈别致的形状。他们同时面试了一家广告公司，双双被录取，将恋爱维度从酒吧拓展到了职场。实习期间工作轻松，二人下班后在夜场释放青春。

有天晚上蔡师傅正跟成都女孩喝着酒，另一家酒吧的老板过来拉走蔡师傅，说他那边的主唱今晚来不了，叫蔡师傅帮忙上去顶一会儿。

蔡师傅上台唱了不到一个小时，成都女孩摇摇晃晃地走进来，上台抢走话筒，大声道："老蔡，我们回去做爱吧。"

蔡师傅愣了两秒，二话不说陪她走了出去，台上乐队则在原地愣了更长时间。

那晚他俩情绪到位，将出租屋本就年久失修的床板，往报废时限那一头再使劲推了推。那是蔡师傅人生最放浪形骸的 3 个月，他整个人活在一种被荷尔蒙腌制的状态之中。每当想到往后漫长的人生很可能不会再有这样的感觉了，蔡师傅就泄气不已，不愿意去到未来。

但是未来终究会来，现实必须得正面面对，哪怕你侧脸再像周渝民。

开年不久，女孩说："我春节回成都，就不来北海了。父母要我回去，该收心工作了。"

察觉到女孩并不是很留恋，蔡师傅也没有挽留。似乎只有戛然而止，才配得上过去 3 个月的过度纵情。女孩飞回成都，蔡师傅游回北海，二人甚至没有提到"分手"两个字，就各自退出了对方的人生轨迹。

蔡师傅保留了最后一点浪漫，想问女生：如果我追来成都，我们会不会还继续在一起？但没问出口。

过年前几天，他翻玩手机，出于好奇，查看了北海到成都的距离：1400 公里。他对这个数字并没有具体概念，但手机上无意弹出的机票价格引起了他的注意：大年初二这天，北海飞往成都，全年最低价。

他告诉自己：我只是不想在家里面过年而已。随后买了北海到成都的机票。抵达后，女孩来机场接机，两人酷劲十足，都没有再提关于感情的事，仿佛那段被阳光和沙滩见证过的激情，绝对不可以受到阴冷潮湿的四川盆地半点拖累似的。

吃完饭后两人告别，蔡师傅目送女孩上车。他一个人在成都玩了几天，从玉林到九眼桥。成都的闲适吸引了他，他想：干脆找个工作，多待一段时间算了。

他这一待，就在成都待了10年。

几乎每一场脱口秀的演出上，蔡师傅都会这样介绍自己："我老家在广西北海，我是被一姑娘骗来成都的。"

四

接下来的5年，起初蔡师傅在一家广告公司做文案策划，他把这段经历也写成了段子。

"你们知道成都广告圈的规矩吗？要想从甲方手上拿到钱，必须走完一条龙服务。光请吃饭、唱歌不行，完了还要去按摩，做最神秘的消费。我在这行做的最后一个单子，那晚甲方爸爸兴致高。他进去之后，我假装就在他隔壁，其实我身上没钱，早早溜了出去。他在里面翻云覆雨，出来之后，看到我站在门口抽烟，第一句话：'唷，小伙子，你这么快就出来了，身体不行哦！'我赔笑道：'是、是。'然后把这笔消费记录发给了他老婆。"

蔡师傅在台上讲到这儿，会扶着腰，装作一脸遗憾的样子，可能是真的身体不行。

受不了广告圈甲方的处事规则，很快，他告别了这个行业。

这期间，蔡师傅有过一段近两年的恋情，女孩工作稳定，还有房。年近30岁，她向男友试探结婚意向。蔡师傅第一次感受到婚姻和家庭的责任感海啸般矗立在自己面前，他思考一阵，决定放弃。

分手那晚，两人吵了一架，蔡师傅利落地收拾好衣服，拖着两大箱行李夺门而出。快出单元楼时，想起自己无处可去，在单元楼的门厅沙发上坐了一晚，又赶在第二天女孩出门时间之前离去。

他不确定自己能否担起婚姻的责任。担子太重，压出高低肩，人就不美了。

蔡师傅把精力转移到工作上，开始跟人做电商，卖运动鞋。之前身在广告行业，他积累了不少策划和营销经验，在电商领域，蔡师傅如鱼得水。半年后，他晋升为团队负责人，最多时管理21个员工。

一家知名电商品牌运营部派人来和蔡师傅谈合作，认为在成都，电商的线上业务做到两个亿轻而易举。公司决定在电商平台上放两千万的货，蔡师傅第一次有了手握重兵的感觉。

一次他查看出货记录时，发现公司经常将货卖给一家批发商，那家批发商又在其他市场做着实体和线上零售。蔡师傅去跟上司反映："这不是自家提供弹药打自己吗？"

老板表示："我们也得消耗库存是吧。你做好自己的事就是了。"

回去之后，手下的人围上来："蔡哥，你好敢讲哦。"他们赞赏蔡师傅冒犯上司的态度，不知道的是，那时候蔡师傅已心生退意。

事业正处于上升期，再这么干下去，晋升之路很明朗，蔡师傅骨子里最惧怕的一帆风顺又要出现了。

事实上，蔡师傅的生活一直在不断转场，外界的作用力很小，他选择做什么多是从心。多数人希望一路上好的大学，找到稳定的工作，恋爱、结婚、生子，按部就班地走向归途。蔡师傅拒绝稳定，中断学业选择间隔年，一份工作做久了就害怕陷入一成不变。

我们常聚的酒吧的桌子上，有个装着各种棋牌桌游的盒子。我找到塔罗牌中的愚人，果然如蔡师傅所说，上面是一个骄傲地昂着头走路的人，面前就是悬崖，脚边的狗在拼命提醒主人看路。我上网查看愚人的含义，愚人并没有编号，是所有塔罗牌的开始，亦是所有塔罗牌的结束，代表着无限可能。

五

2013 年年底，微信公众号逐渐成为主流，蔡师傅关注了一个叫"罗辑思维"的知识频道。创始人罗振宇提出"霸王餐"的玩法，如果各社群会员能动员当地餐馆免费请他吃一顿饭，他就会去那座城市同会员亲切交流。

成都的会员们最终说服了东城根街附近的一家芭夯兔提供这顿免费午餐。2014 年春节后不久举行活动，社群一共来了 200 多人，罗振宇也兑现承诺来到成都。

蔡师傅形容罗振宇脸盘子大，在饭店的舞台上显得格外油光，像放了盏反光镜在那儿。他在台上讲了四十来分钟，用最新奇酷炫的概念为听众们勾勒出了一幅全民创业的大好蓝图。下台之后他挨个儿向会员们敬酒，蔡师傅拉过他说道："你还欠我顿饭。"

罗胖睁大眼睛说："有这事？"

蔡师傅说："当时在微博上私信过你，你说要请最早成为你会员的那帮人吃饭。"

罗振宇拉住蔡师傅的手上下晃荡："是是是，衣食父母啊！"

蔡师傅介绍自己是新闻学出身，擅长做推广写文案，说："我也想做社群，做自媒体。"

罗振宇大加赞赏："出来做，一定要出来做！"

饭局最后，人们带着备受鼓舞的决心满意离开，蔡师傅跟社群里大多数人再无联系。

蔡师傅曾在脱口秀表演中这样总结他的创业冲动：

"那家芭夯兔不久之后就倒闭了。我不清楚那 200 号人中有多少自己出来干了，有多少人活了下来，又有多少人在创业中死掉。我唯一清楚的是，那家店是被我们活生生吃垮的。罗胖更过分，他空腹来的成都。"

蔡师傅辞职创业，遵循罗胖建议，同一个网站的知名宠物版版主合作，做猫社群，研究猫的领养和养护。

2014年，蔡师傅开始接触脱口秀。创业不易，看脱口秀解压。后来，他发现好的脱口秀演员都具有深刻的批判精神，都在表达自己的鲜明立场，正契合当年他未遂的新闻抱负。

他最喜欢的脱口秀演员是香港的黄子华，粤语里管脱口秀叫"栋笃笑"，黄子华是这个领域的第一号人物。黄子华十几岁时，和同学一起偷船出海，被捕后被判了两年刑。

黄子华在台上讲起这段经历时，会自嘲道："我比周润发更有资格演《监狱风云》哪！"蔡师傅内心翻滚：这可真是比我当年离家出走酷多了！

蔡师傅和人合伙录制了一些短视频，以脱口秀的形式介绍做猫舍的日常。那阵子几大视频网站对原创视频的扶持力度很大，每月还能拿到补贴。

他们录的视频没什么人看，偶尔屏幕上闪过花花绿绿的东西，蔡师傅满心欢喜，以为有人刷弹幕，定睛细看，是身后跳来跳去的猫。效果最好的时候，视频端一个月也只能帮他增加十几瓶的销量，大部分销量还是靠线下在附近小区推广。

2017年，快手、抖音等媒介开始大火，几大网站流量分割完毕，停止了对短视频的补贴。猫社群电商常常一个季度也回不了款，蔡师傅入不敷出，开始只能吃猫粮度日。

7月的一天，他在手机上下载了一个网贷APP，试着借出第一个1000块。经过简单审核认证之后，平台马上就打了800块。他没想到这么容易，几天后，谨慎地还了这笔借款。

两周之后，蔡师傅又下载了另外两个APP，再次轻松借出了钱。这次还得没那么容易，蔡师傅步入网贷的常见循环：拆东墙补西墙，用下一个平台的钱，还上一笔贷款。前后 4 个月时间，蔡师傅借过款的网贷平台高达 49 个。

我收过他的群发短信："我是蔡师傅，如果收到催我款的电话，就说不认识我。"

当时，我并未存下蔡师傅的电话号码。看到短信，我第一个反应是：我不认识你啊，你谁？借贷人都有自欺欺人的心理，刻意忽视越滚越大的雪球。直到网贷遭到严控，无法再循环借款，蔡师傅合计欠款数目，算上利息，一共 46 万元。他合上手机，彻底蒙掉。

他像一条不断下潜的深海鱼，压力越来越大。12 月的一天，蔡师傅下楼时，经过一楼楼梯间转角，那里有一户人家正在装修，堆砌了一个沙坡。蔡师傅晕晕乎乎，突然心生一念：人脑袋着地，是不是很容易死？

他呆呆地望着楼下，纵身从六层台阶一跃而下，脑袋向下撞向那个沙坡。"我确定了一件事。"蔡师傅后来对我说，"脑袋着地的确很容易致死。"

他形容那一下的感觉是，四肢电闪雷鸣般的麻痹。一时间，整个人蜷在地上，像一团破布。缓了好一会儿，蔡师傅才站起来。可能是高度造成的冲击不够，也可能是着地角度问题，他逃过一劫。

第二天，蔡师傅去医院精神科检查，做完脑电图和一系列心理测试，被医生确诊为抑郁及焦虑。

11 月严打之后，不少网贷平台因为违规，债主爆雷就直接爆掉 18 个。剩下被摘牌的、债权不明的，请了律师朋友帮忙协商，大多数都免去了利息，只用还本金，算下来就只有十五六万了，依然不是个小数目。

2017 年年底，蔡师傅开始送外卖还债。他的配送区域位于成都双流，离机场不过五六公里。由于距离太近，飞机在头顶遮天蔽日，投下的影子比蔡师傅人生阴影面积还大。有时他领完任务从店家出发，伴随着飞机起飞的巨大轰鸣声，像是英雄出场的背景音。

我告诉蔡师傅："又欠债，又得抑郁症，你距离成为一个伟大的喜剧演员，只差幽默感了。为什么不拿抑郁症写写段子呢，正常人不方便说这个事，但你可以呀。"

蔡师傅说："抑郁症可不好笑。写过一条，真事。有次我去医院拿药，排我前面那人也是看抑郁症的，我看到他的病历卡，好几个人名，都是一个姓。我才反应过来，抑郁症有家族遗传，这是一家子病了。命运待人就是这样不公，有人看病竟然可以拿团购价。"

"是不太好笑。"我说。

"是吧。"蔡师傅点头。

六

蔡师傅开始送外卖时，俱乐部的演出也逐渐稳定下来。2017年，《吐槽大会》热播，脱口秀引发全民关注，很多新人试图上台表演。

蔡师傅性格散漫，对待脱口秀却坚持自己的态度。一次在网咖表演，他听到几个组织者在台上讲了不少抄来的网络段子，活动结束后直接退出了演员群。

那段时间，他刚开始送外卖还债，忙得面相凶恶，也无暇顾及演出。因为动力强大，蔡师傅送单异常凶狠。第一周就送了超过200单，第二周开始，后台调高优先级，蔡师傅接到更多单子，一天换电瓶超过四次，在周评比中获得"钻石骑士称号"。连续两个月，蔡师傅收入过万，成为同行眼中"别人家的外卖小哥"。

外卖这一行卧虎藏龙。当时他们外卖圈子有个排行榜，成都有一位单王，媒体都报道过，每天骑烧油的机车，送外卖超过100单。蔡师傅一天送50单，已经是钻石骑士，这位骑士送单数超过100，应该可以直接向公主献殷勤。

这位单王曾是一家互联网公司的创始人，后来公司倒闭，欠了

200多万元。送外卖还债杯水车薪，重要的是让自己每天劳累，忘记债务忧愁。除了辛苦、被嘲笑，蔡师傅还经历了意料之外的事件。他到一个小区送餐，刚进大门，看到墙边围了一大群人，透过人群缝隙，他看见地上躺了个人，身边一地鲜血。

蔡师傅送餐出来，一辆黑色殡仪车驶进小区。他听到围观的人议论："听说之前欠了一屁股债，前段时间下重金赌球，指望扳回一点，结果赔了更多。"其他人说："欠钱也不至于跳楼啊。"

蔡师傅心中一凛，别过头去，不敢再多看地上那个人一眼。他们处境相同，地上的人示范的这种摆脱方式，他也不是没有想过，现在面前有人做到了，这份示范让他恐惧。蔡师傅快步离开了现场。

外卖经历也有愉快的时候。蔡师傅模样姣好，又是长头发，取下头盔时头发甩甩，常让接货的女性顾客丧失仪态。有几次，他收到女顾客额外的红包打赏，有时对方甚至会追出来递上饮料，蔡师傅一边说不要一边拧开瓶盖。听商家说有人在留言区评论："我还要上次那位长得像周渝民的小哥送餐，不然就差评。"

商家问蔡师傅："是不是说的你？"蔡师傅说："哪里哪里。"然后习惯性地别过脸，把更像周渝民的那半边对着他。

七

2018年年初，俱乐部方老板需要人帮忙运营，又找到许久不在演出上露面的蔡师傅。在成都脱口秀圈子，方老板是为数不多坚持原创、提倡西方喜剧吐槽精神的人。蔡师傅跟他臭味相投，再加上的确放不下对单口喜剧的热爱，还是决定过来帮忙。

脱口秀演出没有收入，为了兼顾演出运营，蔡师傅开始做兼职骑手。少了平台约束，蔡师傅性格中的散漫又上来了，演出上对接演员、联系场地也很忙碌，有时一天只能象征性地送几单外卖。

体力上的消耗减轻之后，抑郁跟焦虑会偶尔发作。有一次演出海报出晚了，方老板在群里催了下，蔡师傅又退了群。

那个周末，他把自己关在卧室里，窗帘拉得严实，两天几乎全是躺尸状态，只有五六只猫不时在身边逡巡。

抑郁症发作时，眼前的世界会以更大画幅呈现，蔡师傅没有办法睁眼，因为眼睛睁着费力。躺到第三天，实在饿得不行了，手机余额显示还剩几块钱。蔡师傅强打精神打开美团接单，跑了半天挣了个百八十块，解决了当天的伙食。

开春之后，蔡师傅重新上台演出，段子内容还是之前那些：广西传销地域黑、跟姑娘在北海海边纵情风月以及创业失败的经历，台下观众的反应依旧不温不火。蔡师傅觉得百无聊赖，对方老板说："我好像的确不适合在台上，我再帮你做一段时间运营，看看有没有新的人来。"

那天回去，他又跑了几单，晚上 11 点半，成都下起大雨，他接到个单子，去一家网吧送宵夜。刚骑出一公里，电瓶车坏了，他不想被扣钱，把电瓶车放路边，扫了辆共享单车赶剩下的两公里。

雨太大，蔡师傅在网吧门口脱下雨衣，整个人都在往下淌水。客人专注打游戏，只抬头看了蔡师傅一眼，全然不顾他淋成啥样，冷冷道："怎么这么慢？"

那人典型的废柴青年模样，蔡师傅看看手机，还有 5 分钟时间才到，顿时有点起火。还好身上够湿，火也没有燃起来。回去之后蔡师傅把这晚的经历写成了段子，末尾加了一句："都是生活中的 loser，谁瞧不起谁呢。出去的时候，我走到前台给网管说，38 号机那位，好像是个通缉犯。"

他第一次想到送外卖那么多奇葩事，或许可以写成段子。

在重温了黄子华几个专场后，蔡师傅发现他效果最炸的演出，都是在讲自己的血泪奋斗史。1992 年，黄子华写了一个剧本，制片公司定了他来主演，临开拍又将主角换成了颜值更高的黎明，黄子华沦为配角。他的段子很多都是吐槽自己因为相貌平平，在娱乐圈始终只能做龙套的小人物故事。

蔡师傅一直放不下身段，不愿意在台上直面生活的惨淡。重温黄子华后，又想到说不定讲的是最后几场，让观众知道自己是送外卖的又何妨。

他开始把外卖经历编成段子：

"你们可能都想不到，我送餐碰到过好几次，穿着内衣就出来取餐的女顾客。身材非常之差，我看着她们肚子上的赘肉，大概能猜出这单送的是啥。有一次还是那位女顾客，我上楼之前好心地把饭盒里的油倒了些出来。然后就接到了投诉，她说你们这个外卖员，喜欢揩油啊！

"有一次送餐路上，接到顾客电话，女生的声音，问我是不是外卖员，我心想废话，不然你从哪儿找到我电话的，电线杆子上吗？女生又说，我看地图上，你怎么离我越来越远啊？声音还有点委屈。我一下慌了，我前女友分手也是这样说的，你好像离我越来越远了。"

八

开始讲外卖段子之后，蔡师傅的反响一下就起来了。

喜剧的核心不是悲剧，但观众好像很喜欢看别人的悲剧。方老板在台下看着蔡师傅有起色，常露出慈父般的笑容。

2018 年 5 月中旬，俱乐部请了上海一位知名演员过来办专场，方老板动了私心，决定让蔡师傅作为开场演员。那是蔡师傅第一次上商演，讲的都是平时磨得比较好的一些段子，其中那些外卖经历讲出来更是炸场。

下场后，方老板说："老蔡，你刚在台上有那么一下容光焕发，我都没见过的表情。你是不是找着感觉了？"

蔡师傅嘴硬："有吗？我觉得一般般哪。"

蔡师傅的演出越来越顺利，上海头部公司组织脱口秀冬令营，蔡师傅作为成都地区代表去参加训练。每天训练之后，公司会拉全员到市中心俱乐部演出。上海有着全国最挑剔的观众，第一天表演完，蔡师傅再难装深沉，在群里又是传照片又是发信息："哥们今晚炸场了！"

我呛他："下次上台不要再在身上捆炸药。"

脱口秀对于成都是新东西，俱乐部做出起色后，有自媒体来报道过。但他们不清楚这拨搞脱口秀的人究竟是为了什么，绝大多数时候不好笑，所以有时候都不挣钱。

这晚，蔡师傅、方老板和我在酒吧外场卡座喝酒，蔡师傅一根接一根地抽烟，我一只手拿啤酒，另一只手用来扇飘来的二手烟。

方老板问："蔡师傅，我有个直击灵魂的问题，不知会不会冒犯？"

蔡师傅说："你瞄准我灵魂的时候，麻烦先告诉我它在哪儿。"

方老板继续道："你怎么看待你现在，34 岁了，没车没房没老婆，一事无成的状态？"蔡师傅把烟使劲在烟灰缸里面按了按："怪我咯。我们 80 后那一代，上大学时刚流行起 gap year，我身边不少人去西藏朝圣，洗涤心灵，要自我放逐。我也跟着自我放逐，酷了几年。我来到成都，互联网浪潮又来了，我也跟着创业，身边朋友有融资大几百万的，一下子成人生赢家了，我一直在温饱线挣扎着。突然来到 30 岁了，啥都没搞清楚呢，房子啊，车子啊，婚姻啊，一下子端到你面前。我站在台上讲那些自以为很骄傲的东西，台下的小朋友没有一点反应。"

"我一事无成，我偶尔也慌，理解不好时代这个东西。我们那时，所有人都玩《热血传奇》，多牛的网游，现在看呢，原始人的东西了。时代不带我玩，我能怎么样。反正每天都挺忙的，我不想这些事呗。"

我问他，脱口秀对于他意味着什么。蔡师傅往椅背一躺：

"如果我没办法面对自己的一事无成，就不可能把它们编成段子讲出来。脱口秀是个宣泄的出口，有点破罐破摔的意思。既然自己 loser 的一面可以逗人笑，就把这一面展示出来呗。这不也是一种自我放逐吗？生活这么差劲，我没有一点儿办法，开它玩笑总可以吧。"

　　"讲脱口秀一年多，你最难忘的场景是什么？"我模仿倪萍。

　　我以为他会说某次跟台下妖艳女观众的互动，结果不是，而是 2018 年 6 月底的一个早晨场景，前一个月，他第一次登上商演舞台，找到了表演的感觉。

　　那天再早一点，蔡师傅头盔上别着 GoPro，记录了他从成都双流到东二环俱乐部酒吧的骑行全程，取名"穿过大半个成都去笑你"。

　　旁白是他一向语气敷衍的吐槽，配上品位很差的音乐，让武汉大学庆幸错过这个学生的那种视频作品。途经八益家具城的时候，蔡师傅旁白道："这是成都最傻 X 的建筑，一面长得像天安门，一面像白宫。"视频最后一个镜头是当晚演出现场，主咖是北京演员周奇墨。蔡师傅在这段视频下配文："每周六，都骑车跑 30 公里去说脱口秀，有时冷场而归，有时候见到大神。"这是他说的那位大神。

　　我才反应过来为何蔡师傅会如此煞有介事，为了这次见面，他铺垫了一路，还有一段画外音，跟其他演员闲聊时说："我今晚不会上啊。"多少有点失望。

　　演出结束，演员们一起喝大酒到凌晨 4 点，蔡师傅骑行一个半小时回家。从市中心到城郊，越走星星越明显，最后星宿漫天。抵达家时，正赶上日出，他体会到一种壮阔的交替，如同多次跟随内心选择时一样，他意识到，有什么事情一定可以去完成。

作者：罗 丹

我的喀什朋友

一

第一次真正吃羊肉，是农历正月中旬，在南疆喀什莎车县的路边摊。刮着风，万物萧瑟，阳光无力地照耀着我们，很冷。我们一行 60 人，从喀什乘坐大巴车过来。

车停靠在公路边，路边摊零乱地摆于两旁。其实那连摊也算不上，类似内地后来时兴的烧烤车，顶着彩条塑料布遮阳伞，伞下支一张简单小桌，几个马扎，一口热气腾腾的大锅。大块羊骨和汤汁在锅里沸滚，汤汁把几块小些的羊杂顶撞起来，如同水面漂木。锅底胡杨木的柴火很硬，充满力量。

正月初五离开家乡，经过西安、喀什，抵达莎车县，才五六天，但我们都觉得似乎过去了很久。一路陌生风尘、颠簸，肚子都饿透了，我们就近在路边摊觅食。但我们不懂维语，摊主们也没人能说全一句汉语。

双方胡乱比画、会意，羊肉和饼终于上了桌。我就餐的摊子紧靠西边尽头位置，旁边有一棵枝丫八叉的杏树，枝干乌黑，再往前是一片杏树林。

后来，在杏花繁盛妖娆的时节，我又一次回到这儿，在一处摊子坐下。摊主是个小伙子，腮边胡子很密，但不至于太黑，这是年轻的体征。他的汉语像他的羊肉一样纯熟，他叫哈拉汗，可能是周边唯一会汉语的人。

哈拉汗的大锅羊肉不贵，5元一碗，碗是绘着一圈维吾尔族特有纹饰的阔口碗。碗中羊肉很紧，几乎无法从骨头上啃下。哈拉汗从屁股后的刀鞘里拔出他的刀，递给我使用。

这是一把英吉沙小刀，三四寸长，削骨如泥。我把羊肉与骨粘连的膜一层层削下来，味道不错。哈拉汗的羊肉没有一点膻腥味，非常紧实，肉里的纤维感，密实、紧凑，纤维一层层叠压着、交织着，它们之间浸润汤汁，仿佛织物间夹杂了五彩纬线，丰富而厚实。

"哈拉汗，这里的羊肉为什么这么好吃？"

"这个嘛，就是秘密啦。"哈拉汗有几分得意，给我加一勺汤，说，"他们都没有我做得好吃，你真是吃对地方了。"

我俩相对一阵笑。我心里说，你这张嘴真能吹，嘴里却夸着他："巴郎子，好好做羊肉，将来把羊肉做到北京去。"

哈拉汗突然有些生气，说："我不是巴郎子啦，我都21岁了。"

大巴车发动，司机按住喇叭，催大伙上车。我们此行的目的地是库斯拉甫乡的某座矿山，地处喀喇昆仑山的一支余脉，叶尔羌河自那里流过。哈拉汗突然跑过来，把那把英吉沙刀连同牛皮刀鞘递给我，说："我们是好朋友啦，以后来我家吃羊肉。"我有些发愣，又有些感动。听说刀是维吾尔族人的吃饭筷子，不会随便送人的。

车子开动起来，我仔细看这把刀，刀柄上嵌着牛骨，异常莹白光润，骨柄面上细细的纹饰，钩连缠绕。

固定骨柄的是三颗黄灿灿的铜钉。而纯牛皮鞘长久经历汗渍和油脂的浸润，柔软、泛光。

二

库斯拉甫是一个纯维吾尔族乡，只有一条曲里拐弯的主街道，约1公里长。街上没有高层建筑，所以从东头一眼可以看到西头。

所有的房子都是石头结构，墙上和屋顶抹了泥巴，显然这里的生活与水泥、方砖还十分遥远。

叶尔羌河从喀喇昆仑山的一条峡谷奔泻而下，在街后面呼啸而过，最后不知道去往何方。

河水两岸的平缓地带密布高高的杨树林，树干的表皮一律呈青灰色，树干笔直向上，密实又疏朗。树下，夹种着杏树、桑树。除此之外，有一些土地，从发黑的茬子来看，是麦田。

悠闲的居民们无所事事，在杨树下呆坐或聊闲话似乎是他们主要的生活和娱乐。女人们裹着头巾，身材高挑，她们的裙子哪怕裙摆沾满灰土，也漂亮极了。双语学校的孩子们见到陌生人，会远远地问一声"你好"。商店里的卫星座机电话，花4元可以打1分钟。

铅锌矿在离库斯拉甫街10里远的一条沟里，没有人烟，没有地名，我们叫它一号矿。

矿洞在山腰，因为寸草不生、陡若壁挂，远看像暗堡的机枪射击孔，又像画上去的。看不到山上有房子和帐篷，那里也的确没它们落脚的地方。

盘旋的小路连接着山下与矿洞。山实在是太陡峭了，身边就是深壑，不管是上山或是下山都十分令人胆寒。

老板决定在崖壁上打膨胀钩拴防护绳。于是，安排一拨人打膨胀钩拴绳，另外，一条高空索道也同步架设。矿山工程，交通保障是基础中的基础。

2月初，春气开始萌动。在沟底我们居住的帐篷边，草冒出细细的叶芽，沟底有一条涓涓小河，据说沿着河谷往上走可以到达塔吉克斯坦。河水异常清冽，但发苦发涩，既无法饮用也不能洗衣，用这水洗过的衣物晾干后可以站立不倒。所以，我们吃水要用罐车到叶尔羌河去取。

在叶尔羌河河边，我又碰到了哈拉汗。

那天早晨，我和强子开着水罐车去叶尔羌河，碰到几个人，哈拉汗在人群里，他们几个人从莎车县一路沿着河流寻找玉石。这里距莎车县约 300 公里，他们开一辆黑色越野车。

在库斯拉甫街上的小商店里，我见过这种叫昆仑玉的石头，基本分为墨玉、白玉和翠玉，有脸盆大的，也有指头小的。

店里卖得很便宜，200 到 300 元一块，拿到喀什的市场可能会身价百倍。据说它们"生长"在喀喇昆仑山的岩石里，随岩石被风化而脱落，被流水冲刷下来。这个时节，叶尔羌河沿岸的人们已经开始捡玉了。

我和强子每天的任务是，拉一罐车水供应工队的生活使用。强子发动水泵抽水，一罐车抽满得两三个小时。强子看着车，我则跟着哈拉汗去捡玉。

捡玉是个枯燥耗力的活儿。河水勃发的时节，新的玉石被带下来，旧的河床被水流冲洗翻动。此时太冷，弄不好会把人冻死，所以捡玉的人并不多，周遭荒无人烟。

有的捡玉人会讲些汉语，但说不大明白，结结巴巴，依旧是哈拉汗汉语最好。玉石并不是人们想象的那样在河滩上明摆着，而是大部分隐藏在石头里，当然也有摆在明面上的，浅浅埋在沙子里，那是极少一部分，需要眼力和运气。

隐藏了玉的石头和普通的石头并无区别，鉴定的方法是用手去掂量，也有在石头的某一处露头的，但露头的地方极不明显。整整一个上午，我们翻找了差不多 10 公里河滩，什么也没找到，大伙都很沮丧，开始吃馕饼。

大伙从四面八方捡来树枝败草，河滩上烧起一堆火。边烤着馕，边吹牛。这是一群年轻的人，哈拉汗不是其中年龄最大的，显然也不是最小的。

哈拉汗读过高中，后来不想读书就没高考。他的很多同学都考上了大学，有的在新疆，有的考去了其他省市。我这次得知，"哈拉汗"是出身贵族或世家子弟才能取的名，有点贵气。

我问哈拉汗："你家祖上出过汗王？"

哈拉汗回答："谁知道，我只知道爷爷辈就是杀羊卖肉的。"

这些年轻人都有一口白生生的好牙，把烤得焦香的馕嚼得嘎嘣响。他们一直在商量一个计划，问我要不要参加。

哈拉汗翻译给我，原来计划是这样的：

在叶尔羌河源头的克什米尔某座山上，有个玉石矿，那里的玉石应有尽有，价值连城。这不是传说，早几年有牧人到达过那地方，并带回了玉石，上好的墨玉。

后来年年有人去寻找，有人回来了说并没有找到那座矿，而有的人则再没回来过。他们计划开越野车，带上帐篷、吃的、水，车上不去了，改用骡子驮运物资，回来时扔掉物资，骡子正好驮玉石。现在首先是买骡子，这需要一笔钱，可大家都没有钱。

我想参加，这是多有诱惑力的行动呀，但细想又觉得有些冒险。我手上戴着一块野外用的电子表，带指南针，多少年从没怠过工。我将其摘下，说："我没有勇气去做这样的事，这块表给大家，希望到时候用得上。"

三

矿山生产终于迈入正轨，我们忙碌了起来。

这年 3 月，工人们整月都在安装新设备，拆除旧设备。一次可以承运 3 吨重物的高空索道已经架设完毕，除了人，所有的物资运输都可以通过它来完成。

矿斗在钢索上来来去去。机器发动起来，声震峡谷，惊起一只仓皇的兔子，或者把细碎的砾石从崖檐抖搂下来，像一道雨帘。

山腰上共有三个矿坑，中间那口打到了 300 米深，上边那口

100多米，最下面那口五六十米，未成形的还有十几口。当初也不知道是谁在这里发现了铅锌矿，后来又是谁在这里开采，效益怎么样，有没有死伤过人？这些事老板肯定知道，但他不会让我们知道。山上共有三台小型空压机、两台发电机，杂七杂八的设备一堆。这么简单的设备，干了这么大的工程，显然不是一两年能完成的。

从洞内的情形看，上一拨人肯定没挣到钱，因为只有主巷道，没有形成采矿的采场。采场都没有，哪里采矿去？

那些不是很深的矿坑，相距也不远，显然是当时试探性地掘进寻矿的结果。我们选了几个，作为住宿生活的地方。先是把地上的石块拣平，铺上塑料布，摊开被褥就是床。厨房安排在岔道里。

我所在的工队规模最大，有30人，宿舍也最大，从进洞到最深处有50米长，呈一个"U"字形。尽头的地方与外面山体打穿了，下面是万丈深渊。晚上大家不停地从那扇窗口往下撒尿，尿一直飘往谷底，形成一阵阵细雨。

开矿的行话说，兵马未动，粮草先行。这里的粮草，说的是炸药器材，岩石坚硬，只服炸药。

工人们在谷底按工程要求建炸药库，我和强子被安排去喀什接受培训，考取爆破资格证。有了资格证，才能使用炸药。

3月未尽，喀什街上的人们已经穿起裙子、短袖，天真的暖和起来了。城边的杨树林绿了，叶子肥绿得像涂了羊脂。街巷人流如织，门店、街摊上的生意好得没法形容。

人沐春风精神好，有钱没钱都想买点东西，消费消费，大方一把，把冬天节省下来的力量和激情释放出来。

缩手缩脚怎么配得上这慷慨的春光？

培训班在市公安局礼堂举办，男男女女有300人。我们这才知道，原来南疆有那么丰富的矿产，有那么多的矿山企业。按培训课程要求，两周学习，一天考试，合格者发证，不合格的得从头再来。

下课后，大家分散住到礼堂附近的宾馆里。

在爆破这个行业，我和强子已做了七八年，经历过无数回培训、考试，算是老油条了。

我们知道，不论怎么考，内容都大同小异。所以下午下课后，别人都去背答案、抄提纲，我和强子则出去逛街市。

这座风雨如幻、有着近3000年历史记载的异域城市，每一条街的格局、细节都不重复，每一种吃食的色、香、味都努力显出差别。每一次出去，我都会在街上流连到很晚。

四

有一天夜晚，我在一家烤肉摊上又碰到了哈拉汗。当时我和强子刚坐下来，有一个声音喊我，扭过头，是哈拉汗，和一群朋友坐在离我们不远处。

灯光不是很明亮，人多又嘈杂，我进来时没有看见他。

哈拉汗意气风发，一下把我抱了起来。到底是吃羊肉长大的，瘦弱的胳膊竟那么有力，腕上戴着我送的那块电子表。他提议他的朋友们，为老朋友的相见干一杯，大家满上啤酒，举起来。

哈拉汗高兴地告诉我，去寻找玉矿的钱已经凑够，马上就可以出发了。这次来喀什，是最后挑选几匹骡子和帐篷。

那个晚上，我们一直喝到很晚，吃了300串烤肉，喝下5打啤酒。乌苏啤酒真有劲，喝得每个人都晕头转向。

分别时，哈拉汗发出邀请："明天我们一块去看香妃墓。"香妃墓正好位于喀什市东北角。我和强子早晨起来请了假去往香妃墓，与哈拉汗和他的朋友们会合。强子迫不及待，说："这女人到底长啥样，为啥嫁了皇帝又回来了，放着穿金戴银的日子不过，这回一定要搞清楚。"关于香妃的传说很多，我不知道强子听的是哪个版本。

太阳从东边升起来，该不该明亮的地方都明亮了，那些阳光照不到的角落和楼层的遮挡处，比起阳光直照的地方毫不逊色。

新疆的光线无比奇异，似乎每一块地方，每一个角落，距离阳光都是相等的。我们远远看到一片杏花如海，在一处伊斯兰建筑群中央，哈拉汗他们夹在人群中间，早到了。

"对不起，让你们等了这么长时间。"我说。

"我们也才到的啦，昨晚你俩就应该和我们同住，一块过来。"哈拉汗好像还没从醉酒中醒过来，有些含糊不清。他是带着女朋友来的，一个大眼高额的漂亮姑娘。

香妃陵墓占地很大，由门楼、大小礼拜寺、教经堂和主墓室等部分组成。正门门楼精美华丽，两侧有高大的砖砌圆柱和门墙，表面镶着蓝底白花琉璃砖。与门楼西墙紧连的是一座小清真寺，前有彩绘天棚覆顶的高台，后有祈祷室。

陵园内西面是一座大清真寺，正北是一座穹隆顶的教经堂。主墓室在陵园东部，是整个建筑群的主体建筑，主墓屋顶呈圆形，无任何梁柱，外面全部是用绿色琉璃砖贴面，并夹杂一些绘有各色图案和花纹的黄色或蓝色瓷砖，显得格外富丽堂皇、庄严肃穆。墓室内部筑有半人高的平台，平台上整齐地排布着大小不等的数十个墓丘，墓体均砌以白底蓝花的琉璃砖，看上去晶莹素雅。

至于香妃的身世和故事，没有看到经得起细思的介绍文字或图画。

据说，她真正的葬身地在河北，总之，这是一个不幸的苦命女人。我想起多年以前凭着想象写的一首《在秋天的喀什看香妃》的片段：

赶六千里路 来看你

我是安静的

我看山看水看尘埃的眼睛

几年前已经锈了

我要赶在它还没有盲瞎之前

看看不多的女子

诗中情境与眼前的相去甚远，整个游览过程中的心境倒是相同的。我看见哈拉汗自始至终抓着女朋友的手，仿佛害怕她会变成传说中的香妃，被人掠走。

哈拉汗和强子吵了一架，是在回城的车上。起因是强子说了一句："这女人攀上皇家富贵，又享不了福，后悔了，天下女人从本质上讲都是一路货色。"

坐在后排的哈拉汗，突然脸色愠怒，直直盯着强子，厉声说："你再说一遍？"

强子有些胆怯，嘴上却不甘示弱："没说你，又不是你的女人。"

哈拉汗站起来，逼向强子，喊："你再说一遍？"哈拉汗个子瘦高，面包车空间狭小，他只能弓着腰。

大伙赶紧拉住了哈拉汗。强子一脸不解，不知道哈拉汗为什么发怒。我也不知道。

五

炸药库建成了。炸药库应该修建在偏僻的地方，但本地安全情况复杂，距国境线又那么近，为了方便照应，我们将其建在距离工队大本营工程部不太远的地方，不隔山也不隔水，一眼就可以望见。

炸药库主体由水泥钢筋浇铸，墙体差不多有 1 米厚，四周用沙石埋压了厚厚一层，只留出一道铁门。内部还有两道铁门，指头厚的铁板门扇，拳头大的铁锁，身处其中让人有点瘆得慌。规格是按照 5 吨炸药的储量来修建的，其实空间存放 10 吨也绰绰有余。

四周拉上了铁丝网，门头安装了摄像头和报警器，守库员双人双岗，再配一条凶恶的狼狗，真正达到了人防、技防、犬防的三防要求标准。

罗罗和荣成是库房管理员，他俩都是光棍，无牵无挂，这样的

人才能真正心无旁骛地尽职。按要求,矿上不能存放炸药,随用随领,
当天用不完,要回库。

我每天都要在矿山与药库之间往返一两次,每次都要和罗罗下
几盘棋。这是他唯一的娱乐。开始时,我死活下不赢他;慢慢地,
他死活下不赢我了。

哈拉汗在去寻找玉矿的前几天来找过我。

那天也巧,我和罗罗激战正酣,大狼狗突然疯狂扑咬起来。我
顺着狼狗耍狠的方向望去,几十米外,哈拉汗和他的两个同伴各骑
一匹矮小的驴子。他们骑在驴背上,两条腿拖到地面,像驴子长了
六条腿。南疆驴子是荒野戈壁上有效的交通工具,关于它们,有许
多传奇故事,故事之一是,解放西藏时,它们被征用为运输队,有
两万多匹驴子死在了翻越大板的山上,也从此成名。无从得知他们
是怎么寻到这里的。整个矿区不通信号,我们的手机都成了聋子的
耳朵,打电话要到库斯拉甫乡。

哈拉汗是来给我送玉石的。一块真正的、上好的墨玉,它有一
尺长,像一只扁形的冬瓜,很重,两只手抱着拽胳膊。浑身黑得没
有一点杂色,细若羊脂。

"你拔一根头发,按在上面。"哈拉汗说。

我拔下一根头发用两根手指紧紧按在玉石上。哈拉汗的同伴点
燃打火机,火舌舔着那根头发,头发却始终完好。

"你看,这就是真玉。"

哈拉汗拥抱了我,打驴西去。驴声嘚嘚,在曲曲折折的河谷里
消逝。我把玉石装在矿斗里,运回矿上宿舍。从此,它成了我的枕头。

夜夜枕着它入睡,像枕着一个人,又像枕着一个梦。后来离开
得匆忙,这块玉石被永远留在了矿洞里。

叶尔羌河发大水了。

库斯拉甫乡下的麦熟了。

库斯拉甫乡下的甜杏黄了。

这些消息是从取水的司机那里得到的。我们每天从矿上往四下里望，天地茫茫，不见一棵树，不见一个活物，不知道季节走到了哪里。对面远处的山巅上，早上一片白茫茫，下午一片光秃秃。日子周而复始，生活循环往复。

活干得异常艰难，上下的矿洞也掘进了 300 米，一点矿也没有打到。中间那孔，是我所在的矿口，上下左右开了多个岔道，除一星半点的铅花子，始终没见到矿脉层。十几个工人看不到希望，趁早逃走了。老板也慌了神，找工程师来勘测。

从中国地质大学毕业的小四川，把山翻了个遍，皮尺拉断了几根，勘锤敲坏了几个，也找不出结果。最后，他说，往东打。东边山上打出了富矿，那是由一个河南人买下的矿区，与我们相距好几公里，于是我们掉转钻机方向。

一天晚上，我起来撒尿，天上一轮清辉从石洞门照进来，洞内如同白昼。

月亮又圆了，它那么近，那么安静。借着月光望向对面，那山上有一条半脚宽的小路，曲折盘绕，据说是野狐的路，但谁也没见过它。

一阵风吹来，虽然还没有力量，但已经凉了，并且分明夹了复杂的成分。秋天大概快到了。我打了个寒战，赶紧跑回被窝。

天没亮，我就开始发烧，舌焦唇干，浑身不自在。勉强起来吃了半个馒头，去上班。按照测算，至少要打 2000 米才能打到东山下，这是一项巨大的工程，洞里使用不了三轮车这样的机械运输，全靠人工架子车一趟一趟地把石渣拉出来，进度非常缓慢。为加快进度，炮工、渣工都实行了三班倒制。

两台风钻同时开动，消音罩喷出的白气又冷又有力，它冲击在洞壁上，又反弹回来，整个工作面白雾腾腾，像一个冰库，我浑身凉透了，不住地咳嗽。3天下来，我再也坚持不住了。

在病中，我做了个梦，梦见哈拉汗和他的朋友终于找到那座玉石矿，满山满谷的玉，白的、翠的、墨的，有羊脂玉、玛瑙玉……他们十匹驴子驮满了玉。可回来的路上，突然遭到一群不明身份的袭击者，他们全被打死了。哈拉汗拼命奔逃，被子弹打碎了半个脸……

我惊醒过来，洞内漆黑，无比安静，工友们都在熟睡。天光从洞门上透过来，投在地上、睡熟的人脸上。远处哗的一声响，是渣工卸下了一车石渣。

六

秋天说到就到了。

远处山峰上的雪线提示我们，秋天正在逐渐加深。

先是夜里落雪，白天融化。后来是早晨起来，山头白皑皑一层，雪线还很高，只有山峰高处才有；到了中午，雪线慢慢收起来，收着收着，只剩下光秃秃的峰头。

再过一段时间，早晨雪线铺展下来，渐渐扩张；中午时分，虽然雪线在回收，但速度减慢；后来，雪线干脆就不收了。

像一个秃顶的人，慢慢蓄起头发，头发逐日长长，渐渐垂肩。

这天早晨，我起得特别早，整个矿山还在沉睡。做早饭的师傅倒是起来了，叼着烟斗，在通炉火。炉火腾起一股煤味儿，冲得他不住地咳嗽。夜班的渣工估计快下班了，倒渣的节奏明显快起来，这一车刚倒下渣坡，下一车就接上了，石块们争先恐后地奔向谷底，腾起一股股烟尘。接着的炮工班正好排到我，炸药用完了，我拿起一个馒头，啃着，急忙往山下赶，去领炸药。

谷底负责后勤的人睡得像已经死去一样安静。机器熄了火，天地无声。帐篷的四周结上一层白白的碱霜，篷顶上落了一层灰尘，有人在上面写下一行字：我日他妈。字很漂亮，不知是谁写的，不知道他到底碰到了什么不顺心的事。

炸药库区也静悄悄的，一只苍鹰停在天空，好长时间才挪一下地方。太阳还未冒出山尖，一道霞光从山后击出，打在苍鹰的翅膀上，像是鹰把太阳引出来的。罗罗和荣成估计还在沉睡，这两个家伙工资不高，可以睡早觉。可从来都凶神恶煞的狼狗怎么静悄无声，难道也睡着了？

这时候，我看见地上倒着一个人，离炸药库不远。近看，是哈拉汗。他肚子上插着一把刀，刀柄华美，血正透过外衣往外沁。我惊恐地用手探了探他的鼻息，还活着。路边有一些杂乱的脚印，点点血迹洒向远处。我拼命喊叫起来，整个矿区的人都听到了我撕破天空的声音。罗罗和荣成提着裤子奔出来，也喊叫起来："欢欢！"那狼狗也死了。哈拉汗在医院昏迷了一天一夜，我在他左右，看着药液进入他的身体。医生说没多大事，只是失血过多。

半年没见，哈拉汗的胡子浓黑了许多，倒显得更加英俊。这半年里，他一定经历了很多事。

哈拉汗醒过来，拉住我的手，说了一句话："我没有对不起朋友！"说完，又睡了过去。那只失血过多的手，依然有力、温暖。两天后，我听到一个消息，有几个人被抓住，是他们毒死了狼狗。他们交代了那一晚发生的事情，其中一人满腔遗恨地说："事情差一点就成功了。"差一点成功了什么？我有点蒙，又隐约猜到了几分。

作者：陈年喜

被唾弃的男人的一生

28 年前，父亲去世，我把他葬在老家邯郸市索井村的祖茔。原打算母亲百年后把她与父亲合葬，给二老的一生画上完整的句号。

两年后，母亲因高血压住进彭城卫生院。在简陋病房的昏暗灯光下，母亲打着吊瓶，一遍又一遍地嘱托我："我死后丧事从简，别把我往你老家埋，更不能跟你爹合葬。"

早几年，母亲就曾多次与我们子女五人提过这个想法。她一生坎坷，我不该继续固执己见，只能点头应允。

母亲如此怨恨父亲，甚至不愿死后再与他相见。

一

1923 年，母亲出生在邯郸市固义乡韦武庄村，17 岁时被迎娶到彭城镇霍姓家中，婚后有了大哥。这位霍先生，生前曾在八路军中，与日伪军作战时牺牲，逝于壮年。

母亲第一次丧夫时年仅 20 岁。她带着大哥改嫁彭城瓷厂工人赵先生，生下姐姐和二哥。母亲与赵先生感情笃深，二人相敬如宾，之后十几年生活美满、幸福。可好景不长，母亲 30 余岁时，赵先生因病早逝。母亲为此悲恸欲绝，即便人到晚年仍在痛惜。

独自抚养三个孩子的重担，母亲难以承受。于是在 1954 年经人撮合，招赘我父亲，先后生下我和妹妹。父亲比母亲小 1 岁，

1924 年出生在邯郸市贾壁乡索井村一个农民家庭，在三个兄弟中排行老二。据本家的叔伯大娘讲起，我的祖上在清中期开过票号"文聚昌"，票号汇通全国，曾富甲一方。但到了爷爷那一代，家业衰败，一贫如洗了。因家贫，父亲没上过学。五六岁在家乡的山地里拾柴火、务农，15 岁到峰峰矿区当瓷窑学徒，19 岁回乡当兵。

1943 年至 1947 年，父亲曾在八路军某部的一个电台部门担任保卫工作。1947 年大军南下，父亲因身体不适离开部队，辗转至彭城的瓷窑，当窑工、拌炭工，继而遇上了母亲。

父母的结合，组建了一个大家庭，全家足有 7 口人。大伯在 1959 年的饥荒年景跳井自尽，老家的爷爷奶奶也靠父亲抚养。

父亲一个人的收入仅能勉强维持生活。母亲是个很贤惠的女人，圆脸庞，中等个头，整日不得闲，我幼年记忆中的她总是忙碌不停。

那时家里虽穷，但一家人相亲相爱，其乐融融。母亲知道父亲在陶瓷厂上班，活重，劳动强度大，食物跟不上，所以把家里的食物都紧着父亲吃。我年幼不懂事，见她给父亲拿干粮吃，我就拽着父亲的衣角喊："我要吃馍！我要吃馍！"母亲见状，总会大声呵斥。

1960 年，父亲在彭城五八缸厂干的是包工活，每天用独轮车运送五六吨煤，还要扒马眼（瓷窑顶部的通风口）。那一年，物资极度匮乏。尽管母亲精心照顾，一米八大个子的父亲，依旧每日食难果腹，常常饿得头昏脑涨。

5 月 25 日，父亲连续干了两天两夜活儿，刚和衣躺下入睡不久，窑工就把父亲喊起来扒北窑的马眼。父亲迷迷糊糊爬到窑顶，却扒了南窑的马眼。

窑工在下面大喊："扒错了！扒错了！"

父亲恍然大悟，立即堵回去，接着又下来和泥，把马眼封住。南窑的产品出窑后报废了，造成 5400 元损失。父亲于 1960 年 7 月 5 日被捕入狱，被判反革命罪。

父亲入狱后，家里失去顶梁柱，母亲不得不挑起生活的重担。

那时彭城人吃水得用辘轳从深井里取，母亲每天取水，用纤细的双肩挑着，走街串巷往人家里送，换取生活费。母亲早年挑水的那口井，每到冬天，井台的四周积满冰块，稍不留神就会滑倒。

之后，母亲去彭城公社搬运站找活干，推独轮车、拉板车，这两种车都是铁板焊成的，分量很重。母亲运着陶瓷，从陶瓷厂前往彭城火车站，途中要经过一段漫长的上坡路。母亲驾着板车，十二三岁的二哥在旁拉着帮套，艰难如骡马上坡一样，一步一摇。

母亲一生没有过正式工作，只是游走于各个单位当临时工。母亲在给我们解释此事时，说："当时并非没有机会当正式工人，但是我不能啊。要当正式工，得先学徒 3 年，学徒工资每月 18 元，根本养活不了你们啊。"

二

父亲入狱后，我随母亲乘邯郸的环形列车，去探视父亲。

下火车后，母亲拉着我，在黄土道上徒步很远才能抵达监狱。监狱处于一片空旷的平原上，老远就看见铁丝网高墙，还有高高的岗楼。

我和母亲站在监狱一个空旷的院子里，父亲由一个被称呼为"队长"的人陪同，走到母亲身边。母亲在父亲面前，一改平日里坚强作风，抽泣着诉说生活的艰难。父亲站在原地，搓着手，显得很焦躁、无奈。

母亲每一次去狱中探视，父亲便把自己省下来的津贴，偷偷塞给母亲，他每个月有两元钱津贴，逐月攒成十几、二十元。站在身旁的队长，常常把头扭开，装作没看见。

回到家后，母亲时常召集我们兄弟姐妹五人开会，让我们重燃生活希望。散场后，母亲会把大哥二哥叫到一旁，向他们解释她当初和我父亲结婚的原因，想化解他们对我父亲的怨恨，那时我并不理解他们为何怨恨我父亲。

如此过了两年，老家来信说，爷爷因为父亲的事积郁已久，终于气绝身亡，让母亲回去奔丧。考虑再三，母亲凑出 30 元钱给我，让一个年仅 7 岁的孩子回去奔丧。临行前，母亲再三嘱咐我要走哪条道，见了长辈该如何解释。

彭城距离索井 20 多公里，早年交通不便，来往全靠步行。我从彭城火车站出发，沿着铁路线一直走。累了，坐在铁道旁歇息；饿了，啃口母亲给的棒子面窝头。边走边打听，临近黄昏才灰头土脸地回到老家。

爷爷家门口搭着灵棚。叔叔一两年前因病去世，灵棚内跪着的都是尚未成年的孙辈，三个堂哥、一个堂弟。在灵棚外几盏油灯下，大娘愠怒，问我："你娘呢？咋就让你一个小孩回来了！"

我见大娘凶巴巴的样子，一时情急，把母亲教我说的话忘得干干净净，随即哇的一声大哭起来。奶奶见状，搀我进门。

母亲并非对爷爷奶奶没有感情，只是她不能耽误打工，并且再无余力承受族人的指责，因为在爷爷病重期间她没有替夫尽孝。

以往家里有什么要处理的，母亲都会托邻居写信，向父亲征求意见，父亲则托狱友回信。对于自己没有回家奔丧的事儿，母亲也去信向父亲说明，希望得到他的谅解。不过，父母这种鸿雁传书的亲密关系，随着时间的推移，逐渐濒于破裂。

1969 年，14 岁的我再次见到父亲。那年大哥结婚，父亲听说了，挺高兴，托我和母亲带一个搪瓷脸盆送给大哥，作为新婚礼物。

回到家以后，我继续上学。一次中午放学后，班主任临时召集班务会，莫名其妙地把我叫到讲台上，厉声斥责："告诉你！你要和你父亲划清界限，否则你一生都没有翻身的希望……"

我不知所措，立正听训，泪如雨下，事后哭着回家。我把经受老师无端指责的事，告诉母亲。她匆匆回家做饭给我们吃，一边忙活一边听着，却一句话也没说、一口饭也没吃，便去上班了。

母亲那时在彭城耐火厂工作，用草绳包装耐火砖。耐火砖大多是异形砖，个儿大且重，包装工作非常吃力。头一天需先用水浸泡草绳，使之柔软。冬天时节，浸泡过的草绳会结冰，冰碴子又冷又扎人。我时常放学后去帮母亲做事。在母亲的五个子女中，我最爱读书，母亲一心供我读书，想让我出人头地。我初中时学习成绩好，尤其受语文老师青睐，语文老师鼓励我继续读高中。

初中毕业，我未能如愿升学。那个年代没有升学考试，全由班主任说了算。班主任因为父亲的事，不准我升学。语文老师为此奔走，多次找班主任求情，均以失败告终。

母亲得知我没能升学，多年的劳累积怨涌上心头，她渐渐对父亲心生怨恨。

1970 年，父亲转至河北唐山的监狱服刑，来信说路途遥远，不让家人再去探望。往后数年，我们家历经磨难，母亲没再给父亲去信，也没再去过监狱。

5 年后，我下乡满两年了，按劳动表现被推荐、分配到邯郸地区交通局，一个事业单位。可在政审时，再次栽了跟头。

母亲听说此事，转身回房把门插上，号啕大哭。我们全家一直被父亲的事扼住咽喉，难以喘息。

三

1978 年，国家开始拨乱反正。那时我在一家偏僻的集体小企业当工人，得知政策消息后，赶紧回家把这一消息转达给母亲。

母亲将信将疑。我把形势和政策一一讲给母亲听，她才喜出望外，似乎有一种逐渐能顺畅呼吸的快感。

我给父亲写信，让他在狱中向上申诉。父亲回信时，应我的要求附上了判决书，并在信中再三申明："1960年发生的事故，不是故意所为；不是反革命性质；不是军工产品。"我极度渴望摆脱"劳改犯儿子""坏分子家庭"的帽子，便开启漫长的查明真相之路。

二哥单位有个热情的潘师傅，多年前和父亲同一个单位，常带我去找父亲的工友了解当年的情况。我去了解情况时买来二斤点心，那算是贵礼了。

一些工友说，父亲当年爱讲些"吃饭不吃饭，但等牛叫唤"之类的俏皮话，现在说没事，当年可不行。他们还表示，我父亲当年被判得有些重了。

有的人则透露，父亲当年不知因何得罪了孔厂长。我向父亲求证，父亲回信说，他的案子与孔厂长私仇有关。可这位孔姓厂长彼时已经去世。

我根据走访所得，以及父亲描述的情况，写了申诉状。1979年6月，复查办开始复查父亲的案子。

案子移交到父亲原单位陶瓷五厂复查，负责复查工作的是该厂保卫科。保卫科科长告诉我，在父亲案卷中，当时的副厂长刘勇曾证明：1960年父亲扒错马眼的窑里的产品，是一种耐酸性极强的工业用品，属试制阶段，并非军用品。此产品试生产过一次，没有成功。

多数参与复查的人证明，父亲当年所为并非有意。最终，复查结论是：量刑过重；定性不准；建议减刑。

这时，父亲距刑满释放只差几个月。母亲认为父亲没能完全恢复名誉，对此大失所望。

1979年，55岁的父亲提前几个月出狱。他没有给家里写信，回来得很突然。

我正在市里一家企业工作，与母亲生活在一起。午后下班回家，一个瘦削驼背、胡子拉碴、穿着印有"劳改"字样号服的老汉，出现在我的面前。

见到父亲，并没有想象中的那种欣慰与喜悦。阔别多年，我和妹妹早已习惯没有他的生活，无法开口叫他"爸爸"。曾蒙受他养育之恩的哥哥们，都未登门看望。

我和父母、妹妹一家四口，吃了个便饭。席间，父亲信誓旦旦地说："我一定要恢复自己的名誉。"母亲听后，为之兴奋不已，我也信心满满。

母亲把她居住的三间房子截出一间供我居住，母亲和妹妹住着另外两间。父亲回来后，母亲没有和父亲同房生活，妹妹一度暂居在朋友家让出房间，直到我婚后外出租房，妹妹才得以搬回家。

往后两年间，我和父亲奔走在各级法院之间。父亲没文化，出门不认路，我时常得请假陪同。没有好消息，一般不告诉母亲，她有时询问，我也是尽往好的方面说，怕她失望。

不管是哪一级法院，都有大量案子要复核、审理，进展缓慢。父亲、母亲没有工作，没有生活来源，母亲还把仅剩的单位遣散费400多元钱，用在了我的结婚上。家里人不敷出，父亲只好先停止奔走，去谋生。

四

父亲停止奔走后，母亲便催父亲外出找工作，可他因年龄大和刑满释放人员的身份，一直被用人单位拒之门外。母亲因而常和我抱怨，嫌弃父亲无能。

无奈之下，父亲挎着两个冰棍壶沿街叫卖。晚间回到家，父亲把五分、一毛的硬币以及毛票堆在桌上，数来数去也数不清楚。母亲不去帮忙，反而对他冷嘲热讽。父亲越发迷糊，索性不数了。

后来，父亲换过很多谋生手段。他和我说，想去学修鞋修拉链，理由是可以有优待。我告诉他："优待是针对残疾人的，你要干不见得不收你的费。"他神色黯淡，就此作罢。

父亲生前从事的最后一个活计，是在陶瓷二级站套缸。那时父亲已是六十几岁的人，那些笨重的陶器在他手上翻来转去，十分吃力。这笨重的体力活，出力不小，挣钱却不多，尽管父亲极其节俭，一个月的收入还是仅能维持他的生活所需，连母亲都养不起，只能靠我们帮扶。

因父亲出狱后没有全面平反、得到安置，母亲对他心存芥蒂，夫妻常因生活琐事吵闹。母亲让父亲分摊电费，父亲不给，母亲便把通往他房间的电线掐断，父亲不甘示弱，干脆把整个房子的电都掐断。

二哥查出断电原因以后，手持菜刀要去报复，后来被邻居劝住才没酿成大祸。为此，我把父亲带走，随我同住。母亲拦住，不肯放行，她生怕我把父亲带走以后对她不管不顾。

我放下行李，细细对母亲解释："父亲搬出去以后，你俩不会再因琐事纠缠，彼此相安无事。我向你保证，父亲搬出去后，我仍会一如既往地孝敬你。"得到这保证以后，母亲才放行。

出狱后的第十个年头，父亲患上胃癌。一天上午，我从办公室出来，发现父亲蹲在我办公室外，要知道他从未到单位找过我。他面色煞白，痛苦万分，双臂交叉抱在胸前，等我出来。

我问父亲："怎么了？"

"肚子疼。"

我带着父亲去河南安阳内黄寻医问药。这次求医之旅，不仅没有给父亲减轻痛苦，反而给他带来了委屈。父亲方便时走进了女厕，被人破口大骂，我赶紧上前解释父亲不识字，才息事宁人。

返回彭城卫生院，医生做钡餐造影，最终诊断结果是，父亲得了胃癌。我无法接受现实，又带父亲到区中心医院、峰峰矿务局总医院……父亲被确诊为胃癌晚期。

我把父亲安置在我的租房里。房东见父亲病入膏肓，怕人死在他房子里，不吉利，一直催我把父亲带到别处。二哥听说这事，心软了，放下以往的嫌隙，帮忙劝服母亲，父亲才得以回老屋居住。

到了后期，父亲疼痛加剧，每天要靠杜冷丁减少痛苦。我定期去医院拿药，回来后让单位的保健医生给父亲注射。后来医生在父亲臀部画了个十字，告诉我往十字上方的两个部位打针都没事，久而久之我也学会了注射。父亲临终前一个星期住在医院里，我和妻子不分昼夜地照顾他。父亲意识到自己即将离去，把全部存款400多元拿出给我。这钱少得可怜，连他住院看病、丧葬费用的零头都不够。

父亲让我带他出院。出院那天，骄阳似火，室外温度高达40多摄氏度。我和妻子把父亲抬到板车上，让8岁的儿子坐在他身旁打着伞，艰难地把他拉回彭城的家中。

当天夜晚，父亲走了。

五

两年后，母亲因脑干出血溘然长逝，大哥决定把母亲安葬在彭城，他的责任田里。

2018年7月，大哥病故。大嫂与我们商量：再做一个棺椁，把母亲的赵姓前夫移葬到彭城，与母亲合葬，把大哥葬在母亲脚下。

母亲在世时，常说："我一生中，只在赵姓前夫那里过了些好日子，和他有感情。"

那便遂了母亲的愿吧。

作者：李进才

何以为家

一

"老表啊，今年批不起去年的价了，你出去打听打听。实话和你讲，你们这地方不好跑，总不能让我赔着油本做买卖吧。"

"再高点，价格合适这好几十担都批给你。你也省得到处凑批了。"

橘子商贩精明算计，批发价一年比一年低。父亲不愿妥协，双方僵持不下，价格始终谈不拢。最后父亲说："老表，今年先不批了，再看看吧。"

1995年冬天那个早上，我们目送橘子商贩的东风大卡绝尘而去。父亲蹲在家门口，一句话不说，不停地抽烟。母亲站在他身旁，手里拿着吃了一半的橘子喃喃自语："越卖越贱，越卖越贱，这是为什么呀……"

父亲说："在我们这穷乡僻壤，橘子还算稀罕物，可是在外面它就像水稻。比咱家椪柑个儿大、水甜、卖相好的品种多的是。赶上这两年风调雨顺，橘子遍地开花，一年比一年多。这东西多了，就不稀罕了，也就不值钱了。再加上我们这地方偏僻，路不好走。商贩就是抓死了这点，笃定我们不批只能烂掉。"

父亲在小镇汽修厂上班，也是村里栽种果园第一人。乡邻都佩服他，提起他要竖大拇指。这些人并不知道，父亲身体羸弱，常年受胃病折磨，干不了什么重活，担挑不了，肩扛不起。有时候他犯了病，母亲就拿着碗，不停地给他刮背、拍打、喂糖水。就算这样，父亲还是每天骑车 7 公里到汽修厂上班，下班回家照顾孩子，打理牲畜、鱼塘和橘子园。而耕犁担扛、粗活重活都落在母亲肩上。

"算了，咱们自己卖！"父亲说。

"六七十担橘子，6000 多斤，要卖到什么时候？"母亲问。

"按橘子贩的价钱批了，一年的辛苦和肥料都不够，咱们散卖兴许还能挣点。"父亲叹了口气说，"就是散卖的话，以后你要辛苦点了。"母亲没念过一天书，对父亲向来言听计从。她明白父亲的无奈和愧疚，没有责怪父亲，只是隐隐担忧，不知道这 6000 多斤橘子要卖到什么时候。

就这样，6000 多斤橘子，全担在母亲身上了。"妮子利索点，再晚点连摆摊的位都没有了。"天还没亮，母亲便催促我起床，同她一起赶村集，卖橘子。母亲右肩挑一担沉甸甸的箩筐，右手紧拽着前面的绳子，左手伸到后面稳住另一只箩筐。担子随着母亲的脚步摆动，发出吱吱的响声，不到 10 分钟便走到了村集市。

母亲拿出两个小木凳，一扎红色的塑料袋和一杆铁秤。

"好了，就这里吧，等会儿有人经过咱们摊了，嘴巴甜点，知道不？眼睛盯紧，别让人顺手摸鱼了。可要注意了！橘子喊一块八，有人要还价，就一块七，10 斤以上最低还到一块六，给我记死了啊！"母亲说。

"还有，称的时候杆不能压得太低，但也别翘得太高了，小便宜咱不占，赔本的买卖咱也不做，账一时算不下来别急，实在不行拿笔算，记住了！"

听见母亲的唠叨叮嘱，我忐忑紧张起来。

"妈，万一我算错钱、说错话把顾客吓走了呢？"

"你看你怂的，就这点胆儿。念书都念得缩回去了，多说两次，多算两次不就好啦。"说着，我们迎来了当天的第一位顾客。

"橘子怎么卖？表嫂。"一位提着菜篮子的中年大叔走到摊前。

"好甜的橘子咧，不贵，一块八一斤。自家种的东西。"母亲一脸微笑地回复道。

"一块八还不贵？人家都卖一块五。"

"看你说的老表，一分价钱一分货是不是？人家的我不知道，我这橘子自产自销，绝对好吃，果园就离这儿五六里地，附近乡邻没有不知道的。你剥一个尝尝就知道了。"说完，母亲把剥开皮的橘子递了出去。大叔不好意思拒绝，拿了一瓣放入口中。

"不蒙你吧，我们家的橘子又甜水分又足，你随便选。"母亲随手将塑料袋递给他。大叔边接过塑料袋边往外吐了几粒橘籽，然后蹲下来，往箩筐里挑拣起来。

母亲叮嘱我准备上秤，自己亮起嗓子，对着行人招呼起来。我暗自佩服母亲的胆色和伶俐，逼着自己学会上秤、算钱、找零。

二

赶村集早市的人不多，有三四家在竞争。我们多的时候卖七八十斤，少的时候一早上都不开秤。为了多卖点，母亲经常双脚冻得僵硬，等到人散得差不多了，才撤摊回家。

母亲并不气馁，为了多卖橘子，她开始变着花样。

前来赶集的乡邻，菜篮子里都会或多或少地拿一小撮葱、蒜和香菜。母亲动了心思，把家里种的小葱和香菜摘三五斤，洗得干干净净，分成小撮掰扯开。遇到橘子买得多，或者讨价还价的，母亲便搭赠几撮小葱和香菜，到后来又送芹菜、两三截甘蔗。

很多顾客自然欢喜，也不便再僵持。他们既省去单独买小菜的劳什，又觉得捞了个划算。慢慢地回头客也多了起来。

这种卖大菜赠小料的方法，很快受到同行跟风模仿。

在村集市卖了一段时间后，母亲觉得售卖量太小，决定去赶每隔两天一圩的乡镇集市。那里人流量大，肯定要好卖得多。

她把这个想法告知父亲，父亲沉默了许久说了一句："只是那样你会更辛苦。"从家通往镇上的 7 里路，坑洼不平。拖拉机是唯一的交通工具，可是通常很难搭得上。大多数时候，母亲走走歇歇，挑着百来斤的担子，要花 3 个小时才能赶到。

我单独背一个洗净的化肥袋，帮助母亲分担橘子的重量。母亲总怕压着我，每次在家分装完毕后，都会亲自掂了又掂，"重不重，重不重？"反复地问，让我背着走两步，才会放心捆住袋子。

路途中，我们往往来不及避让前后来车，被糊一脸灰土泥沫星子，这时母亲就会抬起衣袖，往脸上狠狠地抹上几道，边嘀咕着："这杂破车不长眼，呸呸呸。"边往外吐好几下。

下雨天更惨。溅一身泥是常有的事，脚一打滑就摔跤，后仰摔、跪地摔、俯卧撑式摔、脸贴地式摔……几次摔倒后，我干脆一屁股坐地上，放肆地对母亲置气哭喊："我不要走了，不要走了。"每当这时，母亲就挑一块有碎石的地方把担子放稳，长叹一口气责骂起来："死妮子，不做哪来的吃？"边骂边搀扶我从泥泞中爬起。

"妈，我们就在村集卖吧，或者以后下雨天别赶乡集了好不好？"我近乎哀求地哭着对母亲喊。

母亲颇为无奈地回答我："好，以后下雨，妈自己去赶。"我只能憋着委屈和懊恼，不敢再任性。母亲脚下也不是那么稳当。因为打滑，有两次箩筐直接翻进路边的溪沟。自那以后，她会在布袋里备上一两套干净的衣裳，总是说："做买卖要穿得清爽干净，不是叫花子讨饭。"后来读书念到"蜀道难，难于上青天"时，我总是不以为然。因为这世上最难走的路，我已经走过了。

镇上确实人多繁华，但卖橘子的也多，十里八乡的果农都挤过来赶场。母亲安顿完摊点，嘱咐我看好，到周围转了一圈，10 多分钟后回来吩咐我："你听着,今天喊不起一块八,会把人吓跑的。我问了一圈,也尝过,个头比咱家大,甜味也不比咱家差的,才喊一块五,卖相次的都喊到一块二去了。咱家起价一块五好了,留一毛钱的还价余地。"

我佩服母亲脑子的灵泛,不由得脱口而出:"妈,你可真行。"

"买卖可不能瞎来,价不能乱喊,不了解行价,不晓得别人卖况,那哪成。"母亲一本正经地回答我。

因为人流量大,问价试吃的顾客比村集市多出好几倍。亏着母亲能言会道,我们的摊点总是围满了人。不管看似多忙乱的情景,母亲总能在关键节点给我丢来任务和叮嘱:

"找5块给穿红衣服的婶娘。"

"收这位高个帅哥15块。"

"给这位年纪大的阿婆挑几个最甜的。"

"再多捡一个送这位姑娘,不用找钱了。"

"妮子,钱袋子收紧了,别漏风了……"

有时卖完橘子,时间还早,母亲会让我拿出几块钱,去街头买两串糖葫芦,我们挑着空箩筐,咬着糖葫芦往家走。为了赶回家忙田间的农活,母亲总是脚下生风般跨着大步,而我要断断续续小跑着才能跟上。听到母亲吱吱吱地从牙齿间发出的声音,我便跑上前,看见母亲被糖葫芦酸出了眼泪,忍不住哈哈大笑起来。母亲也笑:"好酸,好酸,过瘾,不困不困了。"

我笑出了眼泪,也听出了母亲笑语中无尽的疲惫。

三

有一次,我们遇到一对下乡吃喜酒的夫妻,两人足足买了20斤,一个劲地与母亲说:"表嫂啊,在市里这么便宜又甜的橘子真难遇到,还死贵死贵的,差了足足一块钱咧。"母亲把这话听了进去。当天晚上，她和父亲商量，要不要把橘子拉到城里卖。父亲满口不答应："你一不识字，二不认路，我上班抽不得空，别折腾了。"

第二天，母亲却悄悄挑着 100 多斤橘子搭上了去往市里的客车。

那天她回来得特别晚，没等父亲责怪唠叨，便兴奋地与我们说起在市里见到的各种新鲜好玩的东西。

尤其是那碗 1 块钱的桂林米粉，母亲频频夸赞，却又心疼不已。她说："大半斤橘子才换一碗米粉，明明橘子更金贵。"

后来母亲又去了两次，一次为了赶上回镇的末班客车不得不便宜批发，一次被执法人员查到未交摊位税，罚了 18 元。

母亲回来算了一笔账，算上搭车、交税和赶车的仓促，始终是划不来，便决定不再往市里跑。更重要的是，她一个人扛着百来斤的橘子，上下车着实不易。那时我特别好奇，大字不识的母亲如何有这般能耐，一个人往市里跑，又能找到贩卖水果的市场。母亲嗤笑我："傻妮子，有嘴走遍四方，念书要开口，做生意要张嘴。"

我又问母亲："怕不怕？"母亲说，她最害怕的是橘子卖不出去，卖不出一个好价钱。那段日子全家最开心的，莫过于母亲撤摊回家后，一家人围着她数钱。看着母亲翻遍衣兜和裤兜，掏出钱的瞬间，颇有中大奖的感觉。可惜这样幸福的感觉并不时常有。

一次数钞票的过程中，父亲拿着一张百元钞不停地摩挲，正反面看了又看，再举起来，背光辨认了几秒告诉我们："收了一张假票。"

母亲接过父亲手里的假票："确定是假的啊？"

父亲认真点头："是。"母亲拍打着膝盖骂咧："这天杀的骗子。"

"以后找大面钱的时候谨慎点，实在拿不准咱不卖了。"

"算了，没准儿别人也不知道是假的，假票害人。"

她轻易释怀，原谅了前一秒还恨得咬牙切齿的骗子，随后把假钞撕了个粉碎，丢进烧着火的灶头。

长年不堪负荷的劳作，让母亲的腿落下了关节病。每天晚上，我都在手上涂抹药水，拍打母亲的双腿。她咬着牙闭眼说："不够力，再重点，打得重，通得快，好得快。"此后，父亲不准许母亲再独自挑担赶集，除非能搭载上拉货车，不过这样的运气很少碰得到。家里卖橘子的进度越来越慢了。那段休养的日子，母亲总是一瘸一拐地走到橘子屋，嘴里念叨："剩下这一堆还要卖到啥时候？你们啊可真是不争气。"说着不停地拍打双腿。

四

年后，我们几个姐妹都顺利地注册上了学，没有拖欠一分学杂费，让村里许多年年欠着学费上学的小伙伴们羡慕不已。屋里还堆着两千来斤的橘子，有的已经泛绿发霉。为了不让好橘子受到影响，母亲每天都会挑拣上好一会儿。

每天走出橘子屋，母亲都会提着一个装满烂橘子的红桶，在堂屋坐上一会儿，从桶里拣出一堆半坏半好的橘子，一个接着一个剥开，坏的一半瓣掰开随手丢进红桶，嘴里吃着没坏的瓣，边吃边说："真甜，真甜。"橘子一直卖到 5 月中下旬。卖完那天，父亲去镇上买了一个很大的猪蹄膀和几斤酸笋，烧了母亲最爱吃的红烧猪蹄和酸辣鱼汤。饭间，父亲一脸愧疚地对母亲说："今年橘子批发价就算再贱也要卖掉，不能让人这么遭罪了。"

母亲笑说："人活着哪有不遭罪的？"

我插嘴说："还是做猪好，不遭罪，吃饱了睡，睡饱了吃。"

母亲拿着筷子狠敲了我，一本正经地说："真是个傻娃崽，做人遭了罪，但能享福。猪享了福，却要遭大罪啊。"

全家子忍不住大笑起来，一口酸辣汤如鲠在喉，呛得我泪流满面。

我还记得，那年，我 11 岁，小学六年级。

作者：秦　湘

刑满出狱的父亲

一

父亲曾是一个风度翩翩的猪肉贩，梳着20世纪90年代的经典中分发型，留着陆小凤般的八字胡，身穿一件大风衣。

据老家人说，父亲年轻时高大帅气，幽默开朗，在村里知名度很高，人送外号"半天云"。我老家在万州一个紧临长江的渔村，多数人以打鱼为生，父亲也是。

我长到上幼儿园的年纪，父亲带着我和母亲去往湖北宜昌，贩卖猪肉。爷爷曾是村里的杀猪匠，父亲从小耳濡目染，所以宰猪也算得上是"家学"。

初到宜昌，一家三口住在一个逼仄、又黑又潮的房间里。摆下一张床垫，只剩一条窄窄的过道，没有地方搁桌子和衣柜。安顿好我们、找到摊位以后，父亲每天两三点起床，去屠宰场杀猪，以此省去请人杀猪的费用。一直忙到傍晚，他才会收摊回家。

当时生活拮据而艰辛，我却上着周边水平最高的幼儿园，还报了学费较贵的英语兴趣班。父亲常教导我要努力、好好读书，4岁的孩子自然不会懂父母的良苦用心，直到长大成人才理解，父母原本不需背井离乡也能过活，他们出去闯，是为了给我更好的成长环境和教育条件。

父亲脑子活，肯吃苦，生意渐渐步入正轨，我们搬进了大一些的房子。父亲迅速购进全套家庭影院，大彩电、音响、影碟、功放，配得齐齐全全，都是当时价格不菲的物件儿。

夜间回到家，父亲往头上抹一把摩丝，拿起无线麦克风，跑到楼道唱歌，嘚瑟时像一只求偶的孔雀，天真时却像一个还没有入世的孩子。这个踌躇满志的青年，终于实现了自己的一点小目标，怎么能不开心呢？

不过，父亲似乎很想念老家，我记得他出去吃饭总会点一盘爆炒小虾米，以前在渔村，他也时常做这道菜，又香又脆。

二

我家的摊位左边，是老冯的摊位。老冯有个乖巧的女儿，妻子怀着二胎，那是一个其乐融融的家庭。

下午生意冷清的时候，菜市场的几个猪肉贩常常围在一起打扑克。据父亲说，老冯经常在牌桌上怼他，使他难堪。

父亲原本不认识老冯，现在摊位紧紧挨着，所以关系很微妙，可能双方都会觉得对方抢了自己的生意。老冯和父亲互不待见，但在老冯跟我开那个恶意玩笑之前，双方都谈不上有什么仇怨。

6岁那年一个周末，我到父亲的摊位玩儿。老冯从别处骑摩托车过来，把我叫过去，说："你摸一下摩托车的排气筒，我就给你买雪糕。"

我毫不犹豫，把手贴了上去。排气筒很烫，我的手立刻变红，没过一会儿，整个手掌满是水泡。母亲听到我的惨叫，吓得不轻；父亲比较冷静，没多说话。

老冯心生愧疚，立刻载我去诊所拿药，连连道歉，事后给父亲买了一条烟赔罪。或许他也没有想到会把我烫得那么严重。

从此，父亲对老冯心怀芥蒂。

1998年7月14日清晨，天空微微发亮，下着淅淅沥沥的小雨。

我家摊位右边的猪肉贩老温要回河南老家探亲，父亲提前和老温打过招呼，在他探亲期间会占用那个空出来的摊位。二人的摊位本就连在一起，老温爽快地答应了。

老冯也想把肉挂到老温的摊位上。我母亲态度强硬，不让他挂过来，老冯把肉挂上去，母亲给他摘下来，两人孩子气地来回拉扯。几个回合后，两人激烈地对骂起来。父亲把母亲拖回来，旁人过来帮忙，费了好大的劲才将他们劝开。

过了一会儿，老冯又把猪肉挂到老温的摊位上，母亲气不过，提起猪肉扔了回去。老冯怒火中烧，拿起磨刀棒，一把抓住母亲，往她头上猛砸了四下，母亲当场晕倒。父亲反应过来时，母亲已经躺在血泊之中。父亲催促老冯帮忙，一起送母亲去医院。此时老冯还没冷静下来，他拖起剁大骨的砍刀，挥向父亲的头颅，父亲把头一埋，竟然躲过。老冯自知敌不过父亲，转身就跑。

父亲抄起尖刀，紧追不舍。大概追出 50 米，眼看就要追上，父亲想刺老冯屁股一刀，给他个教训。没想到他突然转过身来，父亲的刀尖鬼使神差地刺中了他的股动脉，鲜血瞬间汩汩而出。

雨水从房檐滴下，溅起地上的鲜血和泥水。刀光剑影过后，菜市场陷入与往日不同的混乱、嘈杂。救护车赶到时，已经太迟，老冯死了。

父亲一位朋友见势不妙，塞给他一些钱，让他赶紧跑路，父亲没有跑。后来，母亲被救了回来，父亲则因为没有对老冯实施必要的救治，被判有期徒刑 14 年。

三

父亲入狱改造。我对他的记忆极少，我试图去思恋他，却想不起小时候他对我说过什么，我们一起做过什么。

母亲出院后去外地打工，我则开始颠沛流离的生活，寄居在各个亲戚家，没有说"不愿意"的余地，只能接受安排。

我和父亲的交流，主要依靠信件这样古典而浪漫的方式。

我住到大舅家后不久，收到了父亲的第一封狱中来信，无非是一些让我好好读书、注意身体、孝敬长辈的话。父亲的信像是小学生作文，他总会在文章末尾写一个金句：就算只有百分之一的希望，也要付出百分之百的努力。我很珍视那封信，用一个一年级学生能够做到的极致工整，一笔一画地誊抄了一遍。

小学期间，我转了 5 次学。不管在哪里，我都不愿谈起父亲，有同学说到父亲的话题，我就主动躲开，唯恐他们窥见我的秘密。我经常转学，作为外来者，我忍受着本地孩子的欺负。要是再让他们知道父亲的事情，说不定会指着我的鼻子，嘲笑我："他爸爸是杀人犯。"

母亲在深圳打工，她看见有人穿一种白色厚底显得与众不同的旅游鞋，其实只是厚实一点的运动鞋。母亲心疼我，买了一双寄到大舅家。那时周围穿这种鞋的人很少，任凭大舅如何劝说，我也不肯穿。那时，任何能引起别人注意的事都会让我不自在，我是一个卑微的人。于是，我打赤脚，踩着铺满碎石的马路，淋着初冬的阴雨跑去学校。

不久后，父亲来信说希望看看我的照片。我已经不再像以往那样乖巧懂事，很不情愿去拍照。不过我拗不过大人们，只好去了。我没有细心打扮，而是穿着一身很破旧的衣服。

后来，我从母亲口中得知，父亲看到那张照片伤心了许久，他觉得自己没能尽到父亲的责任，对不起我。其实，我从未怪过父亲，即便在受人欺负、最无助的时候也没有。我对父亲的记忆和情感，就像那信笺上的墨迹一样，随着时间的推移越来越淡。

考上初中以后，我常常会想：父亲一个人在里面过得好不好，有没有和别人打架，潮湿的环境会不会让突出的椎间盘更加疼痛，多年的胃痛有没有好一点，受不受得了里面的劳改任务？每每想到这些，我都会流泪，但那眼泪代表的不是爱，而是同情。

有一年寒假，橘子熟透的季节，大江两岸，漫山红遍。父亲来信说想看家乡的橘子树。我拍了一些橘子树的照片寄过去。父亲很满意，回信说拍得很好，尽管很多照片都是糊的。

四

父亲减刑3次，总共减刑3年，服刑11年，于我读高二那年出狱。

一个中午，6月已至，骄阳似火，远远能看到柏油马路上腾起的水蒸气。父亲回来了，在一个饭店庆祝，我即将迎来与父亲分别11年后的重逢。

我走到饭店门口，父亲跑到马路上迎接我。他老了，但我一下子认出他来，他一定想不到我已经长得比他还高了。他一直笑，夸张的笑容挤出沟壑般的鱼尾纹和法令纹。

父亲拍了拍我的肩膀，让我进去。

那见面的场景，父亲也许反复练习过了。我却不知道用什么动作和表情，来面对这一刻，只是淡淡地笑笑，像在类似红白喜事的场合应付陌生亲戚。

这场阔别重逢并不温馨，反而略显尴尬，没有迎面扑来的拥抱，没有声嘶力竭的苦情戏，更没有喜极而泣的泪水，一切都在平静中草草结束。我吃过午饭便返回学校。

我甚至没有叫一声"爸爸"。多少次话到嘴边，却如鲠在喉，叫不出口。刚开始，我对父亲没有称呼，说话也极少。后来才叫他"老汉儿"，比"爸爸"这个称呼粗犷一些，不过顺口多了。我同样也感受到父亲在称呼我时的手足无措，只是犹豫不决地叫着我的大名。

那时，我快高三了，每日早上6点多出门，晚上10点才回家。我敲门，父亲把门打开，艰难地弯下患有椎间盘突出的老腰，把拖鞋整齐地放到我脚边。每每这个时候，我会很不自在，父亲对我太客气了。

父亲做了很多饭菜，其中有不少需要花几个小时才能完成的"大菜"。父亲已经有 10 余年不曾下厨，我看着那些饭菜，明知他很用心却完全吃不了，每次都让他做简单些。

回家后，父亲迎来 43 岁生日，他邀请了一些朋友到家里。在饭局上，我端起酒杯，想对他说些什么。一桌人都看着，我最终什么也没有说，喝下那一杯酒便回屋写作业了。

为了缓和尴尬气氛，父亲赶紧招呼朋友们："没关系，没关系，我们吃，我们吃。"

客人散去，父亲睡下，我在父亲的桌子上留了一张字条，写着"生日快乐"。父亲看到那张字条后很伤心，与母亲说，自己很失败，亲儿子有话都不跟他说。我与父亲，十几年来不曾为人子、为人父，有些不熟练，想真正走进对方的生活，却找不到门在何处。

五

我外出念大学，经常给父亲打电话，主要目的是要钱，也会聊聊天。我惊讶地发现，我俩在电话里聊上 1 小时仍觉得意犹未尽。

春节，一家三口坐在一起看电视。母亲对我说："你不能老是不开腔，要多说话，人既要有口才，又要有嘴才。"我问母亲："嘴才是干什么的？"父亲突然插话："口才是用来说话的，嘴才是用来吃饭的。"真当着面，父子俩却只能尬聊。

2018 年 7 月，我刚刚研究生毕业。有一天忽然感觉臀部有些不适，到医院检查，普外科的医生说是肛周脓肿，不能自愈，需要做手术。同时，我的血常规有些异常，血液科的医生建议我做一个血象分层检查。天色不早，我打算次日再去做血象的检查。

得知我要做手术，父亲不放心，连夜跨越几百公里前往重庆，来到我面前。当晚，我和父亲分别躺在标间的两张床上。

"老汉儿，不是吓你哟，可能是白血病。"我忽然开口对父亲说。

"卵咯（不可能吧）。"父亲说。

我生平第一次与父亲开玩笑。那时我坚信生活的主要矛盾，只是我对美好生活的向往与肛周脓肿带来的剧烈疼痛之间的矛盾。

第二天，我去做血象分层检查。两小时后，我拿着结果出来，走到父亲跟前，把手搭在他肩膀上，说："哎呀，还真是白血病。"父亲显得有些蒙，好像在说"卵咯！"。

我们都很难接受这个事实，但也都清楚必须尽快振作起来。我被肛周脓肿困扰，好几天没有睡觉，身体虚弱，血红蛋白很低，贫血严重。急性白血病发病非常凶猛，如果不及时住院，有可能还没来得及治疗就已丧命。好的医疗资源总是稀缺，父亲带着我在重庆几所大医院来回跑了好几趟，都没有找到床位。

初步确诊后的次日夜间，我和父亲想去一家医院的急诊科争取一个床位，然后转去血液科，但还是没有成功。我缩在医院的椅子上，疼得咬牙切齿，束手无策。父亲上厕所回来，我发现他眼睛是红的，显然流过泪。

在医院的椅子上坐了许久，父亲直接冲进血液科医生的办公室。很庆幸，他找到一个医生，给我安排了一个床位。我得以开始接受治疗。父亲表现出的冷静克制和积极争取，令我敬佩。

父亲在里面待了 10 余年，出来以后却能迅速适应社会、找到工作。这几年，他从老行当猪肉贩转变成超市的生鲜采购人员，很积极地生活。我最终确诊患上白血病以后，父亲不得不来回奔忙于重庆、万州和贵州三地之间，照顾我、照顾家里，还要兼顾工作。

2018 年 11 月，我感染得很重，无法动弹，插上了呼吸机，医院给父母下达了病危通知。父母细心照顾着我，清除排泄物，连续数日无法安眠。

我迷迷糊糊，有时会想道：在这场被命运主宰的游戏里，我们不过只是任由摆布的小丑，不过总会有人扮演着英雄的角色，父亲就是我的英雄啊。

渡过那次危机后，我的病情有所好转。

六

前段时间，我情绪不太好，夜间独自一人出门，在一个仓库门口坐下，没有接父母的电话。不知父亲是如何找到我的，他在我旁边坐下。我转着手里的矿泉水瓶，他时不时看我一眼。

很久以后，父亲点燃一支烟，又迅速掐灭。他说："都会过去的，你看老汉儿，那么多的困难都克服了。"语气好温柔，或许就像儿时哄我入睡一样温柔。

父亲见我不回话，接着说："有百分之一的希望，就要付出百分之百的努力。"这句话用在此时此刻，似乎不那么土了，显得恰到好处。28 岁的我与 53 岁的父亲并排坐着，那是我们的心靠得最近的一次。

上一次住院治疗，我躺在床上，父亲在一旁给我削苹果，他让我帮忙网购几条内裤。

"三角的，还是四角的？"我问。

"三角的。"

"为啥穿三角的内裤，不勒吗？"

"也许是被生活磨去了一个棱角吧。"

我笑一笑，换了个话题："老汉儿，你把烟戒了噻，你以后要是得癌症，我可不会给你削苹果。"

父亲也笑一笑，把削好的苹果递给我。

作者：刘言蹊

陪我高考的女孩嫁人了

一

讲台上那位上蹿下跳的老师，是班主任龙哥。他教我们政治课，边讲课边把黑板砸得摇摇欲坠。我被震慑，不敢打瞌睡。

45分钟后，下课，吃午饭。我和朱飞打来四份米饭，拌了一个豇豆炒肉盖饭，挨到食堂空无一人，去食堂后面抽烟，商量之后去哪里学画。

下午，专业老师老丁去开会，嘱咐班长盯着大家好好画画，放学后交作业。朱飞没来，在宿舍看刚借来的黄色小说。他把书撕成两半，递来后半部分，让我也别去上课。

这是2005年夏天，18岁的我在山东一所民办学校待了几年，周边几座城市考不上高中的孩子都聚集到这里来了。大家经常拉帮结派，打架斗殴，我也是。后来我意识到自己有画画的天赋。如今，老丁形容我是"八大美院的苗子"，更不能轻易逃课。

班长把四个石膏模特放在教室四角。我坐在金超和王新之间。上课前，金超的女朋友用红黄蓝绿四色钉子，帮他钉上了干净的画纸。王新没有女朋友，纸钉得皱皱巴巴的，像卫生纸。

这哥俩推测，老丁是去参与讨论带我们去哪里学画。他们欣喜若狂，冲我两只耳朵胡说了一个小时，才开始琢磨眼下的事儿。

王新每看一眼石膏，就在空气里虚画一笔，却不在"卫生纸"

上留下一丝痕迹。

"你这是作法呢？"我问。王新笑一下，抿着嘴继续。

老丁回来了，所有人从画板后面偷看他，等他宣布带我们去北京或济南的消息。他不说话，草草转一圈教室，托着腮帮子坐到凳子上，嘟着两片厚嘴唇。他被领导骂了才会这样。

刚开完会的老丁，垂头丧气，我似乎明白了点什么：他一直主张去济南，看来是领导决定让他带我们去北京。我立时哈哈大笑。

老丁站起来，宣布提前下课，半小时后去小礼堂开会。

金超的高级钉子拔得最快，但他没去交作业，坐在凳子上不动。他对自己的画心里没底，在等待时机趁乱交画。王新也把"卫生纸"拆了下来，镇定自若地翻过纸面，一幅画好的伏尔泰出现在背面。

我想赶紧去开会，便先上去交画。老丁看了，说："你这个样子考美院还是有点悬，一定稳下来，不要骄傲，不要浮躁。"

然后他接过小婷的画，点评她画得更没细节。小婷没给老丁继续说下去的机会，抓起铅笔和橡皮跑了。金超把画往老丁身边一塞，也要跑。"回来。"老丁喊着，"你这画的哪个？"大家都凑过来。

"斯大林。"金超笑，说，"啊，不是，是高尔基，丁老师。"

老丁把画扔在一边，没再理他。这是他表达"小型愤怒"的方式。

最后，他接过王新的画，问："这又是哪个？"王新抿着嘴，说："伏尔泰，丁老师。"老丁指着周围说："来，你给我找找伏尔泰。"

这时我们才发现——伏尔泰今天没"上班"，四个石膏像分别是高尔基、海盗、罗马青年和小卫。

"你们这帮孩子，还有半年就考试了，知道公立学校的学生多努力吗？他们天天画到晚上十一二点，一个顶你们八个。"

"但是我们的老师厉害呀。"小婷跑回来说。

老丁看她一眼，边走边说："别在这儿瞎扯，把画改改再去开会。你们的好日子快到头了。"

原来，学校规定，这年的美术生不能外出学画。

晚上，四五十个美术生聚到我们宿舍，筹划着怎么对抗或者出逃，但最终只以第二天上午不去上课的方式表达了不满和困意，所有老师都未追究此事。

那天以后，专业老师疯了一样为我们传道授业，通宵看画，做学术交流。按当时的状态，他们恨不能扒开我们的脑子，把绘画技法一一塞进去。

我们私下讨论，也许学校承诺了难以抵抗的诱惑，才使他们如此用心。多年后我们才明白，当时的他们，三十来岁，正是试图向世界证明、给自己个交代的年纪。

极少有人再提出去学画的事情。我们也渐渐得知关于学校实施"禁锢政策"的原因：外面画室良莠不齐，耽误学习文化课，去年有高三学生在外面嫖娼被抓或者出意外死了。

二

夏日到冬天似乎很漫长，事实上不过只有两百张画的距离。

我和小婷趴在四楼的窗台上撕纸。凛冽的寒风带着鞭炮香味、雪花和纸片，雪花飘落的样子，就像全校 150 名艺术生的素描和水彩，被撕碎，落向地面。

自从半年前在小礼堂开完会，除了晚自习上文化课，其他时间我都在画画。从前一周开始，晚自习也改成了素描。老丁每天嘟着嘴，捏着三支三角柱形的铅笔在教室转来转去改画、骂人。传言那三支铅笔是德国进口货，一支就要 10 块钱。

学校给发放了统一的迷彩画板包和工具箱。老丁更加忙碌，不仅要教画，还给每个人规划艺考路线。老丁把我和朱飞叫到脏兮兮的办公室，说："你俩考这十一个学校，完全一样啊？"

"嗯。"我们一起点头。

"为什么要去石家庄考中国美院？青岛不是有考点吗？"

"青岛考点那边，中国美院跟云南艺术学院同一天，调不开啊。"

"那为什么还要去郑州考西安美院？也冲突？"

"嗯。"

"郑州这个点考试时间太晚，耽误你们回学校学文化课。"

"没事儿，我们出去考试的时候带着课本，在宾馆看。"

"去年提档线是 300 分，考不上 300 分别说美院，什么学校都去不了，你俩想过没？"

"我们带着课本。"

老丁不再说话，继续看行程。不久，他说考这么多没用，不如少考两个，早点回来准备文化课。我和朱飞的心思已经飘走，随口敷衍他。

出发前夜，老丁没让大家画画。他搬来一开大画板，上面用毛笔写着诸如"五官的技巧""整体观念"等老生常谈的注意事项，我没认真听。

最后，老丁从脚下登山包里掏出几个铁盒，挨个分发，说："工欲善其事，必先利其器。给你们点儿硬货，考试时用，练习还是用自己的笔。"老丁把一个铁盒发到我手里："你画画放得开收不住，戴块手表，每 15 分钟看看整体效果，一定沉下心来。"我接过铁盒，里面是八支三角柱形的铅笔。

乍暖还寒的时节，我和朱飞按照自己的规划考了十所大学。老丁猜中了一半学校的考题，我轻车熟路，信手拈来，每次不到两个小时就交卷。有的考生瞪着眼睛看我，露出敬佩的神情；有的依然低着头，认真地一笔一画操作。这让我兴奋不已，信心倍增。

事实上，考试并不是这次行程的主题，"玩"才是。我和朱飞试图走遍每一个城市的角落，搜寻小吃，邂逅美女，在廉价宾馆里喝酒打牌，享受成人礼般的自由，不考虑自己的未来也不在意家人的希望。有一天夜里，我们试探宾馆的报警器，淋湿所有的床铺被褥去要求换房，因此弄丢了朱飞的英语书。

从石家庄《我爱摇滚乐》编辑部到青岛八大关，我们看过杭州的断桥并且吃了西湖醋鱼，在济南酒吧遇见一个比体育班最能打的壮汉还皮实八倍的保安，还吃了三个潍坊朝天锅……

我们决定上火车离开潍坊前，吃点清淡的。"那边有个烧烤！"朱飞兴冲冲地拽了拽我。我没戴眼镜，走近才发现不是烧烤，白色木牌上用红漆抹着"火烧"俩字儿。"这哪儿是烧烤，闻着味儿就不对。"我大声说。

朱飞的家乡似乎没有火烧这种食物。他往里瞅着，问："哎，叔，你们这儿能用火烧什么？"老板是个大胖子，没法更脏的棉袄外边套了件同样肮脏的红白方格围裙。他看都不看我们，说："火烧什么？火烧就是火烧，能烧什么？"

"怎么着也得烧东西啊，光烧柴火啊？"朱飞还是不明白。

老板拿一个钢铁玩意儿"哐当"砸了一下炉子，恶狠狠地看着朱飞。

"你拿啥卖钱？还火烧就是火烧，火烧红莲寺吗？"朱飞不依不饶地追问。老板怒目圆睁，拿手里的玩意儿，指着我们："小崽子你说啥？找死是不是？"

旁边的老板娘不再揉面，骂骂咧咧去拉丈夫的胳膊，不知道骂的是他，还是我们。虽然她也圆乎乎的，但老板一甩手差点把她甩到炉里去。接着，老板要去揍朱飞。朱飞反应很快，蹦起来踹老板肚子，踹不动，反而自己往后趔趄了好几下。

"叔，别打别打，捣鼓错了。"我在一旁说。

老板没空理我，拽过朱飞胳膊没头没脑砸去一拳。朱飞低头闪躲，大拳头"咔嚓"落在画板上。

"我的画板。"朱飞哀号一声。

"跑啊。"我冲朱飞大喊。

老板娘拉住老板，冲朱飞连爹带娘高声叫骂。我一脚踹翻眼前的大筐，二三十个金黄酥软的火烧满地乱窜。

那夫妻俩飞快地奔向我，朱飞趁机跑开，在不远处停下，狂笑不止。他们追了我一条街。但我背着画板，觉得自己像忍者神龟，一点儿也不害怕。各自躲了1个小时，我和朱飞在火车站会面。他的画板被老板捶出个洞来，他说："你不是掀了他摊子嘛，算报仇了。"

我们买了两盒大碗面，登上最后一趟赶考的火车，前往郑州，没吃上任何火烧的东西。

三

天色微明，我和朱飞在郑州等着晚到半天的王新和金超。

在火车站，我们努力让会面声势再浩大一些，扯着嗓子探讨早就在电话里讲过数十遍的话题，诸如：考了多少学校，有没有去玩儿。像苍蝇馆子里西装革履却吃着最便宜饭菜的男人，冲着电话高声说着动辄几亿的项目。

我们住进一个标准间，两人一张床。朱飞拿出新画板看了看，再装进去，而后去研究宾馆里的每一个物件。他忽然兴奋起来："这儿有服务，咱试试吧。"王新阻止他："试个屁，咱来考大学，不是来弄这些乱七八糟的。"我很扫兴，朱飞也是，但我们都感谢王新解了围。谁打这电话是个问题，接通下一步该怎么说也是个问题。像以往一样，我们对骂半天，满足地睡去。

第二天，王新跟金超去考试。我和朱飞待在宾馆，用口水在舌头上挤出泡泡，然后伸出舌头去吹。吹了一会儿，朱飞提议骗王新体验一下服务，我立刻表示赞同。

中午，朱飞给王新发短信：我们叫服务了，上天了，赶紧回来体验一下。

王新马上回电话，问："你们真叫了？"

"嗯，真爽。"

"哈哈，好，我考完试就回去。"

王新背着画板，拎着工具箱和水桶，回到宾馆。他嘿嘿傻笑，说："你俩要是没骗我，我可打了啊。"王新哆哆嗦嗦比着墙上的小便签摁号码。

"是服务吧？对对对，一个就行。嗯，就是这个房间。"

挂了电话，王新又问我们："一会儿上来……直接脱裤子吗？"

我笑得热泪盈眶，肚子生疼，腮帮子发酸。朱飞躺在另一张床上，哈哈大笑地"练习仰泳"，王新愣了很久才反应过来。

门响了。我去开门，说："姐姐好。"姐姐不理会有礼貌的弟弟，惊呼："三个人啊？"我指着王新，说："不是不是，就我大哥。"王新正僵直地躺在床上。姐姐进屋，坐在床上跟王新说："你看可以吗？不行可以换。""大哥你忙吧，我们走了。"朱飞说着把我拖出房间。

很快，门重新打开。我们进房问王新怎么回事，他说："不行，太丑，我让她换一个。"敲门声起，三人同时去开，一张兴奋的四方大脸出现在门口。是金超回来了。等了好一会儿，终于又有人敲门。

依旧不好看，继续换。换了好几位之后，上来一个光头、文身、穿着拖鞋睡衣的男人。

他问谁要服务，我们被吓坏了，三只手一起指向王新。光头男人目光凶悍，从门后拽出一个戴眼镜的小个子女孩儿，问："这个怎么样？"女孩儿的大红羽绒服脏兮兮，马尾辫油油腻腻，认真看着地板砖。

"我看看。"王新回答。

"看什么看，问你怎么样，做不做？"光头男人很不耐烦。

"行啊，做。"王新被镇住了。

事情谈完，光头男人转身出去，我们跟着出去。

这次等待比之前长了几分钟。女孩儿出来，我们慌忙拥进房间问王新："怎么样？"

王新啥也没干，多给了女孩儿100块钱，说看她挺可怜的。因此，他身上一分钱也没了，得问我们借钱买火车票。王新开始收拾画包和工具箱，嘴里嘟囔着，觉得自己像个男人了。

我们考完最后一所大学，启程返校。王新在火车上威胁我们，谁要是敢把这事说出去，他就跟谁同归于尽。他说晚了，我们早已告诉了电话本上一半的人。

回到学校，我们听到谣传：侯铁叶、朱飞、金超和王新都叫了服务，其中王新表现最突出。这是我们始料不及的，尽管不断解释只有王新体验了新世界，谣言依然肆虐。为此，金超的女友闹分手，他在教室哭着解释。对方真正原谅他时，距离高考还有不到一个月。

四

朱飞收到三封考试通过的通知，金超有两封。王新过了西安美院的分数线，郑州真是他的福地。作为美院苗子的我，却一个通知都没有，老师、同学们告诉我，越好的学校通知来得越晚。

直到临近5月，才有两封通知寄到学校。我拆信不得要领。金超蹲在面前，王新抱着我的膀子，朱飞一条腿撑地，一条腿跪在桌子上，三人把我围得密不透风，我手哆嗦得更厉害。

第一封来自北京的一所大学，只有两句话：你对绘画技法的掌握较为全面，差强人意。希望继续努力，来年继续报考我校。

大家发出一些单字的感叹词，催我拆第二封信。这封通知敷衍了事，话更少：恭喜你通过我校艺术考试，综合成绩196名。

落款是一所艺术院校的分院。设立分院是为了满足学生上大学和大学多挣钱两种需求，而即使这样一所学校，这年也只招收100

名学生。

我的 196 名，属于 100 名开外的无效名次。朱飞前一天收到了这所学校的通知，属于有效名次。对于我，前 100 名里得有 96 人上不去，我才有资格。但这封信使我长吁一口气，起码有个理由继续坐在教室里。

"八大美院的苗子"考成这样，不管对我还是"册封者"老丁，都够沮丧的。此时，老丁已经转战下一届艺术班。我怕见到他，怕他突然回到高三，问我怎么考的，有没有用他给的铅笔……那盒铅笔在考试前一天被我遗忘在宿舍，甚至毕业离校都忘了拿。

日子并无不同，只是越发漫长。妈妈每天打电话让我好好学习。我已经无数次告诉她，那是一个无效名次。她反问，那你就不学了？我心里念叨，那还学什么？随即挂掉电话。

我开始在龙哥的政治课上睡觉，他再未管我。我把这当作尊重。我昏昏沉沉的，时而在教室，时而在宿舍。

天气也越发炎热，这天我被热醒。朱飞坐在对面的床上，正在吃一根硕大的香蕉。

我睡眼惺忪，点了一根烟，对他说："大早晨吃香蕉。"

朱飞吧唧着嘴，说着什么，我没理他。得不到我的回应，他继续自顾自地说话，还哼哼唧唧起来。

"你有病吧。"我把手里的烟头撇过去。

朱飞捡起烟头，说："吃香蕉应该从头上扒，但我都是从把儿下手，你呢？从头上下手费劲，还把手弄得黏糊糊的，从把儿开始，吃完就撇了。你吃不，还有一半。"

"抓住头一挤就能开，肯定是从头上扒啊。"

"那不挤烂了？"

"你试试不就行了，老问什么？"

"肯定不行，你都是些傻缺点子，那次你让我……"

"那你也是个傻 X，考上个垃圾学校。"我说。

香蕉飞过来，半截瓢子砸在我脸上，那是从把儿开始扒的。朱飞跳过来踹我，他瘦得像成精的火腿肠。我一把抓住他的裆，他惊慌失措，抡拳捶我脑袋，我加了力。

舍友们终于醒来，过来拉架，劝说香蕉从哪头扒都行。朱飞停手，我也就放过了他。手上还黏糊糊的，像刚扒完香蕉。

后来他们去上课，我继续躺着。中午，朱飞给我捎饭。我让朱飞带根香蕉，好给他演示我扒香蕉的方式。但这天水果是一片西瓜，不好带，他把两份都吃了。

吃饭时，舍长凑过来说："今年没发挥好没关系，没必要把气撒在同学身上，你画画这么好，来年肯定能考上更好的大学。"我和朱飞听完，一起对舍长说："滚蛋。"

高考前一天，老丁终于还是出现了，他告诉我先好好考试，考完再想别的，其实我什么也没想。离校前一晚，大家不知自己将被命运如何安排，却没有丝毫忐忑。

我们不再避讳老师和保安的目光，买回很多酒和零食。高三宿舍的楼层，欢声笑语，好像根本不会有人落榜。没人重视高考这个事儿。

下半夜，小婷带着女孩大笑着冲进我们宿舍，说是那边酒买少了，把看门大爷吓得瑟瑟发抖。后来男寝的酒也喝没了，我们就坐在一起聊天，没什么可聊的时候索性唱起歌来，拿脸盆当鼓，一通乱敲。我们卖力地给女孩们表演从未练习过的节目，鲤鱼打挺、酒瓶砸头……每把吉他都断了至少两根弦。

当时的我，讨厌应试、计划、虚情假意，讨厌每个套着模板生活的成年人。小婷一直坐在我旁边，中途问我有什么打算。我说，打算什么，你怎么也跟大人一样啰唆起来了。她不再说话，笑眯眯看我。

这几年，我都在想什么呢？姑娘、抽烟、画画、摇滚乐、盖浇饭……唯独没有未来。从夜色如墨到东方微明，身边的每个人都沉浸在告别的欣喜和悲伤中，自以为长大了。

五

半个月后，我在家吃西瓜，朱飞打电话催促我查成绩。

朱飞被一所学校录取，他跟学长打听过，那学校一点用没有，面积还不如高中大。小婷上了个洛阳的什么大学。金超和女友上了同一所学校同一个专业。王新英语只有25分，没考上西安美院。

而我，文化课考了260分，没过提档线。暑假里，我天天在家听朋克音乐。妈妈每日安慰我，大不了从头再来。她看多了小道新闻，怕我和别的落榜生一样自杀。她多想了，我其实无所谓，和以前打架时的心态区别不大。

9月，我去公立学校报名复读。穿过高三班级的走廊时，没有任何一个人抬头。其中一个教室的黑板上写着："只要学不死，就往死里学。"

来到教师办公室。我靠着门柱子等新班主任，看墙。阳光打在地板上，陌生，刻板，却让我心安。报完名，我启程前往北京。姑姑告诉妈妈，亲戚的侄子从清华大学雕塑系毕业后开了一个画室，我可以去学专业。我约王新同去，他说家里已经在济南找好画室。我们都实现了一年前的想法。

这期间，朱飞打电话询问我往后的打算，还有我家地址，并抱怨那边如何如何不好。这让我舒坦了些。一周后，我收到快递，是三个避孕套和一张字条："北京加油！"我把三个"小红帽"揣进裤兜，像拥有三个锦囊妙计的赵子龙。

妈妈执意送我。火车徐徐前进，把树木、河流、房屋、我的山东老家甩在身后。妈妈一直看着窗外，心事重重。我把手放在裤兜里，一言不发。凌晨6点下车，天凉。妈妈看着我的脑袋，说："头发怎么又弄乱了？上车前不是刚洗过？"

"洗了才容易乱啊，有静电。"

"第一次见老师不能这形象。"我妈叹了口气。

妈妈在火车站乱窜，寻求解决办法。她停在卖百货的小车前，招手喊我："快过来，这儿能洗。"车头上挂着一个奶箱纸壳，写着：免费冲面。

妈妈拉着我，走到老板面前："你好，能不能给他冲冲头？他来北京学习，第一次见老师，最好是形象好点儿。"

老板是个黑胖女人，歪嘴斜眼看着我，无论如何也不像能让人免费洗脸的阿姨。她说："上理发店啊，哪有挨这儿洗头的？"

妈妈笑着说："不是写着免费冲面？冲冲头也行吧。"

黑胖女人不再理她，忙着清点碗面。

这时，一个秃顶男人走到摊前，要买碗面。

"10块。"黑胖女人说。

"这么贵？"

"要不要？要就接着。"

秃顶男人接过碗面，拆开，放在车前石头上，黑胖女人从车里掏出暖瓶给他倒水。"再添一些嘛，调料都没没过。"男人指着面说。

"你们这些人，连免费水的便宜都占。"黑胖女人愤愤不平，赌气似的往他面里注水，将近溢出。

妈妈终于明白过来，笑着说："原来是免费泡面啊，我还以为……"她用手比画了个洗脸的动作。

最后，妈妈用保温杯里仅有的半杯水给我"免费冲头"，效果很差。她终于放弃跟我的头发较劲，带我去搭地铁。我们在五道口下车，饿了。

在距离画室百米之处，妈妈给我买了个黑面的煎饼果子，说黑色食品可以明目，但她自己没吃。吃着煎饼果子，我想，见老师时揣着一个煎饼果子难道不是更不礼貌吗？但我没说出口，因为妈妈一直这么没有原则。

妈妈拎着我的工具箱，我则背着画板、吃着煎饼上楼，穿过一个小天台来到画室门前。画室名字写得规矩，黑底白字，一点也不艺术。一个瘦小精致的女孩开门，把我们领到办公室。女孩穿着帆布鞋，裙子刚好包住屁股，腿又白又直，上身却裹得很严实。她脸极小，眼睛很大，金发垂到胸前，洗发水的香味渐渐弥漫开来。

我看着这个女孩，寻思着为什么金发能让脸如此显白。

"还要再看一会儿吗？"女孩笑着说。

"没有没有，"我被吓了一跳，说，"你也是来画画的吗？"

女孩让我们歇会儿，倒来两杯水，让我慢慢吃煎饼果子。她伸出白皙瘦长的右手，介绍自己："我是你的老师，我叫施青。你叫什么名字？"

妈妈握着施青的手，说："你好你好，你原来是这儿的老师啊，看着真年轻。"施青斜着身子，歪头笑着看我。我把煎饼果子往身边桌子上一扔，火腿肠被摔了出来……我挺直腰板伸出手说："老师你好，我叫侯铁叶。"她的手又软又凉，而我手上全是油和汗。

这时，画室老板薛老师走进来。微胖，光头，30 岁的面容，20岁的气质，不苟言笑。他的故事很励志，好几年才考上清华。他先跟妈妈握手，接着讲这半年的教学计划，边说边用卫生纸把煎饼果子推进垃圾桶。

又来了一位老师，姓苏，脸、眼睛和肚子都是圆的，总是不停地咂吧嘴。苏老师和施青是薛老师的同学，代课拿工资。

妈妈想请他们吃饭，他们婉拒。于是我们母子俩面对面坐在一家饭店里，点了两份盖浇饭。她要回了，留下 1000 元钱和一张银行卡，还有"记得吃饭，好好学习，听老师的话，考个好大学"的嘱咐。我打算把妈妈送到地铁口，她不允许，让我回去休息，下午上课时好好表现。她挤进混乱的人潮，我第一次觉得她个子并不高，她很快不见人影了。

我左裤兜揣着"小红帽"，右裤兜揣着钱和银行卡，晃荡着往画室走。途中，我对着路边的车窗压了压头发，没成功。往手上哈口气继续压，还是徒劳。

六

我找凳子坐下，削铅笔。无所适从的我，把八根铅笔全都削了，并且削得跟包装盒上一样又尖又整齐。实在无法继续，我准备切割橡皮。

陆陆续续地，学生们来到画室。没有北京人，大多是山东和江苏的。三位老师也走进来，身后跟着一位脸庞棱角分明的老人。这是我第一次画老年人，以前的模特都是同学。不过我临摹过许多老人，技法还算娴熟。

"这儿有人吗？"一个嗓音低沉的男人指着我身边的空位问。他个子很高，长发，胡子拉碴，面无表情。他眼镜度数很高，看起来30多岁，像个老艺术家。

"没人，老师。"我说。

"老艺术家"10分钟起完大型，把铅笔末削在纸上，用手抹几下，画沙画似的。画中人头发和脸庞泾渭分明，他没有放过模特脸上任何一块肌肉，形没法更准了。我似乎见识到了一流美院的水平。

"看我干吗？不自己画。"他头也没抬。

"我看看范画。"

"什么范画？我又不是老师。"

施青走来，对他说："画油了。"然后拍下我肩膀说："想怎么画怎么画，别怕丢人。"再转头跟老艺术家分析，不要注重效果，效果只是提神用的，真正的东西是型准、结构，先把脸上的点连起来。

我听不懂施青的话，只是拿笔往纸上砍。半个小时后，施青转回到我面前。"停，停吧，侯铁叶，成机器人了。"她要去画板，"先把型画准，大型才是画的基础。"

"我型还行啊。"

"还行哈？"她抬头看我一眼，开始擦我画的还不错的画，"为什么画画？"

"考大学啊。"

"我是问你的画……你觉得应该传达给别人什么信息？"

"传达我画得好啊。"

有人在笑。

施青几乎把我的画擦没了，橡皮也擦成了圆的，跟苏老师似的。她为什么不直接换张新纸？

"怎么算画得好？起码标准是，无论谁看，得看着舒服。拿今天的人像来说，第一点是要画得像人。"

这跟以前学的不一样。老丁没让我把人画得像人，我也觉得把人画成人不算本事，我的素描全是桃精柳鬼。别人问我画的人为什么都疙疙瘩瘩、黑不溜秋，我说是艺术。施青开笔 5 分钟，我就确定旁边那位"老艺术家"不是老师了。

最后，她把画拆下，挂在墙上，拿着一个头骨给大家讲结构。我听了半个小时，寻思了半个小时，不光什么都没学到，还把以前会的也忘了。

不到半年就要再次艺考，我却什么也不会了。

两周后，我们被分成三组，分别跟着三位老师。我被分到老薛组，老薛把这看作是对我的照顾。晚上，所有学生聚在一起画速写。我坐在门口，左边是青岛的刘波，右边是海拉尔的民人。

模特是第一天来时坐我旁边的"老艺术家"。听说他姓李，年纪跟老薛差不多，家是山区的，爸爸死了，困难得很，不用交学费。同学们叫他"大师""大叔"，但不管叫什么，他都不理人。他数次过了名校艺考，却年年因为文化课成绩败北。

七

半个月后，老薛因为我在画画时哼歌而大发雷霆，说我底子差还不认真。于是，我想调去施青那一组，与石光、民人和"大师"在一起。"你这样会让我得罪校长哟。"施青看我刚画完的静物说，"其实你进步很大，色彩感不错，而且整幅画下来是一个整体了。"

施青认认真真地看着我的速写本，一边看一边传授技法。后来她看见我速写本上后几页写满"薛建国大傻X"，"扑哧"笑了，说："薛老师年纪大，可能跟你们有代沟，其实人挺好。"

我觉得，她说得越多，拒绝我的可能性越大。真想把颜料盒掀翻了给她画室的地板上上色。我说："那什么，随便吧，我哪儿都行。"

"那以后我得罪了你，不许在速写本上骂人啊。"

这算是答应了。我鼻子一酸，赶紧点头。

入学一月后这天，像往常一样，大家都下课走了，我还在练习。施青走到我身边看着，问我考虑过考哪所学校。我文化课成绩不好，只能告诉她有的上就成。

"你怎么可以有这种想法？天天画到这个点儿，随便上个大学的话，是跟谁较劲呢？来北京一个月学费四五千，半年两三万。妈妈把你送来北京，不是为了随便吧？"施青开始拾掇我的速写本，接着提出，我得考清华。我想笑，紧闭双唇，气从鼻子出来差点把鼻涕带出。

"别笑，你严肃点。"施青确实没笑，"我以前是江苏专业第一名，学画不到两年。你比我更有天赋，只要努力，没问题。"

"我去年就过了一所二级分院。"

"那时候方向不对，也没太努力吧？我有信心，妈妈也是相信你才把你送到北京的吧？"妈妈肯定觉得傻儿子能继续上学就不错了。我本着尊重老师和妇女的原则，忍住笑意，一本正经地说："我不太喜欢清华，不太喜欢。"朱飞要是听到我说这话肯定会笑死。

"那就去央美。"

"不不不，央美也白搭。"

"那我不教你了……"施青把速写本扔在地上。"北服吧，北服北服，行不行？"同样遥不可及的学校。我举起双手，掌心向前投降，说完双手合十拜她。"OK，那你就上北服。学什么专业？"施青打开一个看起来价值不菲的本子，工整地写上：侯铁叶，北京服装学院。我想制止她，觉得她要去北服给我走后门。

施青没理会，站起来，把本子扔到身后的椅子上，给我改画："人叉腰站着时会把重心放在一条腿上，手在骨盆与肋骨中间，你去那儿站着自己体会一下。"她分析着身体结构，拿着笔在我身上指指点点。

从头到腰，从裆到脚，告诉我，要透过衣服看身体，透过身体看骨骼。那时已经很晚，施青身上很香，衣服也是最好闻的皮子味。窗外人声嘈杂，大部分是路人谈笑和汽车轰鸣。

我知道靠这几个月画到北服，是痴人说梦。但从那夜开始，我把文化课成绩和老薛的指责抛于脑后，更专注于学画。像儿时夏日的深夜，妈妈带我去游乐场，告诉我，今天周末，玩够了再回家。

我去网吧查过北服的专业，在民人和石光的建议下选了服装设计专业。施青得知后认真将之写上本子。

我在电话里笑着跟妈妈说要考北服，妈妈说不要好高骛远，听老师话，认真学习。挂了电话，我向施青表达专业肯定过不了北服，她一上午没理我。

我认真研究北服的历年考题，抱着骷髅头研究脑袋瓜子是怎么长的。除了吃喝拉撒睡，其他时间都在画画。在饭店等菜，若是地铁有座，只要双手得空就得练习。凌晨 1 点放下画笔，早晨 7 点睁开小眼，挂上眼镜又继续。

八

2006 年除夕前，老薛建议我们在北京过年，别耽误了画画，但施青和苏老师要求我们回家，说"换换脑子"，指不定回来能有飞跃。我们各自回家，老师们则留守北京制订年后方案。

年三十中午，我坐上回家的火车。施青给买的坐票，我去车厢连接处抽完烟，举目四望全是人头和编织袋，被四位回乡的大叔挤在厕所门上动弹不得。

其中一位大叔问我干什么的，我说在北京画画。他艰难地剥开一个橘子，分成五份，递过来两瓣，说他们刷外体墙，所以和我算是同行。我们一起大笑。

远处，我的座位被一位满头白发的大爷占据，他腿上坐着个瘦小的老太太，老太太腿上坐着个光头小孩。老太太两手紧箍着小孩，他一直哼哼唧唧，挣扎着。我决定不回座位了。

车窗外，山东大雪，夜色茫茫。

走出火车站，看见爸爸妈妈。妈妈说我头发长了，瘦了黑了，问我画得怎么样，吃得怎么样……

到家时正值夜间 12 点，赶上祭祀。家人买了十多包黄色火纸，还有金色和银色的纸元宝，说今年多给神仙们送点，祈求全家顺顺利利。奶奶是操作人，她把火纸摆成易燃的圆圈，让父亲用长长的木棍摁住，点燃四角。

"棍子不是别人用过的吧？"奶奶又问了一遍。

"不是。"爸爸说。

火势渐起，人们的脸庞被照得通红。黑色蝴蝶跟随金色火焰腾空而起，星星点点。

"今年烧得太好了，看这火旺的，铁叶能考个好大学。"奶奶认真地说。

不再有人说话，他们表情肃穆，一丝不苟地盯着火焰，直到燃烧殆尽。邻居们也下来放火，不知道他们今年最期待的是什么。我以前把这些人间希望都看作是庸人自扰的笑话。不管是否努力，他们都在大年三十寒冷的夜里认真祈求，透过火焰展望下一年的理想生活。至此，我忽然意识到，自己也有了希望，不由得紧张起来。

正月初二，雪停了。

我接到朱飞电话，他开了 5 个小时车来到我家。

"路况太差了。"朱飞的语气像跑了 10 年客车的长途司机。

爸妈对朱飞的到来感到诧异、害怕。妈妈换着花样把"一定小心开车，不行就让你叔叔送你回临沂"这句话说了不下 10 遍。

我和朱飞使出浑身解数，违背爸妈在家吃饭的命令，开着红色小夏利在冰上打滑转圈找饭店。满目苍茫，街上没车，也没有饭店开门。

朱飞问我："给你的'小红帽'用上了吗？"

"我的天。"我这才想起把那三个玩意儿压在枕头下面了。临走时，施青说天气好的时候会帮我们晒被子。

恍惚中，朱飞问我有没有画裸体，没有；有没有去看圆明园、爬长城，没有；北京的女孩儿有没有很开放，没处过……他一脸沮丧，认为我什么也没干。

我们找到一个极小的饭店，小两口是东北人。我们问是否还炒菜。瘦瘦的老板娘抱着个小娃娃，问老板。老板说，材料不全，炒不好，但能做火烧。我和朱飞一人喝了三瓶啤酒，他把手插在胳肢窝里，说火烧真好吃，并认为去年在潍坊打架时应该偷两个。

"你好好学画，我那大学也不是多有意思，幸好你没考上。"

朱飞鼓励我，"考个北京的大学，肯定比我那个好得多。"

吃完饭，朱飞执意要回临沂，我藏住他的车钥匙。他找饭店时展示的技术，让我明白他能活着到我家已经是个奇迹。

他是偷着把车开出来的，他父母到奶奶家去了："寻思着还不如来找你玩，这么久没见了，给你打打气。"

我把车撬在饭店门口，让爸爸给朱爸爸打电话。朱飞把这看作我最严重的一次背叛，气得吃了一下午香蕉。

香蕉吃完，朱飞叔叔的绿色吉普车带着朱飞的爸爸到了，带着些特产。两位长辈的脸庞和身材比朱飞还要瘦削。

朱飞不再生气，跟我说："你就是想吃临沂煎饼，才把我爸喊来的吧？"

三人开着两辆车走了，大红大绿两辆车在满是冰雪的路上渐行渐远，还挺好看。

凛冽的寒风捎来鞭炮的硝烟。来去匆匆的朱飞使我感到失落，我忽而有些庆幸去年没考上那所大学。

九

返回北京，我又不会画画了。画的过程中找不到问题，画完却发现毛病多得很。施青给我私人定制了方案，套不上，找不出问题所在。

节时的北京，安静许多，很多商铺关门，卖煎饼果子的小车也没有了。马上要艺考，施青叫来北服的朋友教设计基础，是一个高高胖胖的北京女孩儿。

我听得懂，画不出。不过依然在画室待到深夜，施青几乎每晚陪着我。夜里躺在床上，我能感受到被子有阳光的味道。不过，枕头底下三个"小红帽"不见了。

石光和民人越画越好，每节课得分都比我高。我刻意避开施青，拿画去问老薛问题出在什么地方。他看着画，问我想考什么学校，我结结巴巴地说北服。他笑笑，走了。

"你画得不错，进步了，别听他的。""大师"甩开长发，看了看我的画，笑一下说，"真的。"也走了。

入夜，我坐在空无一人的画室，不知道当下的意义何在。我回不去那种浑浑噩噩的状态，满脑子都是考大学。

半小时了，我抱着画板，对着剥皮人石膏，一笔未动。它瞪着眼睛张着嘴，像将死的鱼，像我的兄弟朱飞。

"下神呢？快画啊。"施青吃完饭回来了。

"算了吧。"我说。

"累了今天就歇会儿，去睡觉吧。"

"不是，老师。"我把画板往旁边凳子上一靠，"太难了。"

"什么？"

"要不，不去北服了吧。"

"去睡吧，明天继续，马上大功告成了。"施青站起来摸摸我脑袋。

我顶开她的手说："不继续了，我都不知道天天干的什么，没啥意思。"

"大进步前都会有小退步，你觉得画不好，是因为就要看出以前看不出的问题了。你今天累了，明天我教你点儿北服的应试技巧。"施青坐在我对面，冲我眨眨眼睛，"不许有这种想法了，要继续努力呀。"

我想，你觉得自己很可爱吗，你觉得你了解我吗？但没有说出口。我用一只手捏断铅笔，说："努力努力，我这半年，每天晚上，从白到黑都他妈在努力啊。可你以为我像你一样厉害吗？别用这观那观来要求我。"

我泄了气，眼前的剥皮人变得模糊不清。我懒得再说什么，捏着两截断笔回屋睡觉。此时距离考试还有半个月，次日是最后一个休息日。我躺在床上瞪眼，电话响了，施青让我去清华大学。

天暖了，下着小雨，我钻进施青的伞下。我们看了很多名家的画，吴冠中、陈逸飞、潘天寿、张大千，还有清华美院历届的优秀作品。有的看得懂，有的看不懂，她会告诉我作者的意图和表现方式。

施青带着我在学校里转圈，告诉我眼前楼房的用途，食堂的饭菜好吃又便宜，甚至到她以前的宿舍楼下看看。

我走累了，她却说一半还没逛完。清华一定比朱飞的学校大得多。我们坐在一个湖边，雨越下越大，淋湿了施青的牛仔裤。她停止说话，笑着看我，这感觉很熟悉，像朱飞要搞恶作剧的前兆。

果然，她从裤兜里掏出几个小玩意儿，啪的一声拍到石头上，是"小红帽"。

我大惊失色，用手去捂，好像那是我的裸照。施青大笑，雨水在她金发上蹦跳。我把"小红帽"的来历和朱飞的故事讲给她听，她乐不可支，说："你的生活太多彩了，都是很机灵的小孩儿啊，只是方向有点儿不太一样。"施青也给我讲她的故事，我一边听一边拆出一只"小红帽"，吹成一个气球。

施青和"大师"没有骗我。连续通宵琢磨3天后，我"飞升"了，看得出画里的毛病了。

十

北服的考试就要到了。

这晚，施青提前下课，嘱咐我们早点休息。她收拾停当，打开天台的铁门下楼，并且给我发来短信："下楼。"

我凝神屏息，观察四周，若无其事地走出画室。她藏在一楼楼梯底下等我，神色兴奋，像我最漂亮的妹妹或最熟悉的姐姐。

"快过来！"

我低着头钻进去，面红耳赤，呼吸急促。

"你看。"

施青打开手机，用屏幕微光照亮一个小小的玩具，是个蓝色衣服的大头小孩儿，背着书包，胳肢窝夹着本书。塑料的，看着挺便宜。

"像你吧，哈哈！"施青笑着说，"送你啦，明天考试带着。"

我仔细观察，把玩具转过去，看见书包上写着"逢考必过"，我大笑起来："这小孩儿一看就学习不行，倒真挺像我。"

"什么呀，"施青抢过去，"它跟我在一起好多年啦，每次考试我都带着它。还是在苏州，高三时妈妈给买的呢。"

"这可了不得，那我不要。"我往后退了一步。

"哎，掉地上了啊。"施青塞到我手里，"带着吧。"

这大头小孩儿的名字是"进步"，施青说自己文化课成绩也很差，后来带着它去考试，成绩高出模拟测试一百多分。我越看它越觉得它像自己，就犹犹豫豫地接过来。施青让我考上北服、来北京报到时再物归原主。

"我能……"我有点儿喘不上气，"抱抱老师吗？"我以为会尴尬，但没有。我攥着"进步"，小心翼翼地抱了她。她娇小，脑门顶着我下巴。

天台上有声音，我们赶紧撒开，一起偷偷往上瞧，像我小时候跟邻居小孩儿去建筑工地偷铁。

确定没人，我们钻出来。施青说："那我回去啦，明天加油啊。"她走路很快，迅速消失在闪闪发光的北京街头。

几个看起来比我年长的孩子从身边经过，他们喝多了，抽着"中南海"，唱着歌。他们走路的姿势难看，歌声却很入我耳。

我快步走回宿舍，把"进步"压在枕头下，睡觉。次日去考场的路上，我把手塞进兜里，紧紧攥着"进步"。

素描考题是"四分之三中年女子头像默写"，我放松心情，想着施青的样子，画出她 20 年后的容颜，另外三门发挥正常。画色彩时我把"进步"摆在颜料盒边上，监考老师抓起来塞回给我，也许他也有过自己的"进步"吧。

离京前夜，施青请石光、民人和我去后海酒吧。施青开玩笑让大家不要想她，我们哈哈大笑说不会不会。

笑完石光就哭了，民人去安慰他。"我们在一起的片段，几年后你们会忘记，但我不会忘记你们。我改变了你们些许，你们也改变了我，这些都成了我生命中的一部分。"施青说。

我回到山东，考了爸妈很喜欢的一所青岛的大学，接着又考了两所保底的，最后回公立学校复习文化课。

十一

风风火火的 3 月，过考通知抵得上一切。我无时无刻不期盼着北服的通知。

我依然坐在最后一排，班上的同学陆续收到通知，闯关似的往前排突进。那两所保底学校给我来了通知，都是无效名次。我沮丧，想到前一年的经历。

班主任在台上讲课，正讲得兴起时，施青给我打来电话。

"老师，我肚子疼。"没等班主任答话，我攥着手机跑出教室。

"你过啦，北服过了。"施青的声音像刚吃饱饭的孩子。

"啊？"

"刚打听到的消息，通知书在路上了。怎么样？'进步'厉害吧？"施青很得意。

若是在平时，我会说"谢谢""你激动个什么"，或者骂几句脏话。但当时，我竟不知该说什么，只感觉身体里有东西在乱窜。我杵在教室门口，摁着肚子，不让那东西窜出来。

施青继续说着，是有效名次，一定要好好学习。我泪眼蒙眬，"嗯嗯嗯"地回应。

"你现在应该是在上课吧？下课打给我。再见。"施青挂了电话。

班主任突然出现在前门，把书卷成"鸡肉卷"，质问我："你干啥呢？"

"老师我过了。"

"你肚子怎么了？"

"我北服来证了！"

"北京服装学院？"

"是啊，老师。"

班主任从裤腰里拽出白色衬衣的下摆，走过来，握住我的手说："好！好！挺好。"他也很高兴，以至于忘了没收我的手机。

3天后，北服和青岛那所大学的录取通知书一起抵达。

班主任把我的座位调到教室第一排，这是求学生涯中从未受过的待遇。

相对艺考，文化课的压力更大。班主任把我叫到办公室，建议放弃英语和数学，玩命学历史和政治。

他抓过纸笔，分析着：按照最坏的打算，语文考90分，文综考180分，英语加数学蒙个60分，综合技能20分不成问题吧？这样最少能得370分，能上北服固然最好，不过青岛那所大学也是不错的选择。

班主任双手"啪叽"击掌合十，问我："有信心吗？"我不忍扫他兴致，笑着点头。但在他的计划里，我只对"英语加数学蒙个60分"有信心。班主任给我申请宿舍，之前一直走读。我让妈妈买个黄金矿工的头盔送来，想在晚上用头灯照明背书。

妈妈第二天送来两个充电的小猪台灯，她说那种帽子会捂出汗，认真学习出汗更厉害，别捂傻了。

虽然不如我的创意酷，但是妈妈说的在理，可惜俩台灯一上手就坏了一个。我把"进步"挂在小猪脖子上，让它监督我。施青很少联系我，只是偶尔发条短信。朱飞倒是勤快得很，每天给我加油，以往他不会这样。

高考越来越近，我紧张，不管几点睡，早晨绝对6点就醒。高考那天，我多睡了半个小时。

"加油，考出个好成绩。"爸爸看出我有点不自信，对我说，"别怕，你今年进步很大。绝对没有问题。"

"进步"呢？我兜里只有笔、表、准考证……我冲爸爸点点头，走进考场。后几场考试，我都带着"进步"。走出考场，施青和朱飞分别打电话询问情况，我说还行。他们都不满意，但我也解释不了"还行"是什么程度。

在一个热得不透气的午后，我们一家三口坐在客厅查高考成绩，我摁了三回才对上号码，紧张得像王新去年在郑州宾馆里的样子。

439分。爸妈像自己考上了大学，拥抱、呐喊。我看着他们，不明白，这一次次考试承载的希望，是父母的多，还是孩子的多。爸爸去切西瓜，妈妈则给每个关心或不关心我的亲戚打电话。

我回到房间，坐在床上，忽然失落得很。画板包和工具箱放在床尾，"进步"和台灯被扔在写字台上。

十二

我的大学生活丰富多彩，有时险些忘记过往。但每次我独自坐在青岛海边，看着轮渡带起水花，就会再次想起施青。

施青回了苏州，说是跟老薛闹掰了，回苏州建设家乡，争取教出几个比我有出息的孩子，考清华。

"第一场没有带着'进步'，把它的本事浪费了。"我向施青表达歉意时，眼前海浪拍打着石头，而她的城市在下雨。

大三这年，听石光说施青要结婚，问我去不去。

接到这个电话时，我在学校做生意赔了本，正在宿舍抽烟、生气，为下个月的生活费发愁，便说"不去"。

挂了电话，我赶紧打开电脑登上 QQ 看施青的动态。她换了真人头像，穿着婚纱，戴一脑袋亮片，笑着，很熟悉的表情。石光说那些亮片是钻石，施青的丈夫是富二代。

据说，施青走后，苏老师也离开了。老薛的画室留不住人，学生来几天就走，画室马上要关门了。"大师"仍旧没考上。民人毕业后去做生意，在县城买上房了。至于我，在一个小城市上班，做着不那么喜欢的工作，但在努力生活，最近刚当上爸爸。

我们长大，父母老去，孩子成长。儿子长大以后也会收获朱飞一样的兄弟，施青一样的姐姐，值得废寝忘食的理想，刻骨铭心的爱情和深藏心底的善良。

作者：侯铁叶

17 岁的他偷摩托车养我

"分别两个月，我每时每刻都在思念你，但出了这样的事，我没有脸再去见你。无论以后你身处何方，请永远记得，曾有一个喜欢海子的男孩子，不惜一切地爱过你。遗憾的是，我没能像海子一样，写出让后人传颂的诗句。"

1995 年中秋节过后，我最后一次收到张长江的来信。信封鼓鼓囊囊，贴了两张邮票，盖着济南的邮戳。满满八页信纸，随处可见斑斑泪痕。他写下这些文字时，正打着手电筒，趴在一个废弃的下水管道里。

我震惊、悲痛，忍不住落下泪来。那个本该合家团圆的中秋夜晚，他是怀着怎样萧索的心情握起笔杆，用绝笔的口吻写下这些字句？

不到 5 个月的时间，一个好学上进的青年沦为阶下囚。而这一切，都是因为我。

一

1995 年 4 月中旬，我收到湖北《楚南文学》杂志社寄来的笔会邀请函，彼时，我正在深圳一家韩资毛绒玩具厂的车缝部做女工。

自 1992 年，18 岁的我离开老家陕西汉中，就一直在这里打工。

那时深圳遍地是黄金，无数和我一样的农村女孩从全国各地拥来，企图在这里找到自己的梦工厂。

车缝部有 400 位年轻女工,大多来自四川、湖南等出美女的地方,整个车间寻不见太丑的女孩。我个头矮,一身赘肉,唯一算得上特点的,是嘴角边两个小酒窝。工友们整天"胖妹""阿胖"地唤我,我深感自卑,每晚回到宿舍,迅速拉上床帘,坐在小床上看书、写日记,填补内心。当时深圳盛行"打工文学"。本地的打工杂志有《大鹏湾》《打工之友》,周边城市有《佛山文艺》《江门文艺》,每期刊载打工生活的文章。我几乎每期都会买,还试着写些小说和散文,记录每日见闻,投向几家都市刊物,陆续在《当代青年》《窗》等杂志发表了几篇豆腐块文章。和窝在农村无所事事的同龄人相比,我们在工厂谋得工作已是不错的出路。

可乡人不会知道,在车间,每天要工作 14 个小时,只有发薪日才会放假一天,如同鸟入囚笼。

每年 3 月的最后一个周末,是难得的休闲时光,工厂举行盛大的运动会:所有工人两个一排,身穿红黄粉绿青蓝紫七种颜色的厂服,从黄田工业区走到深圳黄田国际机场附近的后瑞小学,喊着激昂的口号……彩旗飘飘,队伍延绵几公里,成为黄田的独特风景。

流水线上的日子繁复而漫长。同宿舍的女孩喜欢织毛衣、聊八卦,没人和我讨论文学。打工 3 年多,我无数次想要逃离工厂。

杂志社寄来的邀请函,打破了我长期自我依靠的僵局。我幻想,这或许是一个机遇。按照邀请函里的会程安排,我至少需要请 7 天假。自开厂以来,还没有批给普通员工事假的先例,各级领导逐一传看邀请函,假却没批下来。我只好辞工。

1995 年 4 月 29 日,我背着全部行李,踏上开往蒲圻(现湖北赤壁)的火车。我拿着邀请函走出蒲圻火车站出站口,一个瘦瘦高高的男孩子抬手招呼我:"参加笔会的吗?"他穿着警察制服,身后停着一辆中巴车,车身挂着醒目的横幅:热烈欢迎参加首届中国赤壁笔会的同志。我连忙点头,他便帮我把行李包卸下。中巴车载着笔会成员开往招待所，车上闲谈时，帮我卸行李包的男孩子介绍自己叫张长江，年方 17，是笔会年龄最小的成员，父母在煤矿上工作，家中有一个妹妹和一个弟弟。

张长江崇拜诗人海子，中学在市报发表过几首小诗，梦想有朝一日也能写出"面朝大海，春暖花开"这样的绝美诗句。但因为偏科严重，他没能考上高中或者技校。他的母亲提前办理病退，托关系让他顶班到矿上的经警支队工作。

晚上，大家各自整理好床铺就相互串门了。张长江年纪虽小，却很善谈，像老熟人一样，笑嘻嘻地要看我带了些什么书。

笔会第一天下午，大家拿着各自的作品交流。张长江拿走我两篇小说一篇散文，一边读，一边时不时抬头看我，突然，他大声说："你笑起来非常好看，两个酒窝深深的，怎么还会自卑嘛。"我羞红了脸，低下头去。他读到我那篇自我剖析的散文了。

"说真的，我长这么大还没见有这么深酒窝的女孩子呢，你干吗还要自卑呀。"这句话掷地有声，会场气氛一下子活跃起来，坐在近处的笔友纷纷争抢我那篇散文传阅，轮番盯着我嘴角的酒窝看。

他们对我的作品及打工妹的身份感叹不已，同时，对深圳这个改革开放前沿的经济特区充满好奇。

我是这次笔会中唯一的农村打工妹，原本很不自信，可看到大家对我肃然起敬的样子，我心底偷偷泛起一丝丝得意。

张长江偶尔与我四目相对，眼里是我至今无法忘怀的炙热。

二

时隔多年，我依然能回忆起笔会七日的细枝末节，那是我二十几岁的青春里，寥寥可数的最飞扬的日子。

我和笔友们一同去了三国赤壁古战场，坐游艇游览千岛湖，那几日，张长江始终影子似的跟在我身旁。有笔友打趣说我俩般配，张长江坏笑着回应："是吗？我也觉得挺般配的。"

哄笑声中，我红着脸急切辩驳，心里却开始长草，比起回农村随意嫁掉，张长江或许是更好的选择。我是张长江认识的第一个厂妹，而他每天只需工作 8 小时，还能享受双休日，我们的生活有天壤之别，一切都是未曾涉足的领地。

他出于新奇，才对我这个年长 5 岁的农村女孩感兴趣。长大成熟之后，他或许不会如此。

第 6 天，笔友们一同登上了岳阳楼。眼前是八百里洞庭湖的浩瀚烟波，微风拂过湖面，倏忽闪过的涟漪像酒窝，想想伙伴们明天就要分别四方，我有些感伤。张长江轻声耳语："晨姐，我想和你一起看遍世间美景。"我不知该作何回应，讪笑着低头不语。

当晚，结下友谊种子的笔友们三三两两走出招待所，用自己的方式话别。张长江约我出去走走，临近分别，我没理由拒绝，同他散步到附近的小公园。

刚在花坛边坐下，他便不由分说地把我搂进怀中。朦胧月光中，张长江眼里波光粼粼，滴滴热泪落在我的脖颈。

张长江哽咽着，喃喃道："我知道男儿有泪不轻弹，但想到明天过后，就再也见不到你，我实在是忍不住。你是我认识的所有女孩子当中，最特别、最吃苦耐劳的。从你背着沉重的大包出现在我面前的时候，我就觉得你不一般。你总因为胖而自卑，在我眼里，这恰恰是最可爱的地方。虽然我们只接触了短短 7 天，但我并不是头脑发热、一时冲动。年龄差距不算什么，你最崇拜的偶像三毛，不也嫁给了小她 8 岁的荷西吗？"

最后这句话让我有些动摇。要说一点不喜欢张长江，那是假的。工厂里，男工都在裁床、充棉、钉眼和包装这几个需要力气的部门，加起来也没有一百个。

由于男女比例失调，长得再丑的男孩都有人爱，帅气潇洒的男孩子更是少女们的香饽饽。我对外貌不自信，从未主动和异性接触，但也偷偷渴望着一场轰轰烈烈的爱情。

我开始迎合张长江吻上来的嘴唇，刚开始只是蜻蜓点水般的互相试探，两三次过后，我们就深深地吻在一起了。

我们头抵着头，像两只俏皮的小鹿，对视一阵后，我们再次不由自主地亲吻对方。

原来初吻真的像书里描写的那样甜彻心扉。只是，明天我就要回陕南秦巴山区老家，也许此生都不会与他再见面。片刻甜蜜换来长久的尴尬，我装作举重若轻，擦去他的眼泪，结束了这场公园幽会。

次日上午，《楚南文学》杂志社在蒲圻宾馆举行笔会颁奖仪式。我写的打工题材小说《爱情是只狼》《明天罢工》分别获得了小说类一等奖和二等奖，张长江的诗也获了诗歌类鼓励奖。

奖品只有一本大红的硬皮证书，但我们都非常满足。

午饭后，杂志社把我们送到武昌火车站，笔友们就此四散各方。等车的间隙，张长江拉着我，与跟他同住一间房的浙江笔友鲁营，在火车站前的广场铺上报纸席地而坐。

初夏日光中，两个大男孩畅谈各自的理想抱负，我在一旁笑眯眯地听着。张长江的目光不时停留在我身上，鲁营看不过去，朝我身旁挪了挪，凑到我耳边说："张长江这小子是动真感情了，这人不错，挺有上进心的，你也别在年龄问题上再纠结了，一辈子能碰上真心爱你的男子不容易。"

这些天我们朝夕相处，交流文学理想，探讨诗词歌赋，虽美好，却不是能支撑我们交往的木梁。

我是个农村打工妹，没有稳定工作，也没有城市户口，而他尚未成年，现实之下，诗和远方一片虚无。

我站起身，别过脸逃避。22 年来，我头一回这么恐惧作答，恨不得火车即刻出发。终于临近发车了，我忍住不看张长江眼里的哀婉，告别时也没上前拥抱他。

三

离开工厂的第二站是回家。父母很高兴，村里同龄的女孩早已结婚生子，他们经常写信催促我回家相亲。

到家没几天，介绍相亲的人陆续上门。前三个相亲对象都是建筑工人，见面无一例外，都盯着我的胸看。第四位相亲对象是个杀猪匠，我一听，立马拒绝。

并非看不起这些职业，只是我不甘心这就是自己的归宿。村里有人背后议论，说我出去闯荡几年，觉得自己是个人物了，长得不咋地，眼光倒挺高。

张长江隔三岔五的来信成了我唯一的抚慰。他盘下了一个小卖部，希望尽快多赚些钱。他让妹妹帮忙看店，下班后骑三轮车去进货，每天忙得不亦乐乎。我也向他倾诉回家后被逼着相亲的烦心事。农村生活比流水线上还寂寞，一个比一个不靠谱的相亲对象，更让我觉得未来跌宕无着。

张长江在信里说，他有一个在威海大学当老师的舅舅，可以帮我在学校里找一份管宿舍的差事，每天工作 8 小时，有充足的时间看书、写作，舅舅还能帮忙找专业老师指点。在大学校园里工作，听起来是相当荣耀的事，还能请专业老师指导写作，这简直是我梦寐以求的生活。我马上和父母商量，但他们觉得这莽撞又危险，坚决反对，后来听说是个警察介绍的工作，才松口应允。我们在信中约定，我先去他的家乡兖州，他会到火车站接我，再陪我一起去威海。

几天后，我揣着对未来的美好期许动身了。这是我犹犹豫豫的人生中，最不犹豫的决定，可没想到，张长江骗了我。两个月不见，张长江瘦了一圈。他拖着我走进家门，开口就是道歉，说他没有在威海大学当老师的舅舅,只是害怕我在老家相亲成功,心急如焚,只好把我骗来。我没想到张长江会骗我,顿时不知所措。想想,当下正值7月,学校即将放暑假,怎会需要宿管人员呢,我真是蠢。张长江见我呆愣地站着,突然跪在我面前,不断诉说对我的思念,祈求我原谅。

张长江的爱来得那么突兀又顺其自然,仿佛生下来就长在心里似的。虽没办法理解他的自私,但这一刻,我想接受这份爱。他帅气又上进,除了年龄,符合我对爱情的一切幻想。

当晚,我们彻夜未眠,一直聊到天光大亮。他承诺会想办法帮我在矿上找一份差事,但我暗自决定,过两天就回深圳打工。坐了两天火车,我身上早已脏兮兮,衣服也被汗湿了。张长江端来一大盆清水,让我擦擦澡,却迟疑着不肯出去,最后小声说:"姐,我帮你擦擦澡吧。"我思索了下,既然无法回报他的深情厚谊,就让他看看我的胸吧。我脱掉上衣,解开胸罩扣子。瞬间,张长江手里的毛巾掉进盆里,眼睛瞪得老大。

通过镜子的映照,我看到自己雪白的皮肤和圆润丰满的双乳。在厂里,整个工业区美女如云,女孩们都比我苗条,现在没有对比,我才惊觉,其实自己也不差。我羞红了脸,双臂捂住胸口蹲下,嚷着让张长江出去。次日清晨,我催促张长江去上班,半开玩笑地说:"再这么玩下去,你用什么来养我啊。"待他出门后,我立马收拾行李,给他写了一封简单的告别信,趁他妈妈还在昏睡,轻手轻脚地离开。

谁知,我刚买好去深圳的火车票,还没走出售票厅,抬头就看到了张长江。他察觉到我要走,离开家后,一直在这里候着。

"晨姐,不要离开我好不好?我是真心实意的。"张长江再次情以泪寄。从初识到现在,他于我,最多的便是哀求。

我也哭了:"长江,我相信你,但我们要面对现实啊,你的工作是妈妈提前病退才换来的，能说不要就不要吗？你现在还太小，我会等你，但今天必须得走。"见我去意已绝，他便不再劝我。上车前，他塞给我 100 多块钱，嘱咐我找到工作后立马写信告诉他。

火车缓缓开动，张长江跟着火车跑了很远，从模糊的影子，到完全看不清。我在车窗内泣不成声，未承想这就是永别。

四

由于是熟手，到深圳没两天，我就在一家新开的毛绒玩具厂找到了工作，开始和张长江频繁地书信往来。张长江觉得是因为自己的无能和穷困的家境，才没有留住我。他来信透露自己焦虑不堪，希望尽快攒够和我成家的钱。为了多赚几块钱，他骑三轮车去很远的地方找进价便宜的货，还去汽车站载客，帮人拉货。

我从未和他提起过钱财的要求，每次都在信中劝他，好好工作，不要急于求成。我承诺等他 3 年。3 年以后，如果他还像现在这样爱我，我就和他结婚。

3 年约期还未到，我却等来了他的诀别信。信纸皱皱巴巴，几处字迹模糊不清，落款处的日期正是中秋节。我努力辨识出事情的脉络。张长江有几个初中同学，毕业后无所事事，合谋盗窃摩托车去外地卖。人在极度贫穷和困窘中，很容易失去理智，张长江一直计划着攒够两万块钱来深圳找我，没禁得住他们的怂恿，六人分工合作，共盗窃了六辆摩托车。

目标即将实现，张长江决定再干最后一票就金盆洗手，没承想，第七辆摩托车的主人是当地派出所所长的相识，马上查到了他们。张长江逃到了济南，其余五个人，据说已相继落网。

紧接着，我收到张长江妹妹的来信。公安局找上了他们家门，说如有张长江的消息要及时汇报，妹妹猜测他可能会来找我，请我帮忙说服他投案自首，争取宽大处理。

但张长江没有来找我，我给和他交好的浙江笔友鲁营也寄去一封信询问。几天后收到鲁营回信，张长江也没找过他，他分析，张长江很有可能已经被抓了，他们是团伙作案，正撞在严打的枪口上。张长江还是个警察，知法犯法，罪加一等，说不定会被判个十年八年的。

我自责又担忧，连着给张长江的妹妹寄去三封信，请她有了哥哥的消息一定告诉我，如果被判刑，告诉我监狱地址，我会写信鼓励他好好改造，争取减刑。

想起张长江说起过，他弟弟在矿区子弟小学上五年级，名叫张长海，我又写了封信给他弟弟。

但所有信件都杳无回音。1996年元旦，好友的车间在招收发文员，她向主管推荐了我。做文员比在流水线上轻松得多，我第二天就办理了辞工手续。

背着行李走出工厂，我不住地回头，望了又望。只要离开这家工厂，张长江就再也找不到我。那个没有网络的年代，失去音信是最容易的事情。最后一次获知可能与张长江有关的消息，是在1997年7月1日。这天，香港和深圳都下了瓢泼大雨。所有工厂都放假了，福永镇的万福广场聚集身着雨衣的人们，一同欢庆香港的回归。

人群中，我瞄到一张熟悉的面孔，是以前的室友阿莲。她惊喜地奔向我，拉着我的手说："你走后没多久，就有好多信寄来，有二三十封呢，一直打听不到你的地址，只能让门卫原址退回了。"

"有没有从山东寄来的？"

"好像有几封。"

作者：邓华晨

144

开黑，在孩子熟睡后

一

过了 25 岁，你很难再那么喜欢女人。

至少我们群是这样。2017 年年中，我组了一个游戏群，一个邀请一个，做金融、搞 IT、弄新闻、企业咨询、写作的，混搭直男群成形了。每天晚上 8 点钟，群里准时有人发声："女朋友看电影去了……老婆逛街了……我自由了！有人打两把《王者》不？"

马上，一群人抛工作、拒老婆、躲合伙人，彼此邀请着进入峡谷。别的男人是车库 3 分钟——下班开车到家楼下，在工作和家庭的夹缝点一支烟。我们，是车库 3 小时。

小白就是被我拉进群的。他是我大学同学，大理白族人。最早见到他，是在学院篮球队。他个子不高，头发自来卷，皮肤特别白，让我一度以为白族人皮肤都这么好。

当时院里学生干部闹矛盾，一伙人抓大二主力，另一拨人想鼓动大一新生自立门户，搞得我们这群才进校门的"菜鸡"很尴尬。训练了几次，大家都变得不会打球了，只有小白一个人，和球场上所有人谈笑风生、击掌、打招呼、喂球。

运动是大部分男生的第一次社会训练，有这种游刃有余的能力的，不是队长就是大哥。我当时就记住他了。

毕业后，很多人说自己迷茫，小白径直回到大理，考了公务员。

两年后，我来到大理。没有选择新移民常住的古城，而是在本地人聚居的下关，根本没什么社交。小白隔段时间就找我吃饭，把朋友介绍给我。买房子、装修，他们都给了我切实的建议。

　　我才发现他在县城，把工作做得扎扎实实，帮我把买房子的事情理得门儿清。还是他，我想，还是那个球场上唯一谈笑风生的人。

　　这种人打游戏怎么能差呢？有一天，我发现他也在游戏好友列表上，就拉他打了一局，他拿了李元芳，控龙反野特别稳。

　　于是邀请他进群，进来他就是群内大腿，一手打野节奏带得起飞，特别是刺客阿轲，杀人手起刀落，从来不打招呼。一开始大家还不熟悉，都按照老习惯，想等 2 分钟有大招再抱团，小白经常二级溜到边路，拿下一血。他节奏很诡异，抓哪条边路没有定数，一旦装备成形，就完全进入自己的节奏。

　　我们常见的语音是："阿轲，这拨机会不好，撤了吧。"

　　小白没说话。

　　"我 X，你怎么自己上了？"

　　……

　　"牛 X，撤吧哥，杀一个得了。"

　　……

　　"哥，差不多得了！哥！哥你真牛 X！"

　　这时候他才会得意地向我们解释，提前半分钟出了无尽战刃啊，看到对方虞姬先放了二技能啊，刚才神走位躲了白起控制什么的。

　　当然了，也经常有头被人打烂的时候。那时候语音就变成了："阿轲，这拨机会不好，撤了吧。"

　　……

　　"我的我的"，他说，"讲道理，就差一点装备。"

　　2017 年下半年，小白都是群里最粗壮的大腿。他又邀请了两个大理州的朋友，群里的人来自河南、浙江、北京、陕西、上海，还有美国……人和人隔着距离，可是一句"排位吗？"就抹平了时差。我们赢了互吹 1 小时，输了讲道理 10 分钟，夜深人静后，我们快乐地陪伴着彼此。

二

2017 年年底，小白的妻子怀孕了。

要说结婚，从来就不是两个人的事儿，而是两群人的事儿。这不，我们群也感觉到怀孕的痛苦。

到了排位时间，小白忽然就不见了。人喊来了，打着打着游戏，突然会挂机几分钟。他的阿轲渐渐失去了节奏，甚至开始问：

"这拨我上不上啊？"

……

我们："你倒是上啊！"

群和群之间，经常有友谊赛，拉个房间，十个人进去，总要打那么三四局决个高下。小白的阿轲，经常把别人心态打崩，弄得不欢而散，最后成了各个群必禁的英雄。

打多了，有时候小白也带别的群友上分。

他妻子怀孕后，其他群友也发现阿轲没那么厉害了。打了几次，有些朋友微信来问："你们群的阿轲怎么了？最近有点坑啊。"

我说："对啊，要不我带你们打几局？"

他们说："算了，我还是单排吧。"

我倒是还经常和他双排，夜深人静，小白会突然微信过来，问："在吗？媳妇才吐了，照顾完，睡不着。"和他玩着，有时候他能开语音，有时候只能听，我们有一搭没一搭地聊天，就像大学时候的篮球场。

他往返于工作的县城、大理市区、昆明的研究生项目，还有自己老家、妻子娘家。

每个周末，他都会开车六七十公里。

1月，他告诉我，孩子是双胞胎，怀孕期间营养要跟上。

4月，他更多地提起体检，两个孩子的身体负担很重，他妻子的身体有两项血液指标超了一些。他决定多做营养餐。之后，小白每天下班就给媳妇做饭。

他是亲近的朋友里，妻子最早怀孕的一个。大多数人都在职场里打拼，有了男女朋友，也卡在房子、收入，或者一颗焦虑又不安稳的心上，别说怀孕了，连结婚的都少。

我很想知道他的状态，老和他开玩笑大侄子要出生啦，我要当叔叔了。有时候打游戏，他说实在有点累，但挺踏实的。年龄到了，顺其自然，也算人生的一步。

我说你这娃生出来，我就多了两个大侄子，一个去打球，练三分练成库里，从小继承勇士球迷基因；一个出生就培养打野意识，过了10年就是本群打野主力了呀。

小白"嘿嘿"笑，说："俩孩子辛苦点，但是一步到位，都值啦！"

娃一步到位了，游戏却越走越偏。刺客打野太考验注意力，小白改玩起"混子"英雄，钟馗、盾山，随便放放技能，随缘开团；白起、吕布，多出肉装，又有伤害，进场搅和就完事了。

他最爱的还是法师甄姬，凭借多年刀刃上跳舞的经验，随便预测一下走位，放一放技能，就赢了嘛。赢了还不忘说一句："怎么样？我甄姬贼强！"

我们花了很长时间适应小白的变化。缺了大腿啊，上分不好上了。其他群的朋友，则带着困惑和责怪，他们不理解发生了什么，只是自己想玩甄姬的时候，却被小白抢了。

我听到他们说："你们群小白怎么变坑了呀？"我说："生活里要当爸爸，游戏里就降辈分了呗，珍惜现在吧！等俩娃出生，他连玩的时间都没了。"

6 月，我去医院探望，带了一捧花给小白的妻子。她的病床在靠窗的位置，一个帘子，隔开了一片小小的空间，床头柜很小，摆上花就显得满了。她精神还好，就是每天做的检查有点多，可是没办法。医生反复告诉他们，双胞胎给她的压力太大，有几项指标始终降不下去，不早产，产妇身体吃不消；早产，孩子要承受巨大的风险。

能怎么办？医生说："尽量让产妇调理好，延迟到早产的合理区间。"怀孕 7 个月，他妻子就和其他 9 个月的产妇一样住院。

那段时间，小白打游戏少得多。

有一次他突然挂机，导致我们输了。当时五排，还有另一个群的朋友在，输了立刻就不愿意了。回头在自己群里，截了游戏界面，一直在责怪。"变菜了就不说了，五排还能挂机？基本素质呢？"后来每次碰到路人挂机，还拿小白出来说，"五排都挂机，路人挂机就不算什么了嘛。"

小白后来很正式地向我们道歉，然后只偶尔凌晨两三点，拉我双排打一打。我们就聊天，问下医院的检查结果。

看望后的第二天，他妻子的羊水破了，紧急进了手术室。俩孩子都 3 斤多，在 NICU（新生儿监护病房）里。我听到就很担心，我一点儿科概念都没有，只是觉得 3 斤，实在是太小了。

过了几天，我想着去探望一下。小白给我发微信说："兄弟，我和你说件事情，你知道就行了，憋在心里有一阵了。"

"怎么了？"

"我的小宝不在了，病情太重没挺过来。"

我瞬间不知道说什么，僵了一下。

"另一个孩子呢？"我问。

"还好，有些并发症，黄疸，血红蛋白高，凝血不好，但都是时间问题，应该没什么后遗症，"小白说，"小宝就困难得多，困

149

难太多了。"

我现在都不忍心想那样的画面，我更不知道小白是如何挺过来的。小宝出生窒息，重度贫血、溶血症，第二天开始肺出血，浑身插着管子、扎着针、戴着呼吸机。

"这几天我签了无数字，这种治疗，那种治疗，开始时我父亲陪着我，后来我就自己偷着去，半夜去，"他说，"第三天，我就感觉到了。我根本睡不着觉，睡了也很浅，出了儿科找个椅子坐下，哭了好几次。"

我想起来，这几天后半夜，小白找过我打匹配赛，全程关着语音。我住在大理北市区，西洱河边，窗户正对着苍山，也对着小白他们住着的大理大学附属医院。凌晨后的月亮走向西边，藏到苍山背后，一片灯光月光霓虹光照过来，我并不知道，游戏的那一头，他正身处地狱。

"我现在去找你吧，陪你坐会儿。"我说。

"不用，你来了也招待不好，"小白说，"我就打字跟你说说。几天了，也就打打游戏，想转移点注意力。可还是憋在心里，懊丧，无力，太难受了。"

我说："嗯。我知道。"当一个人想说说话，你能做的，就是不要打断他。

"早上医生通知，去看看他俩。这是五天来第二次见到他们。

"上午 10 点，我签了放弃治疗同意书，签的时候心里放下很多了。然后医生抱着小宝出来，穿戴好了，没有心跳也没有气息。我抱了一会儿，爸妈、岳父母每人抱了一下，很安静。

"等火化通知书过来，我签了字。现在和你说话，我是带着微笑的。看开了，可能我们和小宝缘分不够，上辈子欠了他。好在还有大宝，好好对他吧。"

我们又聊了一会儿，但我头脑空空，像被打了一记耳光。那天晚上，我都在想，如果是我，我能怎么做。

小白说，没想到当父母第一关，就是地狱模式，事情真来了，就宁愿自己扛着。怀孕时买好的双胞胎衣物、床、玩具，他都自己回家收拾好，留下单人的。送走父母、岳父母，他一个人在儿科门口，处理希望和绝望。小白还说，后来妻子突然问，如果当时选择去昆明，去省城更好的医院，会不会结果不一样？

会吗？不知道。能去吗？透支一下精力，透支一下收入，可能也去了。那为什么没去呢？

这就是生活吧。

过了25岁，不是很难喜欢女人，而是没时间喜欢自己。

年轻就像一座监狱，不管是到期释放，提前越狱，都有那么一天，你要面对没有边墙的阳光，要认识到世界不只有自己。

你会结婚，会工作，会有孩子，会扶住衰老的父母，在焦头烂额的间隙，在生活的破绽里，有那么一点空间，点上属于自己的烟。

有人出狱后不适应，想回去；有人纠结要不要逃走，害怕离开后的渺茫。小白呢？他就像我在大学第一次见到时那样，和每个人随便地聊着天，上场打球。就像毕业后回到老家，工作，结婚，生子，没有迷茫和纠结的空间。有时候，一些人就拥有这样简单的直觉，引领他，蹚过生活。

出院后，我拎了几袋纸尿裤，和朋友去看小白。

客厅里，摆了不少亲友送的礼品，他岳父母在做饭。我走到卧室，看见小小的娃娃，躺在他妻子身边。我上去抱了一下，很轻。

"现在才5斤多，没有其他初生儿重。"小白说，"医生说小时候多注意，容易生病，过了六七岁就正常了！没什么影响。"

我们留在那儿吃了晚饭，聊了聊工作、游戏。同行的俩朋友，是小白的同事，也被他带到游戏群里，互相都熟悉。

我们开玩笑，说小白接下来就只能打甄姬了，就当中路法师混一混吧！带动全场的日子过去了。

看望之后，果然好一阵子没在游戏里见到小白。后来，我们打游戏，也不像之前那么多了，群里的人要么升学，要么转到新的工作岗位，要么结婚，很难凑到一起，变为周末偶尔的线上聚会。

输赢越来越不重要，只要玩起来就很开心。

我们一群陌生人，在一段共同的间隙期，用一款游戏连接到彼此，也是一种奇怪的运气。赌书消得泼茶香，当时只道是寻常。

小白孩子满月后，就经常在群里发娃的照片。一天天，孩子胖乎起来，身体也很好。我们在群里逗他："啥时候教大侄子打游戏啊？"他很认真地说："还没会走路呢，等他能自己走了再说吧。"然后八九点钟，我们问他排位不。他就发一张孩子咧着嘴玩玩具，或者正在啼哭的照片："看娃呢，你们玩你们玩。"

等大家都结束了，偶尔，他在群里发一句："有人打局匹配吗？我不能说话。"我睡得晚，通常都看得到。

"来，"我说，"大侄子别突然醒了就行。"

"那我不能保证，"他说，"我玩啥呀？"

"甄姬。"我斩钉截铁地说。

"要不，我打局阿轲？好久没……"

"别别别，"我赶紧打住，"哥，你甄姬贼强，真的。"

于是熟悉的 Timi 响起来，十几分钟后，熟悉的大侄子哭声，清脆的 defeat 声也响了起来。

作者：杜修琪

*文中人名均为化名

在工地，玩《王者荣耀》的父亲

2015 年的春节是个暖冬，雪下了，很快就化。除了吃饭，我每天都待在房间里不愿出门。

大年初四，我躺在床上玩手机。父亲开门走了进来，他没走太近，只站在床边，笑眯眯地问我在干什么，我说在聊天。

父亲小声哦了一声，低着头搓了搓手，屋子里并不冷。阳光从窗外打在床上，父亲站在门口暗处，手足无措得像个孩子。房间里很安静，显得外面刮风的声音格外刺耳。

父亲像是终于想起来要说什么，抬头看了一眼窗外："今天风挺大的。"我没有抬头，只是嗯了一声。好像过了很久，也可能只是几秒钟，我的手机响了起来，父亲赶紧说："你忙，忙，我没事。"他转过身弯着腰，缓缓地走出屋子，给我关上了门。我没有接电话，只是看着他离开的背影。

初五一大早，我起来收拾东西要回聊城。走到巷子口，父亲喊住了我，递过来一包东西，那东西里三层外三层地包着各色的塑料袋。父亲开口了："二小，这是腌好的牛肉，你带着吧。你好吃肉，这才初五，回去再没有什么吃的。"

风从巷子口往里灌，我看也没看他，只说聊城什么都有卖的，转身就走了。父亲的神情是怎样的，他想了什么，我不知道，也不想知道。

2014 年，48 岁的母亲离开了我们，从那场变故之后，我对父亲恨之入骨。从我记事以来，父亲和母亲就争吵不断。父亲原本不喝酒，不知为什么，爷爷去世后他开始酗酒，有时直接睡在村子的小路上。母亲的耐心越来越少，两人的争吵越来越多。

那年 7 月，我大学毕业。比我大 3 岁的大哥已经在青岛工作，很少回家，我打算留在老家莘县发展。

一晚，父亲像往常一样，一身酒气地推开门，摇晃着走进来。母亲脸色大变，指着父亲怒斥。父亲平时为人温和，可一喝醉了，就会转性。他摔碎了桌上的杯子，让母亲滚，离婚。母亲泪流满面，只说："好，离婚，我早过够了。"

不管我怎么劝，母亲只是抹泪，收拾好衣服，推着电动车往外走。我忍不住哭了，让她带我一起回姥姥家。母亲转身用粗糙的手擦了擦我脸上的泪，让我在家陪着父亲，他喝醉了，怕出事。

说完她就骑上车走了，背影在夜色中远去。

7 点钟，我给母亲打了一通电话，她没有接。8 点钟，院里的婶子来敲大门，拉着我的胳膊说，母亲在路上叫车撞了，正在县医院。

我的腿一下子软了。回到屋里，父亲正歪在床上打呼噜。我一把把他拽了起来，看着父亲迷糊的样子，我甩了一杯水在他脸上，告诉他母亲被车撞了。

父亲从床垫子下摸出一些现金和卡，我们坐上邻居的车去了医院。

到了医院急诊室，我看到了母亲，一张白布盖在她身上。掀开白布，母亲的脸上和头上都是伤。医生说，人送来的时候失血过多，他们尽力了。我抓住医生的衣服，问他什么叫尽力了。婶子和邻居抱住我，我朝着医生的背影哀号，号着号着没了力气，跪在了母亲身旁。瘦削的父亲像一尊木雕一样，站在阴影里，只在警察来的时候说了几句话。他一直低着头，好像已经死了。

灵车把母亲拉回了家，那晚，我在母亲的棺旁坐了一夜。

第二天，大哥回来了，不到晚上，他的嗓子已号得说不出话。母亲葬后，我一个人在坟前待着，直到天黑透了才回家。我清楚记得那时田里的玉米苗刚钻出来，像小草一样招展，我的妈妈却不在了。

早晨起来，我买票去了聊城。莘县县城离我越来越远，我只想把大哥的劝告、父亲的忏悔、家庭的整个悲剧，甩在身后。

我在聊城入职了一家培训机构做销售，忙忙碌碌，生活慢慢走上正轨。

一天，父亲打电话问我在哪里上班，说："也不算远，有空你回家来啊。"我说："正忙。"便挂了电话。很快要过年了，小年那天，父亲打电话问我什么时候回家。腊月二十四，大哥回家了，他让我早些回去。而我一直在单位耗着，直到腊月二十七才回家。父亲特别高兴，做了一桌子的菜。母亲在的时候，他从没下过厨。

饭桌上，大哥特意说起父亲早早起来忙活做饭，我听了却开心不起来，只低头吃饭，一句话没说。年一过完我就离家上班。大哥给我打了一通电话，说父亲最近老是咳嗽，怕是生病了，劝我体谅父亲，别跟他较劲。我不知怎么来了脾气，朝着电话大嚷："你是孝子我不是！你去关心好了，我不要他的钱，我也不会回家的。"

2016年1月，我谈了一年多的女友出轨，那段时间，母亲去世的事经常盘旋在我脑子里，我觉得人生黑暗，做什么都提不起精神，下了班就窝在房间。不知怎的，那晚在医院，父亲像尊木雕站在阴影里的场景，也总在我脑子里徘徊。

晚上，同学要带我去 KTV 放松一下，我摆摆手拒绝了。他拿出手机说："最近出了一款特别火的游戏——《王者荣耀》，很好玩，一起来一局。"我不想玩，同学夺过我的手机下载好了游戏，告诉我选什么英雄、怎么出装。

那段人生晦暗的日子，游戏给了我一丝解脱。

2016年过年，大哥没回家，他找了个女朋友，想加班挣些钱结婚。腊月二十七那天我回家了，父亲一直在厨房里忙活着。看到锅里炒煳了的虾仁，我皱了皱眉头。

看到父亲把手藏在背后，我问他怎么了，父亲憨厚一笑，说："不碍事，这做饭哪有不被烫的。"

那天的虾仁有些苦，但我都吃完了。吃过饭，我坐在凳子上玩《王者荣耀》，开的声音有些大。父亲站在一旁看，问我："二啊，你玩的是啥啊？我听着有些热闹。"我用阿轲正准备收一拨残血，没搭理他，只说是一个游戏。父亲在旁边一直看着，一会儿胜利的声音响起，问我："这意思是赢了？"我嗯了一声。父亲说："二啊，我看这个游戏不错，叫啥啊，你教教我呗。"我没好气地说："这叫《王者荣耀》，一个很复杂的游戏，你学不会的，一个微信还没整明白，还要学游戏。"说完我出门去了。

初五离开家那天，父亲把我送到巷子口，又拿出一个袋子，告诉我这是一些卤过的肉，可以直接吃。我接了过来。

9月底的一天，我正在给客户介绍课程，电话响了起来，是父亲，我按掉了电话。一会儿，又响起来，客户让我先接电话，我接通却不是父亲的声音："小涛吗，我是恁大飞叔，恁爸被板子砸了一下子，现在在县医院呢，你快来看看吧。"

到了县医院，在走廊里碰见了和父亲一起干活的几个叔。大飞叔是领头的，他告诉我父亲被砸到了背，流了不少血，医生诊断父亲腰椎段骨折严重，通过牵引、复位固定这类的保守治疗的话效果很差，要立即手术。

我问父亲是怎么出的事，大飞叔说父亲最近不知道怎么回事，像魔怔了一样总盯着手机，起初他以为父亲是学人家看女主播，没想到是玩游戏。蹲在地上的峰叔抽完了烟，站起来告诉我父亲要不是玩手机太投入了，不至于躲不过掉下来的那块板子。

站在走廊灯光的阴影处，我的心发紧了。

他们告诉我，父亲从工地回来，先不吃饭，而是去找村里的小年轻学怎么玩游戏，年轻人看他年龄大，不愿意教他，他就追着问。有几个年轻人愿意教，父亲就蹲在地上一边听，一边琢磨，后来人家教烦了，父亲就去堵门，一顿敲门也没人出来。

"现在村里的小年轻看见你爸撒腿就跑。"叔说。

我谢过几位叔叔，找出了父亲的手机。父亲的手机屏幕碎了，款式还是大哥淘汰掉的红米一，触摸屏很难用，我无法想象父亲是怎么用这样的手机玩游戏的。

做完手术，我去了病房，父亲还在躺着。父亲的颧骨很高，近几年越发明显，他戴的那副金属框眼镜放在旁边的桌子上，父亲静静闭着眼，我想起人家常说父亲眼睛小，像睁不开一样。

过了半小时父亲醒了，他问我怎么来了，说着话要起来。我阻止了他，举起手机问他："你究竟在干什么？为了游戏命都不要啦？这么大的人了不学好！"53岁的父亲躺在床上解释："二啊，你别生气，你妈走3年了，你都没咋理过我，爸也找了3年，终于找到了一个可以和你聊的话题，爸开心，但是爸不会玩啊，所以没事就研究。"

我的眼泪一下子流了出来。父亲接着说："其实你妈的死我很自责，我很后悔，但是回不去了，我经常去你妈坟前跟她说说话，我知道让她原谅我不可能，但是我想让她知道我确实后悔了，我错了。"我看着父亲，泪忍不住地往下淌。我终于意识到，在那场变故后，一直留在阴影里的，是父亲；没有走出来的，也是父亲。

两个月后父亲出院，我和大哥提议出去吃饭，父亲不愿意，说在外面吃浪费。我没听他的，找了一家烤鱼店，选完鱼，我跟父亲说："爸，来一局呗，我看看你水平咋样？"

父亲很不好意思，他说："不了，我不会。"我执意让父亲一起，我选了虞姬，我让父亲选了妲己，父亲有些害怕的样子，眼睛不断地往我手机上瞄，我让父亲别担心，跟着我就行："我带你飞，爸。"

　　父亲跟我走下路，我告诉他："爸，妲己有三个技能，二是晕人，你见了人就放二，我就可以上，放完二技能就放一技能，再放三技能，没有技能就往后站一站。"

　　父亲说："这样啊，还是我儿子教得仔细，别人教的我听不懂。"我听了有些心酸，赶紧岔开了话题："爸，敌方是鲁班，咱俩打他很容易，来，给你秀一下儿子的技术，我现在可是至尊星耀了。"

　　父亲不明白至尊星耀是什么意思，只是笑着夸我真厉害。我让父亲跟在我后面，告诉他怎么清兵线，现在技能不全装备不够，别往前站。

　　父亲点点头，脸上带着些笑意。金币多了，我指导父亲买了装备。父亲移动了一下妲己，然后问我："二小，这妲己后面怎么还有两行黄色的线啊？"

　　我耐心给他解释："刚才不是买了疾步之靴吗？这黄色的线就是买了靴子跑得快了。"父亲听着乐呵了起来，自言自语地说："哦，这样啊，那有鞋就是比光脚丫子快，贼溜得很。"

　　大哥在一旁忍不住笑出声来，父亲劝他也学学，大哥笑着推辞："算了吧爸，看你俩玩挺好。"我提醒父亲："看见鲁班地上那个圈躲过去，否则会掉血。"父亲说："好家伙，小矮个，能得不行喽，有圈圈就腿长啦？"

　　大哥一口水喷了出来，呛得一个劲儿地咳嗽，父亲笑他说："老大啊，游戏不会玩，这水咋还喝不到肚里去了呢？"大哥两手抱拳大声说："老爹教育的是，儿子谨记在心。"

　　我看着大哥乐了起来，父亲大声喊："二小，小矮个要杀我啊。"我一看游戏，让父亲赶紧开疾跑回家，我用一技能对鲁班放了几箭，我让父亲满血了赶紧回来。

父亲的妲己回到我身边，鲁班此时只剩一半血。我告诉父亲，鲁班一来就放二技能，然后三技能、一技能，父亲放得还挺准，我让父亲往后撤，我一套连招打死了鲁班。

父亲笑得眼睛都看不见了："小矮个儿死了，我就说嘛，这矮个儿打架就是不行嘞。"父亲和我一起攻破了下路防御塔，父亲越来越开心，最终我们取得了胜利，父亲竟然大声站起来说："二啊，咱们赢了。"其他客人投来异样的眼光，父亲脸红了，有些尴尬地坐了下来。我对着父亲竖竖大拇指，他挠挠头，低下了头，一副不好意思的样子。夕阳还亮，照着我们父子三人。

吃完饭回到家，我去了父亲屋里坐着，大哥说他有事要出去一趟。昏暗的灯光下，我发现父亲比之前更苍老了。父亲看着我说："二啊，你……咋这么看我？我脸上是不是有啥东西？"我摇摇头，忍住泪水对父亲说："爸，我给你洗洗脚吧，小时候冬天你和妈常给我洗脚。"父亲憨厚地笑着拒绝我："别洗了，我脚臭，别再熏着你。"

我坚持要给父亲洗脚，让他坐在床上，父亲听话得像个孩子。我接了一盆温水，脱掉了父亲的袜子，才发现袜子的底部有个洞，父亲住院这么久，我竟然都没有发觉。我把父亲的脚放到盆子里，父亲有些害羞的样子。

我仿佛看到了小时候的自己，那时，父亲蹲在地上笑眯眯地看着我，我调皮地把水踢到他的脸上、衣服上，父亲也不怪我，只是用袖子轻轻擦去脸上的水。

作者：张　婧

流水线上的莎士比亚

一

我去信阳最大的书店，在一排排书架间来回寻找莎士比亚的书。一个女店员警惕地看着我，大概把我当小偷了。我干脆走到她面前，说想买一本莎士比亚的书。她看着我，眼神中明显透露出一个意思：你这个鬼样子也不像读莎士比亚的人呀。那天，我穿着在厂里磨旧的夹克和一条破牛仔裤。

最后，她走到一个书架前，抽出一本很厚的书递给我，说："是这本吗？"

我接过来，是一本《莎士比亚悲剧喜剧集》，封面有莎士比亚的头像，我高兴地指着头像对女店员说："是他，是他，我昨天在网上看过这个头像。"

结过账，我拉开夹克的拉链，把书塞到胳肢窝下，用左胳膊夹住，再拉好拉链。别人都奇怪地看着我，仿佛我不是在买书，而是在偷书。我已经有10多年没和书本打过交道了，无法自在地拿着一本书走在大街上，生怕别人投来异样的目光，就像看着一个衣衫褴褛的人扎着一条崭新的领带。

上一次买的书，是关于炒股的。那会儿，我梦想着靠股票发财。辍学后，我在新疆做过工，还在建筑工地干过几年，最后在北京的服装厂里安定下来，一干就是7年。每天早上8点上班，午夜12

点下班，没有星期天，没有节假日，只在月底休息一天。我想辞职，又拿不定主意，因为在服装厂 2 个月的工资，赶得上父亲种田 1 年的收入。

2007 年 11 月的一天，我正在缝衣服，60 多岁的老板背着双手，慢慢踱进车间里来。听工友们说，他至少有两千万资产。看着他花白的头发，我忽然想到，假如他把两千万都给我，买我 40 年的时光。也就是说，我拥有了两千万，却一下子从 20 多岁的小伙子变成 60 多岁的老头子，我愿意不愿意？毫不犹豫，我就肯定地告诉自己，我不愿意！我突然明白，最宝贵的财富就是青春时光，应该在美好年华做自己喜欢的事，而不是在服装厂里熬过一年又一年。

离开服装厂，我在信阳开了一家小店。没两年，小店经营惨淡也关门了。女朋友坐在炉子边，抱着一本言情小说看，我跟她说："活着真的好累呀，要是有什么工作能坐在家里挣钱就好了。"

我女朋友举举手中的书，说："当作家，坐在家里写一本书就能挣好多钱。"

"不是有名的大人物才能写书吗？"

"人家是因为会写书，才慢慢变成大人物的，谁也不是一生出来就是大人物。"

"那像我这样的普通人也能写吗？"

"你这辈子就别想了！你连普通人都算不上。"

在我短暂的学生生涯中，数学能轻松考第一名，语文经常不及格，尤其讨厌写作文。在新疆做工的时候，我被迫给家里写了一封信。邮递员把信送到学校。表哥是小学老师，见是我的信，拆开坐在办公桌前读了起来。我写得语句不通，满篇错别字。刚读两句，表哥就哈哈大笑。其他老师不解地看着他，表哥笑着一拍桌子站了起来：

"大家听听我表弟写的这封信哈。"

据表哥讲，那封信给大家带来前所未有的欢乐。表嫂张老师笑得花枝乱颤；郭老师本来嘴巴就歪，再使劲一咧，嘴都快歪到耳门子上去了；孟老师也跟着拍手跺脚，狂笑不止；正在喝水的李校长"扑哧"一声，茶水喷了满桌，咳嗽着说："哈哈哈……这是哪个语文老师教出来的高徒耶？"

听到这一句，教过我3年语文的孟老师止住笑容，借口上厕所溜了出去。女朋友并没有因为我是文盲而跟我分手。2009年年底，我们还准备结婚。她的父母知道我是个小学毕业的穷光蛋，极力反对她嫁给我。

2010年春天，我们在她父母的强烈反对下分手了。分手后，我去了信阳的服装厂。我28岁，家里穷，买不起房子。而我们当地结婚，男方必须买房子的。打工多年，虽说吃了不少苦，却没有攒到什么钱。那一段时间我非常迷茫，不知道自己还活着干什么。

有一天夜里，我梦到前女友。梦中我回到我们的小店，饭做好了，摆在桌子上，可她不见了。我推开每一间房门，都找不见她。

我跑到镇子上，对着漆黑的街道大声呼喊她的名字，直到难受得醒了过来，发现自己满脸泪水，枕头湿了一大块。我抑制不住地抽泣，呼哧呼哧喘了好一会儿，回想起我们之间的一些事，想起她告诉我的，坐在家里写字就能挣钱。当作家很难吗？我在网上搜索作家是怎么回事，看看最厉害的作家是谁。

很多人说是莎士比亚。我打定主意，买一本莎士比亚的书，看看究竟有多厉害。我从书店买回莎士比亚。下班，我躺在床上，迫不及待地拿出书。结果非常失望，这本书和我印象中的小说不一样，是对话体，还有好多不认识的字，我根本读不下去，还没看几句我就把它扔一边儿了。我责怪自己，买的时候为什么不翻开看看？只要看上一眼，我就不会买它，白白浪费二十几块钱，还不如买一本武打小说。

书已经买来了，就摆在床头，扔掉又舍不得。我硬着头皮，强迫自己坚持看完了一篇。为对付不认识的字，我又买了字典和铅笔。每晚下班后，我坐在床头翻这本书。慢慢地，竟然读出些味道来。

二

在服装厂，我负责教工人做衣服和修理缝纫机。9月的一天，贾老板走进车间，后面跟着四个姑娘。贾老板对我说："张师傅，给她们安排一下机位。"

她们各选了一台缝纫机，我帮她们调试好。很快我们就熟悉了，最漂亮的那个姑娘叫莫小雨，她坐在我斜对面。

小雨长着一张娃娃脸，剪着学生头，很显小，其实她已经20岁了。她的脸圆圆的，一双水灵灵的大眼睛，小鼻子微翘，无论怎么看，都特别像一只猫。她高兴的时候，喜欢吹自己的刘海。从右到左，刘海吹得飘起来。她无论说什么，我都觉得很可爱，就嘿嘿傻乐。

10月的一天下午，小雨问我附近有没有什么好玩的地方。我说有个震雷山，山脚下有公园，山上还有个新修的塔。她们来这里上班一个多月了，觉得很烦闷，听我这样说，立刻就要去玩。小雨拍着手说，走呀走呀。小雨的姐姐也要去，她站在我的后面，用脚轻踢我的凳子腿，催我快走。我们打车到山下，顺着新修的大理石台阶往上爬，一口气爬到平山塔。我们站在塔下的栏杆旁，俯瞰山脚下的浉河，眺望河对岸高高低低的建筑群。天气很好，可以看很远，桥上来往的车辆像受到惊吓的甲壳虫，在快速奔跑。河面上有两个捕鱼人在划动着一条如柳叶般的小船。我们在塔下合影留念，之后去河对岸的平桥公园。

天已经黑了，路灯都点亮了。我们在公园的廊亭里坐着聊天，聊以前的打工生活。虽然只有20岁，小雨已经在服装厂打了5年工。

"我都打够啦！明年不想做服装了。"小雨无奈地说。

我说："我也不想做服装了。我……我想在家看看书。"

"准备考大学呀？"

"不不不，我初中都没毕业，哪考得上大学。我就是想一个人闲居下来看看书……我很喜欢读莎士比亚……"她们没笑，也没有吭声，静静地看着像傻瓜一样的我，恐怕没想到我会忽然来这么一句，不知道怎么接话。月亮从震雷山后升起来了，又圆又亮，就像山顶上挂了一盏巨大的灯笼。

阵阵微风送来桂花的幽香，我忽然很想跟她们讲讲我看过的书。"我昨天刚看完的莎士比亚的喜剧《仲夏夜之梦》，好看极了。""哦，快给我们讲讲。""他的喜剧不像故事会，单坐在这里讲不见得好听，得演出来才好看。"

"那你给我们演演。"环卫工在廊亭的角落里放了几把大扫把，我跑过去一只手一把拿过来，站在转角处的高台上，用扫把代替剧中的人物，给她们表演起《仲夏夜之梦》来。我拿着扫把在廊亭外的灌木丛间穿行，模仿剧中人物在森林中私奔。

再讲到仙王，讲到精灵，讲到那朵神奇的可以使人相爱的仙花，我从旁边的木槿丛上摘下一朵木槿花，说："现在就用这朵花代替那朵拥有神奇魔力的仙花吧。"我仰着脸，闭上眼睛，右手拿着木槿花在左眼皮上擦擦，在右眼皮上擦擦，说："看，就像这样，我已经睡着了，滴上花蜜，如果我睁开眼，我就会永远爱上第一个看到的姑娘。"

1个多小时，我竟然把《仲夏夜之梦》大概的意思讲了出来。好在廊亭中的灯光不亮，观众也只有她们两个。

谁能想到，在偏僻小城的滨河公园里，一个连一封信都写不好的文盲和两个同样没什么文化的女孩子，谈论的竟然是莎士比亚，简直不可思议。

三

天气越来越凉了，我得去买件衣服。一天下午，我对大家说："我等会儿得去步行街一趟，你们有什么事儿提前说呀。"

过了一会儿，小雨说："我等会儿想回家一趟，也是坐 7 路车。"

我很高兴，说："那很好呀，我们一起走吧？"

小雨很高兴地答应了，她回宿舍换衣服。我站在厂门口等了 10 多分钟。穿上新衣服的小雨变得更漂亮了，我们一起去坐 7 路车。车厢后部都是空的，小雨已经坐下了，我想坐在小雨身边，怕她觉得我无礼，便和她隔一个位置坐下了。过了两站地，上来一大群人。她趁那群人过来之前，忙站起身挪到我旁边坐下，抬头看了我一眼，很羞涩地笑了。车到了小雨家所在的路口，小雨说："我……我不想下去了，和你一起去玩好不好？"

到了这个时候，就算我是傻子也能看出来了，小雨也喜欢我。我马上高兴地说："好啊，我带你去浉河公园玩。"

下了公交车，我们一起步行去浉河公园。经过一条长长的水泥坡道，坡道的风有点大。我扭头看着她，风拂起她的齐肩短发，露出轮廓柔美的耳朵。

"漂亮不？"她发觉我在盯着她看，小声问。

"漂亮。"她转过头，脸颊泛出淡淡的红晕。

我们先租了一只双人脚踏鸭船。她好调皮，要么猛蹬一阵，要么停住不蹬，小船在湖中扭来扭去。她好开心呀，不停地笑着。

动物园里最好玩的就是猴子了，我买了一袋花生和一盒饼干，让小雨去投喂猴子，猴群见有吃的，都活跃起来，在蒙着铁丝网的猴园里又跑又跳，还有两只小猴子跑到小雨的跟前，从铁网格里把细胳膊长长地伸出来，把小手张开，手心朝上，看着小雨，吱吱叫着，像是在说："快给我快给我。"看到这一切，小雨咯咯地笑个不停，把花生和饼干丢过去，猴子伸手就接住了。

天快黑了，我告诉小雨，我今天出来是打算买衣服的。她抱歉地说："你咋不早说呀！走，我陪你一起去买。"

我们一起去步行街，我买了一条裤子。我想给小雨也买件衣服，可她说什么也不要。看得出来，她这时还没打算做我女朋友。

我们一起坐公交车往回走，经过她家所在的路口时，她下了车，跟我挥手告别。看她走了，我控制不住自己也跑了下去。

"你怎么也下来了？"

"我想送你回家。"她笑了，也没往她家走，大概是怕她爸妈看到吧。她就陪我等在站牌下，直到下一辆公交车来，才离去。

圣诞节那天，服装厂放假，工人都回家了。我离家远，没有回家。那天小雨来找我玩，说她还想去爬震雷山。这次我们顺着山脊走，翻越了整座山。打车回到市里，我主张晚饭在小馆子里吃，小雨却说我背了她一路，她要做饭给我吃。我也很想吃她做的菜。我们一起去超市里买了些菜，回到我的宿舍，我给小雨帮忙择菜，炒了三盘菜。我们就像夫妻一样，围着小桌子吃起来。虽然条件简陋，可她炒的菜还挺好吃。

吃过饭，我们打开电脑看电影。我想看韩剧或美国大片，小雨要看恐怖片，真是出乎我的意料。小雨侧坐在我的双腿上，我用双手揽着她，脸挨着脸看电影。看到恐怖的地方，她就扭过脸来往我怀里钻，我轻拍着她的背。过了一段，她才把脸转过来接着看。我笑她："你胆子这么小，还看恐怖片，何苦呢？"

她笑着不说话，应该是很享受被呵护的感觉吧。看完电影，已经很晚了，小雨说："我得回去了。"我凑近她的耳朵，小声说："要不……要不留下来一起睡吧？两个人睡暖和。"

"不行，我得回去。"

我只得起身送她。我们下楼，穿过院子，来到后面的女工宿舍。

整个服装厂大院黑洞洞的，老板一家人也不知道哪里去了。看她把床铺好，我准备回去。她又追出来说："我一个人害怕。"

"那咋办？还是跟我一起睡吧？"

她考虑了一下，说："我去了，你什么也不许做，你要答应了，我就跟你过去。"我答应她。她跑过来抓着我的手，我们又一起回到我的宿舍。我打来半桶热水，伸进手去试试水温，把桶里的水放到她的脚旁，她穿着我的棉拖鞋，大得像船一样。我脱掉她的袜子，把她的双脚放进水桶，给她洗脚。我坐在凳子上，俯下身，用双手轻轻按摩她的脚。小雨低着头，两手撑着床沿，静静地看着我，很不好意思地咧嘴笑了一下。我把她的脚擦干净，她的脚长得很好看，走了一天路也没有一点臭味儿，我忍不住抬起她的脚放在唇边吻了一下。她忙把脚往后缩："哎——脏！"

小雨把风衣脱下来，牛仔裤却不肯脱了。我也只把外面的衣服脱了。高低床只有90厘米宽，我们面对面躺着聊天，讲起小时候的经历。

小雨的爷爷奶奶重男轻女。她姐姐出生的时候，爷爷奶奶就很不高兴。两年后，小雨的妈妈又怀孕了。全家都盼望出生的是个儿子，可谁知道又是个女儿。小雨的爸爸整天黑着脸，小雨的爷爷奶奶甚至想把小雨送人，好腾出一个计划生育指标，让小雨的母亲再生一个。可小雨的母亲舍不得，说以后的计划生育罚款由她打工来偿还，这才把小雨留下来。再两年之后，小雨的母亲终于生了一个儿子，自然是无限欢喜，全家上下都把关爱投向这个男娃。

俗话说，老大娇，老末娇，就是别生半中腰。小雨不但是半中腰，还是不讨人欢喜的女儿，在家中的地位可想而知。她本来学习挺好，可刚读到初二就被迫辍学出门打工了。

我有两个姐姐，正好处在小雨弟弟的位置，我的小名叫"安"，我问我妈，为什么给我取这个名字。我妈说，因为当初怀我的时候，她天天在外面躲计划生育，就为了要一个男孩儿。生下我，一看是个男孩儿，好了，爸妈都松了口气，觉得从此心安，再也不用躲计划生育了，就给我取名叫"安"。

可他们渐渐发现，这个历尽千辛万苦生下来的儿子智商有问题：整天鼻涕兮兮，不是抱猫就是骑狗，还喜欢莫名其妙傻笑。不但他们看出来我傻了，连两个不到10岁的姐姐也看出来了。她们不再叫我小安，或者叫我弟弟，而是叫我"傻子"。晚上睡觉的时候，我听到我爸妈商议，说小安长大了肯定娶不上媳妇，得再要一个儿子，不然将来抱不上孙子。聪明漂亮的弟弟出生之后，我在家中的地位就一落到底了。

对小雨的经历，我能感同身受。我是一个男人，皮实，天性乐观，整天嘻嘻哈哈，尚觉童年悲苦，真不知她一个纤弱的姑娘是怎么过来的。我用胳膊揽住她："好了好了，别难过了，以后我心疼你。"

小雨没脱衣服，像只小猫儿一样在我怀里拱来拱去。我说，要不你把外面的衣服脱掉，只要你答应，我保证什么也不做。她嘿嘿一笑说："我不干！不上你的当。"

"以后如果我跟人说，我跟一个漂亮姑娘睡一个被窝儿，却啥也没做，会不会被人骂成傻瓜？"

"不会的，不会的，快点睡，我哄哄你。"

她伸出小手慢慢拍着我，跟哄孩子似的，结果没把我拍睡着，她自己却睡着了。我把手揽在她腰上，又觉得可能会压得她不舒服。我毫无睡意，把她的一绺秀发撩到耳后，听着她均匀的呼吸声。她身上有淡淡的香味，很好闻。

尽管我不愿意睡着，想睁着眼睛，看着这美好的夜晚是怎么过去的，可由于爬山太累了，最后还是睡着了。

早上，小雨用食指轻刮我的鼻子，我睁开眼，看到她在我眼前笑眯眯地看着我。夜里睡的时间太短，上班时我老打瞌睡。

四

　　腊月初，厂里放假了，小雨和她的姐妹们都回家了。我不想回农村老家，仍旧住在宿舍里。小雨家在市里买了房子，离宿舍很近。我和小雨经常约会，我们一起去爬贤山，逛贤隐寺，游南湾湖，看博物馆。

　　有一天，我们坐在电脑前看电影。我们想看搞笑的，可挑来挑去也没有合适的。我们就看动画片《猫和老鼠》，第四集是《忧郁的猫》：一只穷猫去追一只小白猫，被另一只有钱猫完虐。我有一种预感，这就是我的结局。理性又占了上风，我想，我们之间根本不可能的，不如就此结束吧。

　　正月的一天上午，我打开门，突然发现小雨坐在我的扶手椅上。我又惊又喜，冲过去给她来了个公主抱：

　　"咦，小猫儿来了，快拿绳子，别让小猫儿跑了！"

　　她说："我本来准备吓你一跳的，可你这房子实在太小了，我没地方藏。"

　　小雨说，她们全家准备去德清打工，她爸妈让她一起去。小雨流露出想跟我一起去打工的意思，我倒也很想去。可前女友爸妈阻挠我们结婚的一幕幕又浮上我的心头。现在若想跟小雨结婚，将要受到的阻挠会更大。最终，我还是劝小雨跟她家里人一起去德清打工了。他们家人以前一直在德清打工，去年是因为买房子才回来的。

　　小雨一走，我终于可以静下心来做自己喜欢的事儿了。我原以为，她走了我就会慢慢忘掉她，可她几乎每天都要给我打电话，说很想念我。而我也非常想念她。人活一辈子，找一个自己喜欢又喜欢自己的人多不容易，这也许是我这辈子仅有的机会。尽管跟小雨结婚面临着很多困难，我应该把选择的权利留给她。只要她愿意跟我结婚，我就不会放弃。直到哪一天她放手了，我再和书做伴也不迟，若是当了光棍儿，有的是时间。

第二天上午，我跟小雨聊 QQ，把我的想法跟她说了。她很高兴，说："那你买的书咋办？不就没用了吗？"

"可以给咱们的孩子读呀。"她发过来一个害羞的表情，说："谁给你生小孩呀，我才不生呢。"为了跟小雨结婚，我买了一套旧房，钱不够，还借了一部分钱。为了还债，我只好再去北京的服装厂打工，这是我能找到工资最高的工作。以往打工我只带自己的衣服，这次我的行李里多了一本《莎士比亚悲剧喜剧集》。

服装厂早上 8 点上班，中间除了吃饭停十几分钟，一直做到深夜 12 点。我虽然带来了《莎士比亚悲剧喜剧集》，却根本没时间读。每晚临睡之前把书摸出来，刚看几行就睡着了。

我和小雨几乎没有时间联系。我下夜班的时候她已经睡了，而白天我们都要上班，连接打电话的时间都没有。到了月底放假那天，我们就相约好去网吧视频聊天。我们这一带有几十家服装厂，放假这天上网的人太多了，我等了两个多小时，才抢到一台电脑。四周都是嘈杂的人群，根本没法聊。

2011 年 4 月 25 日深夜，我们厂附近的一家服装加工厂发生了火灾，造成重大伤亡，全北京震动。几天之后，北京所有的服装厂都被勒令停工，我所在的服装厂当然也不例外。接着就是消防大检查，服装厂被要求加装消防管道。楼道里安装消防管道的工人用电钻打洞的"嗒嗒"声不绝于耳，吵得人心烦。我突然想到，何不利用这段时间去浙江看看小雨。我打电话给小雨，说我想去德清看她，她很高兴，说："好啊好啊，你快来。"

为了省钱，我只能买最便宜的火车票。我在车厢过道里站了近 20 个小时到达杭州，再转车去德清。我找好一家旅馆，洗了澡，换上干净的衣服，才给小雨打电话。小雨很高兴，说她半个小时之后到旅馆来看我。

我等了二十几分钟，下楼买了两支冰淇淋，边吃边等着小雨的到来。等了好大一会儿，第二支冰淇淋都开始融化了，小雨终于来了。两个多月不见，她变白了，更漂亮了。她穿着黑色的长款灯笼裤，脚蹬坡跟凉鞋，显得腿好长。站到我面前比了比，都到我眉毛了。她高兴又委屈地说："我听说你到了，马上就换衣服赶过来。也许是我太激动了，刚走出宿舍，我就流鼻血了，怎么也止不住，衣服都弄脏了，我只得转回去换衣服。"

　　仔细看，她的鼻翼还有淡淡的血迹，心疼死我了。我牵着她的手回到旅馆，把她抱起来，吻她。为了这一个拥抱，站一夜也值了。

　　没给她买礼物，我觉得非常抱歉，就请她吃饭，之后去买衣服。她身材长得好，穿什么衣服都好看，试这一件，我说好，试那一件，我也说好，结果一下子买了好几件。

　　我到德清的第二天是星期天，厂里放假了，小雨陪我在德清玩。德清是一个非常宜居的小城，一条小河穿城而过，河两岸是精致的公园，隔不远就有一座造型别致的小桥连接两岸。

　　现在正是初夏，树叶都油亮亮的。空气洁净，天空碧蓝如洗，白云飘飘。身边又牵着一个美丽的姑娘，我的心情好得快飞起来了。

　　"阿门，阿门！可是无论将来会发生什么悲哀的后果，都抵不过我在看见她这短短一分钟内的欢乐。"

　　我和小雨手牵着手，顺着河边的公园往东走，一直走到春晖公园。我们在公园里拍了好多照片。小雨不会摆姿势，她最常用的就是打 V 字手势，我戏称那是她的招牌动作。

　　北京的服装厂仍没有开工，我也不急，就在这里玩了一个星期。几天的亲密接触，又加深了我们的感情，小雨说她想跟我去北京。可在德清这边，想辞职得提前一个月提出来。

　　小雨让我在德清干一个月，下个月跟她一起走。我在北京一个月 5000 多元，而德清这边一个月只有 3000 多元。再说，只干一个月也没办法结账。思来想去，我还是决定先回北京，下个月再来接她。小雨要去火车站送我，我没让她送，怕不安全。于是送她回厂，一个人坐车离开了。

五

一个月后我再去德清。小雨去火车站接我，这次她穿着一身浅蓝色的荷叶袖连衣裙，高跟凉鞋，亭亭玉立在站前广场上。和我一起出站的人都忍不住看她一眼。她漂亮得我都有点不敢认了，天哪，这是我的女朋友吗？我都不敢主动去牵她的手了，倒是小雨忙跑过来牵起了我的手。

第二天上午，小雨来旅馆看我。我因为急着还账，几乎没给自己买过衣服，仍穿着上个月来时穿的衣服。小雨牵着我的手到楼下的一家服装店，说要给我买衣服。她给我挑了一件短袖，一条牛仔裤。我自己买的牛仔裤都是宽松版的直筒裤，小雨给我选的是修身版的小脚裤。我有些为难，说："穿这样的会不会显得太小？"小雨说："你本来就不老呀，穿上试试。"服装店的老板也说："听你女朋友的，换上这件保证比你身上那件好看多了。"

我就接过来穿上，还挺合身的，去试衣镜前扭扭看，确实比我自己选的衣服好看多了，人也显得年轻几岁。服装店的老板说："你的女朋友真好呀，不但长得漂亮，还会挑衣服，你真有福气。"

穿着小雨给我买的衣服，和她一起走在街上，我跟个傻子似的，看到谁都嘿嘿傻笑几声。有好几个人已经走过去了，还频频回过头来奇怪而不解地看着我俩，他们想不通一个这么漂亮的姑娘为什么要牵着一个智障。我好想告诉每一个路人，你们知道吗？我的衣服是身旁这个漂亮姑娘给我买的，是她亲手从几百件衣服当中挑选出来的，我好幸福呀，你们知道吗？

"一个恋爱中的人，可以踏在随风飘荡的蛛网上而不会跌下，幻妄的灵魂飘然轻举。"

我问小雨,什么时候可以走?我打算提前订两张卧铺,可不想让小雨跟我一样在过道里站 20 多个小时。

这一天,我和小雨商量了好久,一直商量到晚上 7 点多。看别人私奔觉得很轻巧,不管不顾一走了之,临到自己才发现并不容易。主要是我觉得这样偷偷地带走小雨,很对不起她的爸妈,很缺德。将心比心,如果是我的女儿私自跟一个男人跑了,自己还不得气死了。我问小雨:"要不,我买些礼物去见见你爸你妈?"

小雨愁容满面地说:"你以为我不想让你见见?我爸妈要是知道你来了,就不会让我出门了。你的情况我姐都跟我爸妈说了,他们知道你家穷得很,根本不会同意我跟你走的。"

"那怎么办哪?"

"能怎么办,只能偷偷地走了。等到了北京,我再打电话给我爸妈说。"

商量定了,我送小雨回厂。我们计划好了,明天早上她只拿一小部分行李,来旅馆跟我会合。因为把行李都拿走目标太大,怕被她姐看见。所有的东西等去北京之后再买新的。

小雨走了,我一个人躺在床上继续想着私奔的事。北京的服装厂虽然工资高些,但极其辛苦,我们就这样一起在服装厂里打一辈子工吗?如果小雨嫁给我了,我情愿做一辈子苦工。只要能挣钱,做什么苦工我都愿意。可是这对小雨公平吗?她嫁给我是想过得好一些,而不是陪我做一辈子苦工。再说,做苦工能挣几个钱?我能让她幸福吗?可如果他们不让她跟我一起走,那我们最后的结局只能是分手,我又舍不得她。

看着窗外的万家灯火,我想着,要是在这里有一套房子就好了,我就可以理直气壮地去见小雨的爸妈了。每一座城市的楼房都像蜂巢一样,密密麻麻,却没有一间窗口是我的。勤劳致富难啊,我每天干十五六个小时，几乎已经达到人类的极限，还不够勤劳吗？可挣的钱在哪儿？

第二天早上 7 点多，我接到一个电话，是小雨姐姐的号码。我接了，却是一个中年女人的声音，是小雨她妈妈。"我跟你说哈，你不要在小雨跟前花言巧语搞欺骗，小雨跟你是不可能的！你也不看看自己啥样子，30 岁了，要啥没啥，你哪儿配得上我们小雨耶？你赶紧走，别来祸害小雨了……"没等她接着说下去，我默默地挂断了电话。她又不停地打过来，我也没接。连拨了七次，我把手机关掉了。我无力地仰躺在床上，脑子里嗡嗡直响。肯定是小雨走的时候被他们发现了，小雨不会再来了。

大约过了半个小时，有人敲门，我打开，竟然是小雨，她闪身进来关上门。我抱着她说："我还以为你不会来了呢。"

"我姐抓到我了，差一点儿就来不了了。她抓着我的包不让我走，我松开包跑了，她没追上我。我的手机还在包里，也没法给他们打电话，现在他们肯定在街上到处找我呢。我没想到会变成这样。"小雨呜呜地哭起来。

我轻轻拍拍她的后背，说："别哭别哭，我们再想想办法。要不……你现在赶紧给你姐打个电话。"

"打电话怎么说呀？"

我这时难住了，不知道怎么说。说让小雨就这样走吧差不多就意味着分手，可现在她的家人都在街上心急如焚地找她，留下来也不行。我问小雨："你还愿意跟我走吗？"

"你要让我跟你走，我就跟你走。"我们商量了好一会儿，最终还是决定让小雨留下来，等过年回家了再谈。

上午 11 点多，我把行李都收拾好了。说好了来接她的，可最后仍是我一个人回北京。她站在我对面，我最后一次拥抱她。她把小脑袋抵在我肩膀上，很抱歉地说："你打我一顿吧。"

我抱着她，用手在她的屁股上轻拍了两下。她说："再打呀，打狠些。""不打啰，舍不得打。再说了，这也不怪你，要怪只能怪我太穷了。"

"那我送你一个礼物吧。你自己挑，只要是我能送得起的。"

"那你送我一本书吧。"

我们一起去新华书店，看了会儿书，我挑了一本《罗生门》。有一支骨头造型的笔很可爱，只要两块钱。我说再送我这一支笔好不好，小雨说好。我俩分别叼住那支笔拍了几张照片。

坐到火车上，我掏出《罗生门》，发现书口处沾了好多芒果汁，提兜里的一只芒果破了。后来每当翻看这本书，看到书口处那片黄色痕迹时，我还是会回想起她送别我的那天下午。

六

不久，小雨和家人一起回了老家。刚回北京的那段时间我非常难过，好在每天都忙得像陀螺一样，两眼一睁就忙，忙到半夜再像死尸一样睡去，根本没时间伤心。那时我和她还不是完全没希望，还是男女朋友，仍会打电话。

我已经分裂成了两个我，两个我每天都在交战。感性的我简直想不顾一切回家，回去看看我的小雨，问问她还愿不愿嫁给我；理性的我又知道自己必须坚持下去，因为大部分的借款必须在年前还掉。服装厂的宿舍在二楼，窗户外有一家小机械厂。据工友们说，神舟飞船中的一个小零件还是在这里加工的。机械厂外面是一条东西向的马路，马路两边种着碗口粗的小杨树。透过机械厂蓝色的铁皮屋顶，可以看到那一排杨树的树梢。每天早上上班之前，我都会从窗口看一眼那排树梢，盼望着树叶赶快变黄、落尽，那样我就可以回家了。

秋天，小雨打电话给我，说有亲戚给她介绍了一个人。我说，你想去见就去见见吧。她说她不想去见，可家里人都催她。她家里人怕我过年回家再去找小雨，便抓紧时间托亲戚给小雨找人家。小雨见了，说她不喜欢那人。家里人都劝她同意，因为那人家里条件不错，在市区有一幢二层小楼，有轿车，有稳定的收入。

　　回到信阳的第三天，小雨跟她姐姐一起来看我。她已经跟那人订婚了。小雨终于见到了我买来要跟她结婚的破房子。阳台上的玻璃掉了一块，小雨背着两只手，把上半身从那里伸出去，左看看，右看看，笑了："嘿嘿……这就是你买的房子呀。"

　　我揶揄道："是呀，比不上你的花园洋房。"

　　又过了十几天，小雨打电话告诉我，说她出车祸了。她骑电动车驮着她妈，被一辆三轮车撞倒了。她没事，她妈摔伤了，她一个人在医院照顾妈妈，希望我去看看她。我买了一箱苹果提着去了。小雨妈妈还挺面善的，长年操劳，50岁头发就已经白了很多。她见我来了，笑着从床头坐起来招呼我，让小雨拿香蕉给我吃。如果说此前我还有一点儿恨她，见到她的那一刻我已经完全理解了她，她只是做了一个母亲该做的，阻止女儿嫁给一个毫无前途的穷光蛋有什么错呢？

　　没多久，小雨结婚了。当我意识到，这一辈子永远失去了她时，悲伤像海啸一样淹没了我。尽管早有心理准备，我还是感到心脏仿佛要碎裂掉。我早已把小雨当成了亲人。怀抱中没有她，我总觉得少了点儿什么，心里空荡荡的。我找出小雨给我买的牛仔裤和短袖换上，缩在冰凉的被窝里，哭得跟个孩子似的。我一遍又一遍回想起我们一起度过的点点滴滴：

　　"小猫儿咱俩好。"

　　"咱俩不好。"

　　"咋不好耶？咱俩好得很，你挑拨咱俩的关系，该打。"我把她拉到身边，"来，让我打你一顿儿。"

"不让你打。"她噘着小嘴巴，很委屈地说。

"打一小顿儿嘛。"

"一小顿儿也不可以。"

……

我试图用入睡暂时忘掉这一切，脑子里却异常清醒。我失眠了，无论怎样想让自己睡过去，可一点儿办法也没有。我安慰自己：当初不是打算好的吗？她同意嫁，我就娶，并且一辈子好好对她；她若不嫁，我也不怨她，余生就安心跟莎士比亚为伴。现在小雨找到了她的幸福，而我也能安心地与莎士比亚为伴，再也不用夹在两者之间左右为难了，这样的结局不是很好吗？

我把我俩的恋爱过程在脑子里过了一遍。开始，我以为自己已经尽了全力，后来，我发现自己并没有！我以为那本《莎士比亚悲剧喜剧集》不过是一本廉价的盗版书，随手就能丢开。实际上完全不是那么回事儿，莎士比亚在我心中的分量比我自以为的要重得多，他潜入了我的内心并牢牢地控制住了我。我爱小雨吗？这是毫无疑问的，我想和她一辈子在一起。可在她和莎士比亚之间，我只能选择一个。

楼下传来鸡鸣声，天快亮了，我依旧毫无睡意，索性穿衣起床。我把那本《莎士比亚悲剧喜剧集》塞到羽绒服里，用胳膊夹着，下楼，往平桥公园走去。下了一夜的大雪，路面上已经积了很厚的雪。往常人来车往的大马路上空荡荡的，既没有车，也没有一个人影，静悄悄的。我跳到马路上，像孩子一样在雪地撒起欢来，放肆地往左边跑跑，往右边跑跑，仿佛整个世界就是为我一个人准备的，我突然想起杨方的一句诗：

"就此别过吧，就当前路江山如画。"

作者：张 安

养了 100 只猫的上海女人

一

2018 年 10 月，我在上海一处街心公园小憩时，遇到一个瘦小的老太太。她蹲在地上准备猫粮，我很难不注意到她——一圈又一圈流浪猫把她围在中间。

我被眼前猫山猫海的场景吸引，盯着她看了很久，直到她有所察觉，转过头来发现我，问我："你喜欢猫咪吗？逮一个回去。"后来，我又接连碰到好几次她在喂猫，才知道她叫张小桃。

69 岁的张小桃，走起路来总是急匆匆的样子。她样貌普通，个头很小，留一头黑色短发，时常穿素色立领衬衣，市面上早不时兴的那种样式，稍不注意，她就湮没在市井人群中。

算起来，张小桃在这里喂猫已经 10 年了。

这处街心公园面积不足半个足球场大，她在公司附近和家中也分别养着数十只猫，林林总总加起来，她喂养的流浪猫将近 100 只。

上海是中国养猫最多的城市，市民们对这种软萌的动物充满了喜爱，数据显示，全国十六分之一的猫都在上海。在这座巨型城市里，猫咪填补了人们内心的空白。

然而，快节奏的城市生活给人带来的变动，使得很多猫失去了庇护。张小桃喂养的猫都是遭人遗弃，或者是野合产生的。

张小桃不是城市里唯一的爱猫人，很多人像她一样牵挂着这些城市里的生命。一位用鸡肉喂猫的中年女人说，张小桃很认真，"就像原来我们搞工作一样"。

"每个人都有自己的'猫'，可能是书，也可能是别的。"一个附近的街坊听闻我在记录张小桃的故事，他告诉我，猫之于张小桃是一种执念，代表她在牵挂但又不可能完全填补内心的东西。

喂猫这10年，张小桃没有出过上海城。她是地道的上海人，性格恬静，不喜走动。哥哥姐姐都在城里住，张小桃平日里极少探望他们，年轻时结交的姐妹一个接一个退休，其他人时常结伴各地旅游，只有张小桃不愿出去。她要喂猫。

张小桃离开过上海。18岁到28岁，她最好的年纪碰上了知青上山下乡。张小桃插队到了安徽，先是在大山里劳作，然后调动到县里的国营工厂，担当流水线的女工。

等到返城回到上海，她已经是个大姑娘了。

如今，她再也不会离开上海，这100多只流浪猫将她捆绑在了这座城市。上海放逐了这些猫，让它们四处流浪，而她决定做点什么。

二

1968年，是中国城市青年上山下乡潮的开端。那之后，上海城里，有超过60万年轻人被送出城外，辗转到江西、安徽、云南、黑龙江等地接受农民的"再教育"。

"我赶上了一片红。"张小桃说。那一年，张小桃临近中学毕业，跟随浪潮被送到了安徽农村。

蝴蝶就这样扇了扇翅膀，抹去了张小桃原来的命运：她本应早一年中学毕业，却和离开上海的命运擦肩而过。

比她早一年中学毕业的同学，大都分配到了上海的工厂上班，最不济的，也都留在上海，过着城市生活。张小桃望得见这些，她的时钟只耽搁了一年，命运因此就走了截然不同的路。

1968 年夏天，张小桃跟十几名女知青搭火车到合肥，之后转大巴到插队的农村所在的深山旁，徒步穿过深山密林，在大山深处成了一名插队知青。

　　起先，张小桃哭了半个多月，她讨厌那里的闭塞，村民在她眼中淳朴却无知："他们连煤球都不知道，我就想着，以后从上海带个煤球回来给他们看看。"

　　在安徽农村，她成了一个全无生存技能的人。她每天硬着头皮出工，不懂种田，连学挑担都磕磕绊绊，挣的工分远不够糊口。

　　那阵子张小桃给家人写信报平安，寥寥几句，最重要的是要钱："一个工分只有 1 毛 2，平日要向农民、供销社买鸡蛋和豆腐，不够用。"没有远在上海的家人供养，她肯定熬不下去。

　　等到 1972 年，张小桃被县城一处军工厂选中，调出生产队，成了机床车间里一名流水线女工。虽然工厂也在山里，但那是个全厂 1000 多名职工的大单位，这让生产队里的知青们羡慕不已。

　　同寝室的 4 个小姐妹特地从村里搭车到工厂看她，在她的新宿舍住了一晚。张小桃招待她们去食堂吃了一顿。

　　短暂欢喜过后，张小桃重新回到日复一日的劳作中。

　　瘦小的她成日与笨重的模具打交道，终于在一次更换一台磨损的砂轮，徒手搬运 20 多公斤的物料途中，不慎扭伤了腰。腰伤久治不愈，工厂只能调她去做不费体力的岗位——电话调度员，又同意她申请病假回上海治疗。

　　回到上海，张小桃才知道，那个 20 多公斤的砂轮，造成她腰间盘突出，压迫神经末梢，连带着左小腿的肌肉有了萎缩迹象。

　　那时的世界在悄悄变化，政策松动后，公社的几个小姐妹以知青身份陆续回了上海，在上海找到单位落档、上岗。张小桃不同，她入职工厂时已算上岗职工。想回上海，她只能先退回农村恢复知青身份，又或者在单位等待退休。

没有人教张小桃该怎么做，退回知青再回上海，操作时间长，唯恐夜长梦多："搞不好不仅丢了工作，还得一辈子在安徽的公社种地。"这么一想，她不敢冒险，决定按兵不动。

眼见当初留在上海的同龄人、1974年到1975年间申请回沪的小姐妹，还有家中的兄姐都在上海有了各自的事业，张小桃渐渐变了想法——回到家乡上海的希望渺茫。

她开始一延再延病假，不想回到安徽工厂，仿佛在上海待久了，她也能拥有与大家相似的前程。

其间，安徽的单位见她久病不归，多次通知她回安徽，"做个了结"。家里人劝她接受现实，安稳在安徽工作到退休。1978年，28岁的张小桃最后一次坐火车去了安徽，以"身体丧失劳动能力"为由申请办理了病退。张小桃在28岁这年，成了那家工厂里最年轻的退休职工。这是最快的办法，也是最糟糕的办法。

三

回到上海的第9年，张小桃的第一只猫出现了。1987年，她37岁，尚且未婚，与母亲、姐姐和哥哥同住。

他们的家是一栋三层老楼房，位于上海重庆南路和淮海中路交界，走到老弄堂深处便能寻到。

由于已经登记退休，回到上海后，张小桃再无法与任何单位形成劳动关系，失去办理五险一金的资格，收入也一直在最低标准线上挣扎。她辗转于市井之中，在小商品市场当帮工，在邮局当过一段时间征订员。

有段时间，她在家中一楼沿街开辟店面，拉朋友一起开了间面馆，她负责烧浇头，生意不错。那只猫就出现在张小桃开面馆的时期。它原本是外甥女的宠物，小姑娘把它抱回家后，很快失去了新鲜感，那只猫成了可有可无的存在。

原本，那只小猫应该被抛弃，加入上海街头数以百万计的流浪猫群。好在张小桃整日在家中，小猫就交给张小桃喂养，和被抛弃为流浪猫的命运擦肩而过。它尚未有名字，张小桃见它活泼，便取名"小老虎"，算是接纳了它。

接纳这只小猫时，张小桃正处于心灰意冷的状态。她爱上了一个上海男人，对方有着跟她类似的遭遇，户口也滞留外地，因着相似的时代际遇，张小桃感觉与他惺惺相惜。

加上多年来她没有户口，打过多份工，对配偶是否有上海户口，反倒没什么执念："我觉得他脾气很好，也会做裁缝，尽管没工作，但糊口应该不成问题。"

张小桃带男人回家，可母亲和兄姐嫌弃对方没有上海户口，不同意他们结婚。张小桃拗不过家人，只能作罢。

两人分手后，母亲和小姐妹热心给她介绍了多个"朋友"，条件都好，都有上海户口，张小桃一一回绝了。"小老虎"这时出现得恰是时候。面馆打烊，人群散去，张小桃鲜少出门，就窝在店里休息。"小老虎"总喜欢跳到她膝盖上，自顾自打盹睡着。知道她去烧猫食，"小老虎"便跟在她脚边蹦来蹦去，欢喜得不得了。

"小老虎"总能消解张小桃的不快乐，张小桃难过时，它会焦急地对着女主人一通喵喵喵直叫。"我也忘记了，当时因为什么事不高兴。但看到猫，就觉得好多了。"张小桃说。

搁浅的婚事，在张小桃40岁那年有了转机。母亲终于同意张小桃与那个没有户口的上海男人结婚。

1999年，三层小楼所在的地块拆迁，张小桃关了面馆，到邮局做了几年征订员。直到今年69岁，她还在工作。

档案中的张小桃，她在28岁那年退休，工龄永远停留在9年。这远远不够上海养老保险最低缴纳年限，许多医疗保障内容也与她无关。她和上海的关系还是太浅了。

四

张小桃的家，距离她喂猫的公园不到 500 米。那是一处公屋，面积并不宽裕，打开门便是厨房，挨着约两平方米的卫生间，再往里走，客厅极小，剩余的空间被隔成两间紧凑的卧室。

儿子住稍小的一间，张小桃和丈夫的卧室稍大，放下一张沙发和一张小桌子后，便格外逼仄，在里面走动，不小心便会碰倒东西。

紧凑的屋子没有挤压出更为亲密的家庭生活。张小桃性格寡淡，丈夫老张、儿子也是如此。张小桃到邮局工作后，丈夫也到外地谋生，孩子很长一段时间都借住在张小桃姐姐家里。

我问张小桃，自己大部分工资用来喂猫，也没多想着孩子，会不会有些愧疚？张小桃轻描淡写地回答："不会，因为我为这个家劳动了，不会不好意思。"

后来她又给了我另一个答案："儿孙自有儿孙福，我和老张年纪大了，他以后靠不了我们，早点知道生活艰辛，也好。"

2017 年，张小桃的儿子从北京辞职回家待业，之后每天关在房间里学习电脑绘图与建模，说两年后再回北京谋生。现在两年已过，夫妇俩也没有多问。

晚餐时间，儿子独自在房内进食，夫妇俩窝在客厅一张小桌旁进食，几无交流。

张小桃更多时候是边夹吃食，边用平板电脑查看各类爱猫群和救助群的信息。她不时放下筷子，敲字回复信息。与收养来的 7 只猫咪相比，丈夫与儿子更像是局外人。

每个工作日上午接近 11 点，张小桃从家里出来，走到街口等去往单位的公交车。张小桃下车的地方距离黄浦江不远，那是一栋 20 世纪 90 年代竣工的公寓大楼，看起来有些破败。现在，张小桃就在临街 2 层的证券公司当保洁员。

原本，张小桃一个人打两份工，连带证券公司相邻公寓的保洁也一并包揽。两座公寓大楼通过一条天井式的过道连接，过去，张小桃在天井里收养了许多流浪猫。

那时候业绩景气，证券公司的食堂时常留有剩饭，张小桃觉得浪费，便想办法招呼附近的流浪猫来吃。

其实，招来流浪猫并不费力气。

上海这座城市的街头，多的是无人看管的流浪猫。它们游荡在城市最为人所忽视的空间，长时间处于饥饿、疾病与无主的状态之中。长期以来，上海一直在试图平衡这座城市与数量庞大的流浪猫狗的关系。

张小桃接管了其中的100多只流浪猫。起初，在每个工作日傍晚，猫从下水道钻进证券公司所在的大厦，吃猫粮，躲避风雨，在这里睡觉。

有只患口炎的猫，张小桃特地给它留了一间挨着过道的办公室，下班时留一个窗子，晚上猫咪跳进来睡觉，白天有人时就溜出去。

你问张小桃喂猫的理由，她只会告诉你："舍不得猫咪没有吃的。"为此，她坚持从每月并不多的工资里省出钱来，购买99元20斤的猫粮，喂养这些流落街头的无主宠物。她记了账，每月她需要耗费约230斤猫粮，花费近1140元。今年夏天，张小桃又打电话给姐姐，问能不能每月给她200块钱。"喂喂猫咪呀。钱实在不够了，你就当做做功德。"姐姐答应了。

即使在证券公司业绩不景气，食堂取消后，张小桃依旧无法抛下这些无主的动物。

于她而言，它们并不只是消耗剩饭的工具。再没有一种动物，像这些流浪猫一样契合她前半生的经历了。

它们的主人在上海城市化过程中不断搬迁，当人类为维持体面自顾不暇时，不少人便顾及不上陪伴身旁的宠物猫，这些宠物因此流落街头，成了上海扩大城市化过程中被牺牲驱赶的部分。

五

每过一段时间，公园的草丛里就会有小奶猫探出头来，那是流浪猫又生崽了。

为了减少这些出生即颠沛的生命的诞生，最近几年，张小桃开始自费将流浪猫抓去做绝育手术。然而，比起自然繁衍与人为遗弃的速度，张小桃的绝育计划如西西弗斯搬动石头般徒劳。张小桃最怕碰到路边单独摆放的纸箱。多年过来，她知道里面大多装着被遗弃的宠物，它们最终都成了流浪猫狗。

有一天，张小桃又在公园里捡到一方纸箱，里面是只"品种猫"。她想不通为何这样的猫也会遭到遗弃，只觉得这只小美短还有免于流落街头的希望，便抱着盒子，沿街一户户问铺主和路人："要不要领养这只小猫？"家人希望她不要在流浪猫身上花这么多心思，周遭的人变着法劝阻她，路过的陌生老人看她辛苦喂猫，关心她说："自己也要照顾好身体啊。"张小桃不客气地说："你不要管！"在安徽一起下乡的姐妹们说，张小桃在流浪猫身上找到了慰藉。

学佛的朋友告诫她："太过亲近流浪猫，以后会去畜生界。"张小桃不知道这辈子过成这样，还能通过怎样的方法获得好命，喂养好这些猫，行善积德，或许下辈子就能生在一个好人家里。

最后，她在一家咖啡店为那只名贵猫找到了主人。"终于得救了一只。"张小桃说。她时常记挂这只与颠沛命运擦肩而过的小猫，每次经过咖啡店，都会特意看一眼它在不在店里。

作者：赵景宜

*本文中张小桃为化名

母亲的回家路

噩　耗

1999年农历三月二十，湖北省襄阳市樊城区太平店镇芦湾村西口，陆兴国老两口呆坐在门前的高板凳上，一个不停地吧唧着旱烟袋，一个在低声啜泣。

两个孙子向学校请了假，刚上六年级的陆小文坐在门墩上声嘶力竭地哭号；小孙子陆小武年龄尚小，面无表情地陪坐在哥哥身旁，偶尔跟着哭两声。

堂屋中央，陆玉明的尸体被白布盖着，平放在草席上。妻子姜蕙兰在旁边看守。刚过去的24个小时，除了要承受突来噩耗的打击，晚间长征式的谈判更让她身心俱疲，这个女人到了崩溃的边缘。

前一天下午，陆玉明在隔壁柏家村杨二娃家的砖窑干活时被垮塌下来的土块砸中腹部，工友们抬着他赶往太平店镇医院，半道上就断了气。姜蕙兰和公公陆兴国得讯赶到时，陆玉明已经被摊放在一辆四轮车货厢里。

晚上，村支书陆召虎领着几个支委，召集杨二娃一家、姜蕙兰和她的公公陆兴国等十几个人在砖窑旁的工棚里开会，协商抚恤金的问题。

谈判过程中，陆兴国未发一言，这个常年在街上卖鸡蛋和蔬菜的生意人似乎丧失了讨价还价的能力。

姜蕙兰全程只提了一个要求：不要抚恤金，村上和杨二娃一起安葬陆玉明，抚养两个孩子到 18 岁。

拉锯了很久，双方意见很难达成一致，天快亮时，谈判才有结果：杨二娃一次性赔偿 8000 元，交由村上分配至陆玉明家的每一个人，另外单独拿出 600 元作为陆玉明的安葬费。

陆兴国、姜蕙兰像木偶一样被人拉着手在合同上按下指印。陆玉明的尸体被运回家盛殓入棺，架设了灵堂，请阴阳先生看完地，做过一晚道场，隔日就被一群人抬到地里下圹掩埋。

过去，凡是有哪家需要人手帮忙，陆玉明总是随叫随到，跟在自己家里干活一样，做事干净利落。他没有多少言语，唯手勤，赢得了全村人的赞许。

蕙兰为陆玉明的死感到伤心欲绝，大儿子小文那些天把嗓子都哭哑了，很难接受父亲的离去。

小文 12 岁了，很快就要读完小学。他早就知道陆玉明不是亲生父亲，但仍不能接受陆玉明去世的事实。自懂事以来，天天陪伴他的只有这一个爸爸。

过了两天，姜蕙兰找来几个人帮忙把陆玉明的坟头垒好，烧完灵房，就打发小文和小武回了学校，她仍旧跟往常一样，继续在田间地头劳作。

离 家

对姜蕙兰来说，似乎命运从来不曾眷顾她，只有贫穷和低贱长期笼罩在头顶。

她的娘家在当地有些实力，除她之外的五个兄妹家境都不差。唯一的兄弟是麻虎乡的二把手，六妹是安康汉滨区卫生院的儿科医生。蕙兰在家里排行老三，因兄妹比较多，12 岁时被送到未来的丈夫付少强家里。

蕙兰过去的时候老爷子还在，家道没有完全衰落，后来才被丈夫一步步把家败了。

姜蕙兰没上过学，连自己的名字都不会写，但脑筋活络，为人处事毫不逊色于他人。她有着超乎常人的心算能力，缴纳公粮、提留款、教育集资，以及购买粮食菜蔬、油盐酱醋之类的事从不会有毫厘差错。

在她的操持下，这个孩子成群的家庭还算过得下去，比上不足比下有余。

付家老爷子去世时，交到付少强手里的房子是一个完整的四合院。到了1981年，经过几次变卖，就只剩下两间正房，勉强够一家人遮风挡雨。

对丈夫的败家行为，蕙兰从来不敢插嘴，她领教过这个男人的拳脚，胳膊、大腿上经常满是瘀青。

1987年，蕙兰为付少强生下第五个孩子，在这之前，他们已经有两儿两女。当时，计划生育的狂风还没有扫过陕西白河县麻虎乡的巍巍群山。

新生命的到来，给一贫如洗的家庭增添了不少负担。姜蕙兰整日在地里刨食，维持全家一日三餐。丈夫除了吃饭和睡觉，偶尔象征性地搭把手，其余时间都是拖着一把套绳在山里游逛，从来没有带过野味回家。第五个孩子出生后，蕙兰已经做好逃离的准备，要离开这个令她心灰意冷的丈夫。

夏天的某个早晨，蕙兰与丈夫因为一点琐事大吵一架。她背起刚满半岁的小儿子摔门走了，付少强没有阻拦。以往蕙兰只是回娘家，或者到姊妹们家住几天就回来。这是他最后一次见到蕙兰和小儿子。蕙兰没回娘家，也没去找她的兄妹。她背着小儿子，沿着通往县城的公路行走，不知往哪儿去，只想走得越远越好。夜幕降临时，她靠双腿丈量了40公里，来到县城边上的管庄镇。

她来过这个地方几次，那是给曾在这里修铁路的丈夫送饭，当时的工地就在管庄镇火车站。这时她意识到，需要找地方歇脚，自己不打紧，身边的小奶娃可受不了这份罪。

蕙兰来到管庄镇火车站的候车室，想在这里住上一晚，等明天再原路返回，或者到安康幺妹家耍几天。

这个车站每天只有两趟往返十堰与安康的737/738次列车停靠，那是每个小站都停留的慢速绿皮火车。

管庄站是白河最大的货运车站，每天无数车皮将当地的茶叶、烤烟和木瓜从这里拉往全国各地，夜间的候车室不关门，留给货场的搬运工留宿休息。

那天晚上，孩子很闹腾，不停地哭，怎么都哄不住。候车室里除了几个进入深度睡眠状态的搬运工仍在打鼾，大多数人都被孩子的哭闹声吵得无法入睡。

在蕙兰旁边的条椅上，一位带着3岁左右男孩的中年妇女看出了她的窘迫，主动上前关心她和止不住哭声的孩子。

蕙兰从早到晚一直在路上行走，早已腹中空空，实在没有奶水喂饱孩子。小婴儿不会像她那样咬牙挺一阵，只知道用哭声来表达诉求。

对孩子哭声的辨识能力，带过孩子的女人是专业的，中年妇女把一个奶瓶递给蕙兰，里面是她给自己儿子冲兑的藕粉。

这个陌生人的小小举动，让蕙兰感到无比温暖。

孩子喝完奶瓶，安静地入睡了。中年妇女变魔术似的，从条椅下的编织袋里拿出酥肉、油粿、炒花生之类的干粮，塞到蕙兰手中，热情的劲道让蕙兰没有机会拒绝。

蕙兰向中年妇女道了无数次感谢，这些东西对饥肠辘辘的她，就是雪中送炭。她边吃边与这位中年女人低声攀谈。

中年妇女叫陆玉英，39岁，家住湖北省襄阳市樊城区太平店镇芦湾村，老公姓杨，是生产队的小组长。

两口子在农闲时外出卖力气赚些零碎钱贴补家用，没有固定工作地点，一般都是跟随货车皮在襄渝线上流动，这两天准备坐南下的货车赶回老家收割水稻。今天刚到管庄镇，遇上车组重编，要耽搁半天，所以临时在这候车室住下了。

从未出过远门的蕙兰回想自己的婚姻生活，又听到这位中年女人讲了她的经历，羡慕和敬佩之情油然而生。

聊到最后，蕙兰称呼中年女人陆姐，便很自然地谈起自己曾经那些阴暗的日子，从 12 岁到丈夫家生活讲起，直讲到今天这场漫无目的的离家出走才结束。陆玉英邀请蕙兰到她湖北的家里做客，等家里水稻收完，再一起搭乘北上的货车回陕西。

蕙兰清楚眼前的处境，感谢陆姐的邀约，她没有拒绝，准备带着孩子来一次长途之旅。

第二天下午，蕙兰和陆玉英一行坐上南下湖北的货运列车。这是蕙兰第一次坐火车，感觉并不美好，他们和搬运工人们站在车厢里，萦绕在身边的是拥挤、黑暗、炎热和令人窒息的腥臭味。管庄站离十堰火车站只有 120 公里的路程，他们坐的闷罐子车用了 12 个小时才到达。

两个带着孩子的女人，不愿继续拥挤在黑暗潮湿的铁笼里，在十堰车站下车后，就在候车室歇了一晚。

这里离太平店镇车站有 100 多公里的路程，中间有 7 个小站。第二天早上 8 点，他们买了 1154 次列车的车票，每张票价 5.5 元，蕙兰出门时没有带钱，费用都由陆玉英承担。

这段行程只需两个半小时。蕙兰倚靠在车窗边，看着闪过的山水、树木、田园、村镇，所有事物都那么美好，尤其是火车进入江汉平原之后，出现与陕南家乡不一样的地貌。蕙兰感到十分新鲜，老家山高林深，几乎没有水田，农作物除了玉米就是土豆，看着窗外一望无际的水稻田，简直跟做了场美梦一般。

在太平店镇火车站下车后，约半小时路程就到陆玉英夫妇家。陆玉英的丈夫祖上也是很风光的人物，家里修了很宽的房子，后来丈夫和小叔子分家，原来的房子一分为二，连体的青砖瓦房屋檐下开了两道大门，门口的地坝是生产队集中晾晒谷物的场所，面积有一个足球场那么大。

当时家家户户都忙着收水稻。她们歇息了两天，玉英家的水稻也开镰了，在队上找了几个人帮忙，约莫两天时间就全部收割完，脱粒后堆晒在门口的晒场上。那些天，全队都在玉英家门口的地坝晒稻子，没有画分割线，但每家每户都清楚该将稻子堆晒在什么地方。晚上大家把谷物聚拢在一起，似一座座小山。人们拖出凉席睡在谷堆旁，一是为了躲避房里的燥热，二是防止晚间天气有变，有足够的时间采取措施防止稻子被雨水浸泡。

全队人夜间都聚在一起，谈论收成、预判晚间的天气，一片热闹腾腾的景象。在土地包产到户之后，这样的场景每年只在这几天才能见到。

姜蕙兰吸引了无数人的目光，热心的妇女们争相来到玉英家，要亲自瞧一眼这位陕西来的女人，送些家里新炒的花生、小孩的奶粉米糊之类。蕙兰白天随玉英在田里劳动，夜间跟随着这群庄稼人分享丰收的喜悦。蕙兰在田间地头劳作是一把好手，比好多男人还要胜出一筹，待人接物也有分寸，性格腼腆但不自卑，皮肤略黑却有光泽，在整个生产队的妇女里面，算得上出类拔萃。

人们从玉英口中得知了蕙兰不幸的婚姻，都替她感到惋惜，对母子二人更增添了一丝怜悯。

成　婚

半个月的光景，生产队的水稻就收割结束，晒干的稻子经手摇风车吹去秕谷和杂物，装进了各家的粮仓。蕙兰准备辞谢陆玉英夫妇，要赶回陕西老家。

玉英再三挽留，蕙兰仍要坚持回陕西，因为那里还有她的四个孩子。在她启程前夜，隔壁队的陆玉明找到玉英，请她帮忙向蕙兰说一下，想要娶这陕西来的女人。

陆玉明和陆玉英是隔房的堂兄妹，那时已经 26 岁。

他比姜蕙兰小 11 岁，家里两个老人，还有一个傻哥哥和一个 20 岁出头待嫁的妹妹，全家老小仰仗他一个人养活，家境有些困难，所以一直没有成家。

玉英对陆玉明家里的情况再清楚不过了。

她的娘家与陆玉明家相隔不足百米，出嫁之前，两人的关系胜过亲姐弟。玉明是个忠厚老实的大孝子，瘦高个子，脸庞英俊，20 多岁显露出超越同龄人的成熟，更有一把好力气和殷勤的双手，深受村里人喜欢，如果没有那个整天无所事事，只会给人气受的老头子陆兴国拖后腿，家里的光景早就跑到人前了。

陆玉明的父亲，全村的人都领教过。玉英平时叫他二爸，但一直以来都对这位神仙能躲就躲，在娘家的时候没少受这个老头欺负。

她希望姜蕙兰留下，跟堂弟一起过日子，却不敢想象这位善良的陕西女人到二爸家会过上什么样的日子。

最终，她还是答应了堂弟的请求，竭力撮合他和蕙兰。

当天晚上的场景，跟蕙兰在火车站初遇玉英时有些相似，只是地点换成了玉英家的卧室。玉英将陆玉明家里的情况毫无保留地讲与蕙兰，也跟蕙兰讲到了老头子陆兴国的古怪脾气。

她劝蕙兰多忍耐一点，等到以后把老头子送老归山，家里光景一定会好起来。她劝蕙兰不要回到原来那个不幸的家，既然选择出来了，就再往前迈一步，毕竟这边的条件比陕南还是好很多，只要日子过好了，以后可以回去把孩子们接过来享享福。

在玉英的劝说下，蕙兰再次做出重大决定。她要留在这里抚养小儿子长大，待站稳脚跟就回陕西跟现在的丈夫离婚，接回家里的四个孩子。

陆玉明在玉英家里住了半个多月，他跟蕙兰一起帮玉英家做农活，两个人每天结伴出山劳动，或者带着孩子到太平店镇上转悠。

太平店镇码头上南来北往的船只停靠得密密麻麻，两个人乘船到河东的沙滩上吹风，或者跑到繁华的农贸市场看琳琅满目的农副产品。在姜蕙兰眼里，这些新鲜的东西即便在陕西老家的县城也很难见到。

几天短暂的交往，男人赢得了蕙兰的欣赏，让她无法抗拒。蕙兰在玉英夫妇家住了不到一个月，便跟着陆玉明走了。

如果知道有一个恶魔在等待自己，她恐怕不会草率地把后半生交给这个男人。

陆玉明接走蕙兰时，给玉英家捉了一对公鸡，买了两包白糖，为蕙兰和孩子各做了两身新衣服，买了一些小孩吃的豆奶粉。

玉英送蕙兰离家，没有过多的祝福，只交代她无论如何都要好好过日子，说自己只是邀请你来家玩几天换换心情，谁料今天给你当了一回媒人，恐怕往后的缘分就断了，嘱咐蕙兰多多保重。

玉英的那番话让蕙兰难以理解，但是后来的情况正如她的预判，真是自古媒人难做。

陆玉明四处托关系，给蕙兰母子上户口，问村上要土地。最后村里决定：没有多余的土地给蕙兰母子，也没法把蕙兰老家的户口迁移过来，只能解决孩子的户口问题。

蕙兰带来的孩子被起名陆小文，在村上落了户。

村上还给陆玉明和姜蕙兰发了一张盖有公章的结婚证。据事后了解，陆玉明为了这张结婚证，将家里仅有的几只还在下蛋的母鸡都贡献出来，还免费翻盖了村委的办公室。

蕙兰的境遇并没有太大改善，一家六口住在两间低矮的土坯房里，屋里没有像样的家具，桌椅板凳都已包浆，脏得看不出来材质。

两间正房里各铺了一张床，老头子陆兴国睡着一张，老伴和小女儿陆玉梅睡另一张，陆玉明的傻哥哥睡在隔壁柴房里。

蕙兰来家之后，在厨房的草棚里用竹篾圈起一块地方，夜间，蕙兰母子和陆玉明一起挤在搭建的简易床上。

一日三餐几乎是一成不变的稀饭加咸菜，蕙兰对此没有丝毫不满足，和陆玉明没日没夜在田地里耕耘，不放过任何能种下一棵作物的角落，将少得可怜的土地利用到极致，但每年仍要经历一个月左右的饥荒。新的一季庄稼收割前，陆玉明挑着箩筐每户借三五十斤粮食，待新粮打下又挨家归还。

那些日子里，蕙兰大部分时候吃饭都是在地里完成。小姑子陆玉梅带着孩子，除非孩子饿得哄不住了，才抱到地里让她喂一口奶，晚上睡觉时，小姑子也会把孩子带在身边。看着孩子面色泛黄，日渐消瘦，蕙兰多次跟陆兴国提起给孩子增添些有营养的食物，但老头子对她置之不理。陆玉明帮着蕙兰说了几次好话，但收效甚微。

陆玉明对蕙兰母子温柔体贴，也对他父亲愚孝到不可理喻。

陆兴国每天会清点一遍家里鸡蛋的数量，谁都不要想偷吃一个。他将换来的钱悉数装进腰包，或者给自己换些零食。床头的箱子里总是放着一些水果、糖果和饼干，用一把挂锁锁着，晚间睡觉时，他从没停过嘴。

逃　跑

为了防止蕙兰逃跑，老头子全面掌控着家里的每一分钱。他指使女儿陆玉梅将蕙兰的身份证及随身携带物品骗过来，不知藏到了什么地方。

蕙兰嫁给前夫时，娘家人陪嫁的一对银手镯也被陆兴国偷出来，拿到市场上换了 30 元钱。为了更好地融入陆家，蕙兰竭力避免和陆兴国发生正面冲突。但对方的无理取闹总是阴魂不散，令她避之不及。

1987 年秋天，地里菜蔬大丰收，陆兴国让蕙兰夫妇帮忙挑到市场上出售。给陆兴国交账的时候，老头子说他们卖的价格太贱，指责蕙兰起了贼心，私吞钱财。

陆兴国有一帮做牛羊生意的伙伴，被他奉为座上宾，蕙兰不敢怠慢老爷子的这帮朋友。初来陆家那两年，这些人长期在家里谈生意，她必须放下农活做饭烧茶伺候。

1988 年夏天，陆兴国和他的伙伴们为一单生意拉扯了很久，在家一待就是十来天。某天恰遇蕙兰忙于农活，午饭时间比平日晚了半小时，被这帮人报以不满，陆兴国当众责骂蕙兰没有教养，是一个扫把星，让她滚回陕西不要再出来祸害陆家的人。

陆兴国辱骂蕙兰，陆玉明在一旁只是安慰她。他是手艺人，农闲或者下雨的时候编一些背篓、簸箕之类的物件交给陆兴国到镇上变卖；他在离家不远的柏村口租下一间茅草房，逢赶集的时候，与小徒弟一起给人打些锄头、犁铧、铁耙之类的农具，回家之后将挣来的钱全部上缴给老头子。

邻近几个生产队的住户有翻盖房屋的需求，也找他帮忙，陆兴国见儿子常常被人耽误家里的农活，到处说人坏话，弄得大家都不好意思，只好给他付工钱，这些钱最终也要交到陆兴国手里。

陆玉明的勤劳和敬业没有给蕙兰母子带来安全感，她很多时候还得依靠外人才能摆脱困境。陆兴国的侄子名叫陆玉泉，是带着蕙兰母子来湖北的陆玉英的哥哥，住在他家隔壁。他长着一米八的个子和一副让人望而生畏的面庞，平日不称陆兴国二爸，而是直呼其名，陆兴国对他有些惧怕。蕙兰初来时，陆玉泉有心领养她的孩子，对他们母子格外关照。看到陆兴国无端责骂蕙兰，他总会站出来说几句公道话，镇住场面。后来，他的大女婿被招赘上门，就再不提收养孩子，对蕙兰家的事也不再过问。

1988 年冬天，蕙兰第一次用逃跑的方式向陆家人提出抗议。

小姑子陆玉梅叫嚷着要吃炒米饭，蕙兰到厨房热饭时用掉一个鸡蛋，被陆兴国撞见。老头子责骂蕙兰败家，蕙兰如实交代是小姑子安排她做的，却让老头子更来气，说蕙兰不仅嘴馋，还把屎挑子扔给别人，不由分说就要一耳光打到蕙兰脸上。

蕙兰本能一躲，老头子没能得手，便揪住她的头发，使劲往院坝里拖，扯掉她一大把头发，撕心裂肺的疼痛感让蕙兰几乎哭不出声来。在地里干活的陆玉明赶回家，老头子顺势往地上一躺，大声号叫蕙兰把他打了。

还有一次，小姑子责怪蕙兰兜不住事，跟她发生争执，陆兴国捡起一根竹篙，朝蕙兰身上、腿上狠狠招呼。蕙兰忍着疼痛跑到院里，老头子追打了几百米，她身上皮开肉绽，衣服被鲜血浸透，腿上的几道瘀痕触目惊心。围观的人群拉扯住老头子，才制止了这场家庭暴力。

蕙兰从小姑子手中夺过孩子，要带小文回陕西。陆玉明紧跟在身后，只顾劝她回家。他们在候车室坐了一下午，直到襄阳到十堰的 1155 次列车远去，才起身离开。

她和玉明去陆玉英家，玉英帮堂弟安慰蕙兰，责备自己不该把蕙兰介绍到二爸家里，大哭一场。蕙兰见这位隔房的大姑子跟着伤心，心里的怨气消了一半，又跟着陆玉明回到家。

蕙兰与陆兴国的关系变得不可调和，从言语争执逐步演变为惯常的家庭暴力。从遭遇陆兴国的棍棒那刻起，蕙兰就开始筹备逃跑计划，3 个月后，她第一次付诸实施。

那是初春的深夜，蕙兰偷偷背起小文，沿襄渝线往陕西方向走，准备沿着铁路走两站，中途再坐 1155 次列车赶去十堰。几束手电筒光跟在身后，隐约听到有人呼喊她和孩子的名字。她把小文从背上解下，带孩子躲进铁道旁的涵洞，轻轻捂住小文的耳朵，希望躲过手电筒的视线范围。

眼看手电筒的灯光远去，她却在出涵洞口时摔了一跤，惊醒梦中的小文。孩子哭闹不止，光线很快循声而来，将母子二人拦截下来。

蕙兰偷跑过很多次，但身无分文的母子俩最远只跑到太平店镇火车站，就被陆玉明或者陆兴国找的人追回去。她想念家里的孩子、娘家的兄妹，一直没有放弃逃跑计划。直到蕙兰在陆家生下她的第六个孩子，回家的念头依然镌刻在心。

1989 年 7 月，蕙兰在陆家生下一个儿子，取名陆小武。陆兴国把小武奉为至宝，整日形影不离，再也不正眼瞧两岁多的小文，也不再像之前那样担心蕙兰逃跑。小孙子降生的同年，陆兴国家里发生了两件大事：陆玉明的傻哥哥一顿饭偷吃掉十四个馒头，被活活噎死；蕙兰的小姑子陆玉梅嫁到县城边的城关镇上。

蕙兰夫妇依旧跟往常一样，农忙时一块播种、收割，陆玉明在农闲时外出做零活，打铁和编篾的营生一直没有放弃，粮食依然不够吃，每年要挨过一个月的饥荒，蕙兰夫妇和两个孩子挤在一张简易床上，老头子的脾气还跟茅坑里的石头一样，这个家里隔三岔五都少不了一场规模不定的争吵。屡次失败的经历，又多了一个孩子的拖拽，蕙兰的逃跑计划越来越难实施，逃跑的频次越来越少，她只盼着老头子安分一点，自己少受些罪。

希　望

1993 年秋天，陆玉梅夫妇把刚满 1 岁的女儿扔到娘家，由陆玉明一家人帮忙看管，两口子到东莞打工。小文也快 7 岁，到了上学的年龄，陆兴国总说孩子还小，可以再给家里干一年农活。他理直气壮地说自己是个睁眼瞎，照样活得很好，不知道上学有什么意义。

为了让陆兴国同意小文上学，蕙兰找隔壁的陆玉泉夫妇帮忙劝说，但老头子油盐不进。她又找到村上的陆召虎支书，刚好村上忙着落实上级义务教育的指标，支书亲自上门做老头子的思想工作，挨了一顿臭骂，也无计可施。

蕙兰到镇上派出所寻求帮助，对方经不住她的软磨硬泡，派两个民警上门给陆兴国做思想工作。老头子看到民警腰上闪闪发光的铐子，心里发虚，只得答应让小文去上学。

陆兴国的亲孙子小武一直不服他的管教，老头子责怪蕙兰在孩子面前说他的坏话，导致爷孙关系不和。他看见亲孙子跟自己有嫌隙，转而对外孙女格外呵护，对女儿陆玉梅一家人也特别关照。

小武越来越调皮，经常被老爷子训斥，有时候还得受点皮肉之苦。有一回，小武去老头子的床头箱子里偷饼干，不幸被逮个正着。被老头子痛骂一顿之后，他将饼干全部扔进茅坑。陆兴国被小武激怒，一巴掌将他打翻在地，嘴唇开裂，鲜血直流。最后，小武的嘴角被缝了几针。蕙兰抱着病恹恹的小武，直呼老头子的名字，骂他没人性，竟对4岁多的孩子下死手。如果小武被打死，一定要拉他偿命。

她突如其来的爆发，让老头子措手不及。很多人来到陆家的院坝里围观，对蕙兰的支持呈一边倒的态势，不停指责、咒骂老头子。

小武很长时间都没有缓过劲来，变得少言少语，甚至有不知情的人把他当成哑巴。他的左耳流了半年脓水，最终聋掉了。

那天以后，陆兴国不可一世的气焰收敛了很多。

1995年春节，老头子召集全家人开会，把当家人的位置交给儿子陆玉明。他手头的钱没有移交，也没人知道具体数字。几年之后，他的小女儿陆玉梅准备买机器开厂，老头子支援了两万块钱。

陆兴国"卸任"时提出两点要求：一是在他死之前不准分家；二是要给老两口置办好棺材。

蕙兰夫妇遵守约定，没有分家；找木匠来家将两口棺材打好，陆兴国验收通过，木匠将老两口的名字分别写在上面，一口安放在堂屋的角落，一口搁在陆兴国卧室的床前。

老头子不再做牛羊生意，他的伙伴们都离他而去。他依然会将田地里的时令蔬菜、家里的鸡蛋拿去集市上售卖，换来钱给自己买零食，对家里油盐酱醋之类的事情不闻不问。陆玉明遇到拿捏不准的事情时，还是会征询老头子的意见。

村上掀起南下打工潮，年轻人结伴出门务工，家里的土地没人耕种，都找蕙兰夫妇帮忙打理。蕙兰夫妇一一承揽下来，到1997年年底，家里存粮8000多斤，陆玉明再也不用挑着箩筐四处借粮。

1997年，蕙兰夫妇拿出手上的5000元存款，又跟在外务工的陆玉梅夫妇借得3000元，修建他们的新房。他们在原址上建起两层的楼房，底下一层五间，二楼只盖两间，留出一个平台用来翻晒粮食。

为了存放家里的几千斤存粮，楼梯间下面的空间被修成两间仓库，足以存放几万斤粮食。原来的猪圈也拆了，挨着正房修了一排偏房，都是红砖青瓦结构，圈舍宽敞得足以养下十几头猪。

和陆玉明一起打铁的小徒弟去了深圳，柏家村口的铁匠铺没法再开下去。陆玉英的小叔子杨二娃在铁匠铺旁开办起村里第一个烧砖窑，不能出门务工的年轻人都被他叫到窑上干活。

农闲时，陆玉明也去砖窑上干活。他跟着其他人一起挖土，等制砖机开启，又一起往漏斗上倒土制作砖坯，直到砖坯装进窑子，他们才回家忙活家里的事情。等一窑砖烧完，他们又按前面的工序装第二窑砖坯，每天15至20元工钱，按天结算。

蕙兰夫妇凭着勤劳的双手，让家里的光景不断超越同村其他人家，不到半年时间就把修房时欠的外债还清。小文和小武兄弟、小姑子的大女儿都在中心学校读书。1997年夏天，小姑子又把刚满月的小女儿送来娘家，由陆兴国夫妇照料。

1998 年，陆玉明一家在新房里度过第一个春节。他们宰杀了两头过年猪，把在外打工的陆玉梅夫妇叫回家来。春节前夕，陆玉明花掉用两头肥猪换来的钱买了台 17 英寸的熊猫电视，他们是队上第四户买电视的人家。在新房里，陆玉明夫妇有一间单独的卧室，小文和小武也不再跟父母挤在一张床上。

陆玉梅劝蕙兰夫妇跟她到东莞打工，准备买几台机器开一间做毛衣的工厂。她向哥嫂借钱，陆玉明夫妇刚修完新房，没有余钱支援她。老头子陆兴国悄悄打开床底下的箱子，把两万块现金递给陆玉梅夫妇，但是不准他们把蕙兰带到南方。

春节过后，姜蕙兰向陆玉明提出一起回陕西娘家的事。陆玉明答应了蕙兰的要求，考虑到过完春节就要忙着春耕，况且没有提前准备，蕙兰娘家人多，目前手里又没有多少钱，决定把这事搁置一下，等来年春节再一起回陕西。

蕙兰觉得丈夫的话有道理，她不愿灰头土脸地回娘家让人看笑话，愿意再等待 1 年时间。

陆玉明悄悄找到老头子，告知来年要跟蕙兰一起回陕西，老头子坚决不同意他的做法，说蕙兰在陕西有家室，贸然跟着回去恐怕她原来的丈夫找麻烦，扣留蕙兰母子。

蕙兰找人帮忙给她的娘家兄弟写信，告知她的现状和准备来年回陕西看望娘家人的事。陆兴国让儿子悄悄改了这封信的地址和内容，不识字的蕙兰一点儿也不知情，见自己的信寄出去几个月都没有回音，她很失落，回家的心却更迫切。

这一年，蕙兰夫妇很卖力地在田间劳动，陆玉明依然抽空到杨二娃的砖窑干活。到年底，回报他们的是仓里多了几千斤存粮，还有银行里的 3000 元存款。他们用这些钱把室内装饰了一番，家里那些很有年代感的桌椅板凳也被当柴火烧掉，屋里屋外的面貌焕然一新。

春节日渐临近，蕙兰觉得与家的距离也越来越近。

突 变

1999 年春节刚过，蕙兰就要带着孩子们回陕西，想在正月十五之前给娘家人拜年。不知是命运的捉弄还是老天的刻意安排，她的愿望没能实现。

襄阳到十堰的 1155 次列车春节期间停开，要到正月十五之后才能重新开运。对回家的路，蕙兰只知道从太平店镇火车站坐车到十堰，歇一晚再坐慢车到管庄镇。

陆玉明也不用费力地找理由推托，这事很自然地搁置了。正月十五还没到，蕙兰夫妇就忙着育秧苗、种玉米，生怕耽误了时节。等忙完田地里的农活，已到清明时节，两个孩子早已开学。蕙兰决定把回娘家的事情放在孩子的暑假，陆玉明仍旧在嘴上应着她的要求。

在蕙兰期待着回娘家的日子里，噩耗传来了。

农历三月十九，陆玉明本打算去地里给庄稼施肥，老头子认为，这些活儿蕙兰一个人应付得过来，就让他去杨二娃家的砖窑上干活。到日暮时分，蕙兰得到了陆玉明不幸去世的消息。

在与杨二娃谈判赔偿款的时候，陆家这边出面的人除了姜蕙兰和公公陆兴国，还有隔房的陆玉泉。杨二娃的哥哥是陆玉泉的妹夫，这注定是一场不公平的谈判。两万以内的赔偿款，杨二娃是完全可以接受的，最终他只掏了一万二就摆平了，这个砖窑老板完全没料到事情会进展得这么顺利。

杨二娃拿出来的钱，2000 元被他哥哥拿走，另外 2000 元进了陆玉泉的腰包。赔偿给蕙兰一家的 8000 元暂时由村委保管，过了很长时间，村上仍然没有把赔偿款交到蕙兰一家人手里。

在蕙兰找村委要抚恤金之前，陆兴国私下已多次找过村支书，他让村上不要把这笔钱交到姜蕙兰手中，不然她拿到钱就会带着孩子逃回陕西。同时，老头子还威胁村上的干部，要是把钱给蕙兰，让她带着两个孙子回了陕西，自己就带着老伴到村委会吃住，或者吊死在村上的办公室里。面对这个习惯无理取闹的老头，村上的人也没什么办法。

耐不住蕙兰的纠缠，村上召集他们一家人开会，对这笔抚恤金进行分配：陆兴国夫妇每人 2000 元、小文和小武兄弟每人 1500 元、姜蕙兰 1000 元。每一位成员都在契约上盖上手印。

陆兴国老两口的 4000 元很快兑现，他把这笔钱寄给在东莞开针织厂的陆玉梅，蕙兰母子三个人的钱依旧由村上保管，村上承诺孩子的学费由村委直接交到学校，直到这笔钱用完。

蕙兰多次跑镇政府和法院讨要那一笔钱款，最终被当成缠访户，连这些单位的大门都进不去了。陆兴国继续担任当家人，蕙兰母子三人如困兽一样，无力地抗争着。

回 家

陆兴国已经 70 岁，儿子去世以后，他比任何时候都担心蕙兰带着两个孩子逃回陕西。他让陆玉梅带着小文到东莞帮忙照看生意，但碍于小文年龄太小，玉梅决定等小文完成初中学业之后再接去厂里。

经过几个月的思考，陆兴国做出一个大胆的举动，要给蕙兰招赘上门女婿。他找到陆玉英的丈夫，请他帮忙物色人选。

村上有一个 40 岁刚出头的单身汉，名叫谢全，农忙时在家种着两亩水田，闲时就在武汉码头上当船工。在陆玉英丈夫的撮合下，陆兴国见到了谢全，说要招他上门，对方很爽快地答应下来。

蕙兰无力拒绝老头子的安排，她一个人实在扛不动这个沉重的家庭，只得再一次向命运低头。当年 9 月，谢全和蕙兰的婚事敲定，陆兴国简单宴请了亲朋好友，谢全就搬来陆家一起生活。

谢全像亲人一样对待陆兴国老两口以及蕙兰母子三人，陆兴国对这个招来的半子非常满意。

蕙兰毫无保留地将自己的过往和当前的想法说给了眼前这个男人。她跟谢全讲道，老头子这些年存下的大笔钱以及儿子死后分到的抚恤金都交给了女儿陆玉梅，现在把你招赘，仅仅是让你帮忙维系这个家的生计，顺带防止我带着他的孙子逃跑回陕西。你的命运终会跟我一样，在这个家里没有地位、没有尊严，苟且地负重前行。我一定会带着两个儿子回陕西，如果 1 年不行就 10 年，哪怕等到孩子长大，我也要回到自己的故乡。

听完这些，谢全决定帮助蕙兰逃离。

几天后，谢全的哥哥办生日宴，他征得陆兴国的同意，带着蕙兰母子三人一块给哥哥祝寿。他送蕙兰登上由襄阳开往十堰的火车，给了她一笔足够回家的路费，便带着两个孩子去哥哥家里。

蕙兰在十堰火车站候车室歇过一晚，赶到管庄镇的时候已经是第二天下午 6 点。她没有找地方休息，而是继续顶着夜色前行。仿佛她离家出走就发生在昨天一般，这 12 年里，这条路跟来时相比并无变化。

蕙兰在半夜时分赶到麻虎乡政府大院，敲响了之前兄弟住的那家房门，但开门的人她并不认识。原来在蕙兰离家出走之后没过几年，她兄弟从乡上调到城关镇当了书记。

第二天一大早，蕙兰坐上到白河县城的班车，在城关镇找到她的兄弟，兄妹二人见面时大哭一场，把这 10 多年来发生在身边的大小事情都向对方倾诉。

蕙兰离家出走后，原来的丈夫于头年冬月里去世，两个女儿一个嫁到了河北邯郸，一个嫁到同村，都有了孩子；大儿子在山西煤矿打工；二儿子在河南安阳当了上门女婿。目前房子已经没有人住，房门常年锁着，由邻里帮忙照看。

蕙兰知道，留在前夫身边的四个孩子吃了不少苦，若是当年不离家出走，那个家庭或许不至于破落到如今的样子，对于四个孩子的现状，她还是可以接受的，大家都活着，已经足够了。

蕙兰把自己的处境跟哥哥详细说了一遍，当天就拟定好计划。转天，兄弟向单位请了假，找了一位朋友跟着一起南下湖北谷城。

兄弟带着介绍信，和蕙兰在太平店镇政府、芦湾村委都跑了一趟，交代了要接蕙兰母子三人回陕西的事情。只有村支书陆召虎象征性地要挽留蕙兰母子，一边说这是自己村上的村民，大家都是有感情的；一边很利落地安排人把 4000 元现金交到蕙兰手中。

蕙兰回到陆家收拾行李，发现仓里的粮食、圈里几头即将出栏的猪在她离家的这两天全部被卖掉，她没有找老头子理论，只想着勇敢地带着孩子飞跃神农架，回到生养自己的故乡。

她去陆玉明坟前烧了纸，道了别，随后到谢全家接走两个孩子，对这个热心的男人道了谢，就往谷城县城去了。在县城住过一晚，第二天早上坐了武汉到重庆的快车，当晚就回到陕西白河。

扫 墓

2019 年清明节，蕙兰的两个小儿子决定回湖北给陆玉明扫墓，这是他们父亲去世 20 周年。孩子们征求了她的意见，蕙兰决定跟着孩子们跑一趟。

南下的路途非常顺畅，小文开车从 G7011 白河上高速到 G70 太平店下高速，全程用了 3 个半小时。

蕙兰一路上感触很多，她讲到当年准备从湖北逃回陕西的时候，总觉得这段距离有万里之遥，坐火车都要花两天时间。260 多公里的回家路，蕙兰竟然花了 12 年才走完。现在，谈笑间可达。

时隔 20 年，她和陆玉明修建的那栋楼房几乎没有变化；老头子陆兴国已经 90 岁，除了瞎掉一只眼睛，身体别无异样，他老伴10 年前的正月初一去世，现在村上给他评了贫困户。

隔房的陆玉泉于 10 多年前去世，老婆在隔壁村招了一个上门汉；老支书陆召虎后来又当了两届主任，去年患了胃癌，被送到十堰化疗去了；当年带着蕙兰到湖北的陆玉英全家随儿子到武汉定居，再也无法联系；杨二娃的砖窑早就停摆，又在队里的堰塘养起了草鱼；陆玉梅夫妇把东莞的针织厂关停，在苏州昆山重新开羊毛衫厂，两个女儿都已出嫁，两口子在谷城县城买了房。

帮助蕙兰逃回陕西的谢全已经干不动船工，讨了一个二婚的老婆一块务农，孩子在县城的超市打工。

小文、小武在陆玉明的坟前烧了一大堆纸。放花炮、磕头之后，两兄弟被蕙兰支开。她站在坟前独自说了好久的话，倾诉了很多事。

两个孩子都改用了前夫的姓，现在都成了家，老大读了很好的大学，当了公务员；小儿子在外面开服装厂。她自己回陕西之后，没有改嫁，把前夫的家重新撑起来，分散在外的孩子们被重新团聚成一家人，过年的时候，一家人要两张桌子才能坐得下。

两兄弟商定，小武独自开车回陕西，小文带着母亲坐火车返回。

襄渝线改建后，原来的很多站点已经撤掉，那种每个小站都停靠的火车也没有了。小文带着母亲乘坐最慢的那趟火车，他们从太平店镇火车站出发，在十堰住了一晚，第二天又坐慢车回到白河，走过当年母亲背着他从陕西到湖北，又从湖北回到陕西时一样的路。

作者：付先军

出　路

一

2001 年 6 月的一夜，凌晨 3 点，一阵尖锐的惊叫声传遍宿舍楼。我在迷糊中惊醒，来不及穿鞋，光着脚跑出房间。叫声来自三楼的男生宿舍，我跑上去，叫声还在回荡。我知道，如果不及时止住叫声，过不了一会儿，整栋楼的孩子都会哭闹起来。

循着惊叫的源头，我跑到小龙和小平的房门口。两兄弟初到善恩园，过去的阴影还没有散去。我推门进去，两个小家伙抱着头，眼神惊恐。我将两个小家伙搂进怀里，拿袖子给他们擦眼泪。两个小家伙哆嗦着说："我怕，我怕。"

我问两个孩子梦到了什么，他们什么也说不出。我只能轻拍他们的背，抚摩他们的头，唱一首儿歌，安抚两人睡下。

这样的事发生了很多次。每次都要等到第二天，他们不害怕的时候，我再悄悄叫到一边询问。他们慢慢开口，说梦见了可怕的事情。梦里有人抓他们、打他们，父亲又来揍他们了。

小龙和小平是亲兄弟，哥哥比弟弟大两岁。小龙 7 岁那年，父亲去世，母亲被判刑，两人是服刑人员子女，俗称"刑二代"。2001 年，我将他们带回善恩园抚养。

兄弟俩的父亲是村里出了名的酒鬼，一醒来就喝酒，一喝酒就暴揍媳妇和孩子。有一回，小龙兄弟被酒后的父亲狠狠压扁在门后。

母亲心疼兄弟俩，趁丈夫没睡醒，偷偷在酒里放了老鼠药。父亲醒来喝了。小龙和小平眼睁睁看着父亲抽搐而死。母亲被抓，判了死缓。

兄弟俩从此相依为命。住的土屋在暴风雨之夜坍塌。惊恐中，小龙带出几件衣服，拉弟弟逃到村边的墓地栖身。水泥铺就的墓地，前边是墓碑，能挡风，两边有墓檐，像床。墓地旁紧挨着地瓜田，为了活下去，他们偷鸡、偷鸭、没少挨揍。

善恩园在距离福州市区 45 公里、一栋乡村公路旁的白楼里，我和园子里的老师免费代养服刑人员子女。这是继北京太阳村之后，全国第二所同类儿童慈善机构。

20 年来，近 500 个孩子获得救助，最大的已步入大学，最小的仅几个月大。

2001 年 5 月，我到福建武平接小龙和小平时，村长说："你赶快把这两个孩子接走，不然早晚会被人揍死。今天偷得顺利，没事；偷不顺利，被打个半死。因经常偷，村里人一丢了东西，都说是他们偷的，不管到底是不是。"

到了善恩园，很长一段时间内，小龙兄弟照样随便拿、随便吃食堂的东西。他们被人打，也经常打人。兄弟俩已经认定：被别人欺负，就自认倒霉；如果看到对方比自己弱，就揍他们。

善恩园里的孩子来自云南、贵州、四川、河南等地，他们的父母多在福建打工、犯法、被判刑。

印象最深的一次是去贵州接三姐妹。

2007 年 8 月，我在贵阳下飞机，乘两小时大巴，又坐拖拉机到山下，最后翻山越岭走上去。山道偏僻，有些地方很窄，只能一只脚踩上去，旁边就是万丈深渊。

我们抵达一栋破旧的木屋。屋子只有门框，没门扇。屋里没有床铺，一堆稻草铺在地上，就算是床。七十几岁的奶奶带着三个孙女，分别是 12 岁、10 岁、8 岁，都已经辍学。她们满脸污垢、满头虱子，身上衣服很久没洗，三个小家伙满脸迷茫。

奶奶一把鼻涕一把泪，讲着当地话。我听不懂，要靠陪同的村干部翻译："她在咒骂她的儿子、儿媳妇，说作什么孽？把三个孩子甩给她，没钱寄回来，叫她们几个一起饿死。"她的儿子、儿媳已经在厦门因贩毒被抓、判刑，村干部告诉奶奶后，她一下子大哭起来。

家里来了亲戚，替奶奶招待我和村干部。三姐妹吃了一年到头最好的一顿饭——一碗花菜、一碗腊肉和干饭。腊肉拿进来时，里面还有蛆。我勉强吃了一点，三个孩子眼睛都直了，双手扒在门柱子上。她们平常只吃两样东西：玉米秆和马铃薯。辍学半年，三姐妹天天在家里疯跑，有机会就到人家田里偷甜薯吃。幸运偷到，就吃；偷不到，就挨揍。

听说要去读书，三姐妹高兴起来，离开时跑得比我们还要快。一行人按原路返回，乘坐拖拉机、小巴抵达贵阳，在贵阳住了一晚，第二天坐上了回福州的火车。

回到善恩园，厨房师傅给三姐妹做了鸡腿、鱼和红烧肉。半夜，值班老师打电话，说三姐妹抱着肚子打滚。医生说："长期饥饿的人不能一下子吃饱，要慢慢加食。"除了喂饱她们，还要除虱子、洗澡。她们头上都是虱子蛋，白白的，一粒一粒。保育员给涂上药，蒙起头，为她们洗澡。

长期的污垢一下洗不干净，特别是脸，要一天洗一点，用力搓，才能慢慢搓掉污垢。孩子皮肤嫩，搓太重受不了，没法一次性彻底清洗干净。每天一回，搓了大概两星期，三姐妹才焕然一新。这里用时最久的一个男孩，搓了整整半年。

洗完澡，换上新衣服。我发现，三姐妹长得真漂亮。她们是土家族的，眼睛特别水灵，脸圆圆的，就跟《五朵金花》里的姑娘一样。三个孩子一直摆弄着红色连衣裙的裙摆，你看看我，我看看你，用土家族的话说来说去，说了大笑，笑了又说。

二

小杰曾是一名童工，父亲因盗窃入狱。来到善恩园时，他是整个园里最大的孩子。因为打工作息的条件反射，每天凌晨4点钟，小杰就习惯性地起床，要干活。

我送他去村里的善恩小学读书。一开始读得好好的，没过半学期，他开始厌学。每天一到上学时间，就推说身体难受，我带他去医院检查，一切正常。我心里生气，叫他去上学。他竟然对我放狠话："再叫我去，我就绝食。"

小杰躺在床上，几天不愿吃饭。老师们不停疏导，才问清楚，班里同学得知他父母的情况，看不起他、讥笑他。

他自卑、敏感，被欺负，回来也不说。因为父母在监狱，他自觉低别人一等。有时，别的孩子说话中夹杂一些敏感字眼，他总疑心，觉得在说自己。

2000年，善恩小学还是当地的村办学校。班上一发生矛盾，同学们就对善恩园的孩子群起而攻之："就知道你爸妈是坐监狱的！"这些话"你爸是小偷，你还有什么面子待在这里？"戳到孩子们的伤口。

不光孩子受到偏见，20年来，我听到过太多不理解的声音：好人的子女你不爱，烈士的子女你不爱，为什么专爱罪犯的子女？反倒是距离罪犯最近的狱警最和善。每次我带孩子探监，他们对孩子都很热情。他们知道，不能因为父母的事殃及孩子。

2003年10月，善恩小学校舍倾斜，办不下去了。我去当地教育局询问，能否把学校转给我，成为民办学校。

教育局一批准，我就开始筹划建教学楼，善恩小学从此变成民办学校，成为善恩园的一部分。村办学校的老师全部调走，我重新招募老师，要求必备教师资格证。他们来之前，看过招生简章，知道学生父母的情况。从此，善恩园的孩子在学校里读书，就不再受欺负。

初中时期，孩子们要到外面的学校上学。

每次老师布置作文题写《我的父母》。他们就回来求助：怎么写？我告诉他们：不要骗，谎言不好，我们实事求是就行。

读完初三，小杰没有再读高中。那个夏天，我问他以后想做什么，他说想学厨艺，我把他送到福州鼓楼区的厨艺学校。

培训半年后，小杰体检时发现有小三阳，不得不离开厨艺学校。他沮丧一阵，后来又到仓山区的技工学校学开车床，前后培训了两年。现在，他已经是一家零件加工厂的老板。

同样没考高中的还有小龙、小平兄弟。我选择送他们去驾校学开车，后来又去学修车。

开车和修车学时半年，实习期为一年。现在，哥哥小龙在物流公司开车，弟弟小平在开货车，两人工资从最初一千多元，涨到每月七八千元，境遇最好时能上万，兄弟俩不时会回来做义工。

他们的母亲从死缓被改判为无期，又改为有期，一共服刑12年多，现在已经出狱，在福州一户人家里做保姆。

贵阳三姐妹后来都考上了大学。今年元旦，老大结婚了，嫁给一个福州人，夫妻俩都是大学生。婚礼上，老大说："没有善恩园，可能我们就要被迫早早地嫁出去。"

三

曾有狱警对我说："你们带孩子来一次，就稳定了我们一年对犯人的管教工作。"

女囚林秀萍在狱中故意把碗摔破，深夜拿碎片割腕，前后被抢救了三回。当时的监狱长向我诉苦："园长，这个是老大难，我被她搞得不知道怎么办才好。"我问她为什么自杀,她说:"我端起饭碗,不知道两个孩子在哪里吃饭,是不是饿死了?我晚上睡觉,不知道我的孩子在哪里睡觉?我怎么能安心改造,你把我枪毙了吧……与其这样日夜思念,不如一死了之……"

2001 年,林秀萍和丈夫因贩毒入狱。被抓的时候,儿子小斌两岁,女儿小榕一岁。

再见面,已经是 13 年后。那时小斌和小榕已经出落成挺拔的少年、少女,哥哥方脸,妹妹圆脸。2014 年夏天,我带着他们去探监,"这是你们的母亲。"小斌一口啐在林秀萍的脸上,断然拒绝道:"我没有妈妈。"那天晚上,监狱长单独安排了一个房间,让小斌、小榕留下和母亲相聚,希望他们能有一晚上的亲情沟通。当晚,哥哥整宿拉着妹妹,握紧拳头,随时准备保护妹妹:"这个女人要是敢过来,我就揍她。"

第二天,我去接小斌和小榕,林秀萍眼睛哭得跟鸭蛋一样,孩子们一晚上都拒绝和她亲近。回来后,我单独给兄妹俩做心理辅导:"人都有失足的时候,你们的母亲犯了法,已经接受了法律的制裁。作为儿女,你们再不接纳她,那你们的母亲该怎么办?"

第二次见母亲大概过了半年。小斌表情木然,妈妈要抱他,他没有反应,但已经不像第一次要动粗。第三次再见面,孩子们已经可以和妈妈进行正面的眼神沟通。

眼神对视,心里已经是接纳了。等到第四次、第五次会面时,他们可以让妈妈拥抱、亲亲自己。

临别时刻,几乎所有母亲都会交代孩子:"你要乖乖听老师的话,妈妈一定会为你努力改造。"

见父亲与见母亲不同,大多数父亲都是抱着孩子,久久地凝视。他们不知道该跟孩子说什么。我曾带着小斌和小榕,到关押他们父亲的福清监狱演出。女监还特意把林秀萍送到了福清监狱,一家人在特殊的时刻、特殊的场合、特殊的地点团圆了。

　　那次亲情会演，小榕表演舞蹈《妈妈的吻》《人间第一情》，又和另外两个孩子一块表演诗朗诵《爱的思念》："爸爸妈妈/此刻你们可感受到了一颗哭泣的心灵/我把心事写在飘落的花瓣上/托流水告诉你们/我把心情写在飞扬的蒲公英上/托风儿告诉你们/我把深情写在幽幽的白云里/托细雨告诉你们/我把炽爱写在晴朗的天空上/托阳光告诉你们/可是依然听不到你们的声音/依然看不到你们的身影……"

　　见到孩子，林秀萍再也没有闹过自杀，还从监狱的"顽危分子"变成"改造积极分子"，最终累计提早 5 年出狱。她在福州人生地不熟，出狱前夕，我替她和孩子买好了回老家的火车票。

　　走出监狱大门，林秀萍叫了一辆的士，告诉司机善恩园的地址，她要看看孩子们长大的地方。

作者：叶丹颖

*根据善恩园创始人林仕丹口述撰写，文中人物均为化名

一个北大隐居者的退与守

　　王长松头戴斗笠，从田里钻出来，递给我一根甜玉米。"吃吧！我种的食物天下第一！"他用我听不大懂的洛阳腔说。这光膀子能搓出几斤泥的老农民，真够自大的！

　　2016年盛夏，我第一次见王长松，玉米地里的旱稻没过了膝盖。午饭吃的面条，除了盐，茄子、西红柿、辣椒、小麦粉、杏醋和杏仁油等全部来自山里，使用的一次性筷子是用高粱秆做的。吃完饭，把筷子往柴火堆里一扔，它们就转化成了清洁能源。

　　那根玉米让我念念不忘。当时，我是一家有机农产品公司的调研员，虽然没少去全国各地的有机农场，但那根甜玉米，却是我在北京吃过的最好吃的。我好奇那根比市价贵了差不多10倍的玉米是如何种出来的。

　　这年10月，我趁着农场需要年轻人时，申请做了志愿者。农场不留短居客（至少住7天），老王说，要想与他交流，须得常住，还要接受在农场生活的"规矩"，我爽快地答应了。

　　10月下霜后，水灵的麦田折射出青翠的星芒。我像地里的嫩苗，充满了干劲，但由于缺少务农经验，老王只让我看火。一口平时为人煮饭的大柴锅，正烧着猪饭。玉米芯燃得快，矮凳上的我，寸步不离地添着柴火。他一边搅着汤里的麸子，一边嘟囔些陈年旧事。

　　老王家在洛阳新安县，十六七岁时，他去了信阳工作。1979年，

213

他参加高考，以信阳首个状元的身份，考上北大国政系。从北大法律系硕士毕业后，他留校任教，在政府管理学院当老师，讲授行政法。当时气功盛行，在气功班上，他相中了现任妻子。1990 年，两人结了婚。

婚后没几年，夫妻俩便发觉买来的猪肉烧出来是臭的。从那时起，他们就不吃外边的肉了。两人在未名湖畔开垦了不施化肥和农药的小菜园。平时吃的菜尽量自给自足，鸡蛋、粮食没法自己解决，便托学生从河南老家带。

后来，北大校园的一小块菜地也满足不了二人的生活，他们就有了不在城里过日子的打算。

洛阳的青砖灰瓦房盖得七七八八了，老王也准备回老家。恰逢岳父在密云的小院腾空了，还在北大上班的老王，就先与妻子搬到了岳父家。住了一阵子，他又受不了了，村里地下盘结的抽水马桶管道，让他觉得恶心。

以前，农村没有抽水马桶，人们排出的废物，转化为肥料，重归土里。后来，人粪不再被允许浇地，它们不参与农业循环，就真成了废物。

随着新农村建设的到来，农民被集中安置，新农村最不缺的，就是每家至少都有一个抽水马桶，这是农村现代化的成果之一。

老王崇尚"天人合一"的生活，在他眼里，没有任何东西该被扔掉。为过上自给自足的理想生活，也为了创造环境养育孩子，1999 年前后，老王在京郊承包了一片 2500 亩的荒山。第二年，他与外界彻底断了联系。

山上有一处泉眼，老王请老家师傅修了传统木建筑，就盖在离水源不远的半山腰上。入山的 10 多年，他们几乎与世隔绝，儿子也在山里出生。若不是村民把进山的唯一通路封死，妨碍了他喂牲口，他恐怕不会在 2011 年，主动求助旧同学，恢复与社会的交往。

起初，我一个人住在离农场有段距离的绿房子里，那是老王租来供访客落脚的。他不让新来的人住农场，因为我们"吃得差，浑身散发出难闻的体味"。雨滴似的臭屁虫爬满屋子，即使蒙着头，我也能听到它们跌到铺盖上的声音。不过，我很快适应了与它们同床共枕的夜晚。

比起耗子，臭屁虫不算什么。我搬到农场住后，有了蚊帐，虫子离我远了些，但老鼠始终伴我左右，它们还在我睡的炕下做了窝。我不怕夜路和鬼怪，也不怕指甲盖大小的各种飞蛾，就怕老鼠，因为儿时被咬过手指。老王总啰唆："你得吃苦啊！吃苦！"我自己身板小，拎一麻袋秸秆，手关节就疼，在农场生活，我觉得已经吃了很大的苦，但离老王的期望，还差一大截。

老王总要求我跑山，这是一项类似越野的极限运动，靠双脚快速倒腾使血脉偾张、呼吸急促、身体出汗。老王说，现代人身体"滞胀"，像被吹肥的气球，皮囊下全是空的。跑一跑，饿得快；吃得多，补得足。刚去的人，跑完山才有饭吃。

渐渐地，我寻出了规律。他叫我往后山跑，我便跑去那没信号的山顶，电话不通也有借口。坐在晒蔫的草丛间，对着山脚不远处的密云水库发呆。风吹着豁口，听上去像流水声。

从人间消失的这一小时，我觉得密云水库触手可及。天色晴好时，水库似乎与天空连在一起。在山上看够风景，我准备下来。跑完山，老王不在的话，我还吃不上饭。农场的厨房不让外人进，谁想弄些吃的，也没有炊具可用，即使再饿，也只能忍着。一饿吧，我就没有心思感受世界了。

人一旦追求野性之美，糙起来就和山里遍地的牛粪差不多。搬到农场后，我的起居便随了他们。这儿没有热水，不能洗澡，也不准使用化学品，刷牙、洗脸都得偷偷摸摸的。

有天我把擦脸的葡萄籽油落在了屋外，老王路过看到后，问我：

"你擦这个有啥用呢？"在他看来，最好的化妆品是劳动和食物。

每次在农场，我顶多待两周（那是我不洗澡所能坚持的最长时间）。白天黑夜，动物全在骚动：夜晚，对着野外的鸟儿撒尿，猪在一旁哄哄叫；老鼠在床下任意妄为，猫却视而不见，尽吃野味去了；清晨还在迷糊中，窗台上的鸡就喊起来了。久而久之，这些动静就被我的耳朵自动忽略。

在农场上，吃不饱、吃不好，也是常事。农场的鸡下蛋少，蛋散落各处，不好找，凑够 10 个，就卖掉，老王舍不得吃，即使吃，多半也给孩子们。我们平时吃杂粮和面食，以及用肥油或杏仁油炒的汤菜。

吃不饱还能忍，最难忍的是老王的脾气。不少年轻人待几天，就被无理由地赶走。离开时，女孩子哭哭啼啼，男孩子郁郁寡欢，都觉得自身有问题。人上一百，形形色色，但老王非要我们一丝不苟地按他的要求做事，甚至连一个相左的念头都不能有。一天，我给客人装肥料，扎绳子时打了死结，老王急了，恨不得拽我衣领："送人礼物哪有打死结的！"

为了吃，也为了挣面子，我加强了干活的意愿，并越发地沉默。我的生存之道就一句话——出门观天色，进门观脸色。

我来农场独立干的第二个活儿是浇地。与在家给盆栽浇水不同，这里是漫灌，用几十米长的塑料管接上水龙头，一畦一畦地灌水。这种浇水方式费时费力，对新手来说，一天过去，顶多能完成 2 亩地。浇地时，双手随时得挪管子，不是湿着就是泥着，我没法玩手机。水流得越缓，人就等得越久。近几年，由于地表水污染严重，有机农场大多使用地下水。水被抽得厉害，加之气候异常，水管经常断流。

我不喜欢待在田里，漫灌、除草、插秧、翻地什么的，全是琐碎折磨的活儿。我喜欢进山劳动，没有等待的烦恼，活动范围大，还有四脚动物陪着，偷懒也不易被察觉。

汽车穿过村子，开到尽头处，便来到进山的唯一林道。农场入口有一处水坝，偶尔可见野生动物，像獾子、野鸭什么的都来蹭水喝，喜鹊、乌鸦就更多了。

动物和小孩在农场享受最高礼遇。有一次与老王上山喂动物，羊围着食槽抢我们刚放下的柏树枝。远山壁上，迎风站着一只瑟瑟发抖的山羊。老王见它便说，那只羊太老，牙齿不行了，吃东西慢，也没体力抢过年轻的羊。在他的指挥下，我俩合力把羊骗到身边。老王把它背在身后，我用手托着其屁股，就这么把羊运下了山，圈在了"病号房"里。圈里有成捆的柏树枝，够它慢慢咀嚼和消化，寒风也被挡在外面。

冬天水面结冰，老王使一根腰围20多厘米的铁锥，往冰面狠砸，凿出一口洞，便是动物的饮水源。走进农场，有上下两条路，下面的大路被淹或结冰时，半山腰一条窄窄的、仅够一人通行的野路，就成了要道。山上有一处泉眼，是潮河的支流，水从石缝里冒出，沿苔藓滴下，一秒不曾断过。

进山除了喂动物，我们还要打泉水，走要道，单程约莫1公里，来回要花40分钟。老王与妻儿曾隐居的瓦房，就在泉眼不远的山坡上。

喂养动物，总逃不过晚上干活，到了冬天，更甚。"大冬天的，为什么非得在深更半夜喂动物？"我琢磨了一阵子，似有所悟：晚上动物吃完就睡，消耗少，节省粮食。生态系统决定了农场有多少动物，在这个系统里，人只是其中的一员，负责冬季给它们找食吃。再说，老王要的是肥料，牲口瘦就瘦点，有些病秧子挺不过冬天，死就死去吧，老王顶多给它们按摩按摩，或将之挪到病号房，但不会用药延续生命。

在看病用药这件事上，老王对自己也放过狠话："一辈子不进医院！"

前几年指挥施工，老王的头盖骨被挖掘机的钻头轻轻磕了下，裂了缝。他去了一所乡镇医院，在那儿缝的针。"幸好不是市医院。唉，不过誓言还是打破了。"老王耿耿于怀。缝脑壳时，他也不打麻药，盯着手术室的天花板，听着医生切线的咔嚓声。

老王毕竟六十好几了，夜里干完活从农场出来，他常犯困。车子压着双黄线，呈蛇形慢条斯理地跑着。有一次，他困得开不动车，便叫我按其虎口。可我自己也累得四肢乏力，哪儿还有精神？我们本可以来点摇滚乐提神，但老王是一个"非乐"者。有些方面，他像极了墨子，穿得破破烂烂，自讨苦吃，还不让人听音乐。

冬至前，我只负责喂山下的猪、牛、羊，喂完就站在狗窝旁，等老王下来。山上有 11 头不合群的猪，从不下山吃嗟来之食，老王得每天背半麻袋的红薯或玉米粒，送到它们的地盘。入冬后，农场来了一位 18 岁的男孩，就换成我俩翻山喂猪了。下雪天干活，身子更暖和，山里温度 0.5 摄氏度，比平日整整高 8 摄氏度；但在镇上，因为大家烧无烟煤、开电暖气，气温变化不明显。

日子每天这么过，唯有跑山时，我才有片刻的喘息。

躺在松针铺就的野地上，望着头顶被风吹散的云，我想起了老王的话："在精神和肉体上吃点苦，人这个物种不退化。"

我隐隐作痛的屁股却说："管他什么人种退化，绝不牺牲便利性！"生命从无到有，再从有到无，留下什么重要吗？高更为艺术移居南太平洋岛屿塔希提，为后世留下了不朽画作，可老王能留下什么呢？他一日不耕作，山就野一点；他几日不耕作，山就荒了。他老了，快要干不动了，后继无人啰。

我拍拍屁股，慢悠悠地溜达到厨房。老王从帘后探出脑袋，瞟了我几眼，指责我没有活动开，脸寡青寡青的。我正要解释，就看到碗里多了个煎煳了的蛋。

山里的树叶渐次变黄，终于进入我最欢喜的北方农村的冬天。

我爱烧火，先抓一把松针点燃放进炉内，再捡几根松枝架上，火烧得又香又烈。松木极轻，大块大块的树根摆在炉子里，还能烤红薯。老王不乐意让我们用松木，烧得快，太浪费。他在时，我们捡普通的木柴烧；他不在，我们就往炉子里塞松树根，豪气地一次塞俩，火蹿蹿的，背贴在炉壁，就像睡在炕上。

转眼间，春节就到了，农场只剩老王、我和另一个工人，老王的妻儿放假就从城里过来。我的身子也结实了。从剥花生、烧柴火、筛大米等不能发挥劳动者价值的轻松活儿中，我成长了起来，终于干上了大活儿——搬东西。

农场的冬天相对惬意，一觉睡到 10 点。吃过早饭，就喂猪。每天搬四五十筐的玉米或白薯喂猪，一筐有四五十斤重，分中午和黄昏两次。

老王的儿子和我一起干活儿。在山里出生的他，一早 5 月就光着脚丫子到处跑，也不觉得石子硌脚。和动物一块长大，他 3 岁半就放牛，伸出手摸摸羊，羊拱拱他。

儿子 10 岁回城上了学。老王常苦口婆心地劝："不管走到哪里，要经常回山里。只有回到山里，才能休养生息。"

和小孩干活儿，也免不了挨骂，比如翻山走得慢啦、装秸秆时聊天啦、把羊放跑啦……不知是否与常吃农场的食物有关，我渐渐能完全听懂老王说的话了。唠叨归唠叨，我们还是磨磨蹭蹭。夜里翻山，走到离天空近的地方，我与小孩总要停下来，赏赏月、观观星。从那儿往东看，在黑幕下，亮灯的司马台长城显得无比寂寥。

除夕当夜，老王做馅，儿子擀皮，妻子包饺子。躺在案板上的整块鲜牛肉，与老王帽上的红五星同样颜色。老王一片片切着，一句句念叨着："做馅儿不能用机器，也不能剁，要用手仔细地切，包括洗菜、切菜、和面，整个程序是一种享受才对。"那头牛我见过，它的皮给了屠夫，了了工钱。九十点钟，我已犯困，饺子来了，一颗颗好大粒，撑大了我的眼，吃完全身暖和和的，年也过完了。

在农场，每日睁开眼就劳动，时间过得特别快，转眼就立夏了。

这天清晨，我随老王来到白薯地，他捏死了几只地老虎，一边呢喃说"对不起"，一边把尸体埋到了白薯秧的根部。他说，这是100%的有机肥，要是在附近发现很多虫子，就拿个盆装起来放到鸡圈里，不靠打农药来消灭它们。农药渗透到土壤里，对环境可是有1至5年的毒害。

在农场，养猪也是问题。猪一窝生多只仔，没几年山里就猪满为患。他舍不得杀掉或贱卖，送给别人养，又担心猪吃得不有机，活得不自在。

农场的猪从小全部吃没有化肥的粮食，多是植物的根茎类、野酸枣、野杏。喂的多是有机蔬菜。按这种做法：1头猪要3亩粮食地，10亩活动地；农场若养活500头猪，至少要1500亩粮食地，5000亩山场。长此以往，扩大山场是必须的选择，但他没有资金。光是围铁栅栏，老王就拉了2万多米。修窖、建水库、盖房子……20年下来，他的积蓄散来散去，所剩无几。

目前，老王主要靠卖肉卖菜维持农场基本的周转，基建要另外想法子筹钱。当他把猪肉卖到200元一斤时，多数人用"一个骗子！"来给他的人品盖章。

老王坚信自己种的食物天下第一。他曾说："所有人都不这样生产了……在一个自然的环境，用一种自然的方式加工，吃到这样的肉，终身不忘。这个肉比黄金还有价值，它独一无二。"

5月麦季，连续两日抢收麦子。麦穗不高也不矮，用长柄镰刀不行，短柄镰刀也不称手，站着弯腰不合适，跪着直背也不合适，最后他们选择蹲着割，比较费力气，我也假模假式地跟着割起来。

太阳贼坏，烈火攻心。早饭只吃了一个番茄，重体力劳动下，我快渴死了。因为我不拿工资，所以有一搭没一搭地干活，也不怕扣工资，大不了挨顿批。我去地里摘了两个番茄，吃完没多久又渴了，便又摘了两个，躺在树荫下，一边吃一边观摩两个工人给麦垛捆绳子。工人们就像泡在水里，头发被浇湿。老王觉得工人干活儿得有匠人精神，但大家多是为了谋生计，草草了事，看到这儿，他往往要求更为严苛。

我们理解不了老王的做法，却也不敢违背，在身体能承受的范围内，尽量做到符合他的期望。但老王还是不满意我们的表现，尤其是不理会有另一套说辞的工人。他们喜欢吃方便面、火腿肠等在老王看来无比糟糕的食物，"有时我看他们，就剩一个躯壳，像骷髅一样，没有力量，什么也没有。"老王用剧烈的手段使工人（包括我）出汗，借此锻炼我们的身体和意志。

这茬麦子是我看着长大的。从去年 10 月开始，到今年 6 月，整整 8 个月。冬天踩麦子，湿了一双脚，那凉沁沁的感觉至今还在。我和老王捡剩下的麦穗时，他跟我讲，小时候，每到麦子收割的季节，还是小学生的他，就跑到田野里捡麦穗，送给老师当补贴。那时日子苦，舍不得留给麻雀吃。不似现在，有机农场还专门留些作物供害虫享用。

夏天来了，蚊子也多了。老王拿出装在玻璃瓶内的芝麻油，叫我涂满全身，包括脸。我的肉皮子居然比嘴巴先尝到香油的滋味，简直令我不敢相信，要知道，芝麻是种在落石山上的！

落石山位于龙潭沟内，是农场的中心。山腰下由乱石堆砌而成，山腰以上有黄土，老王用锄头开荒，便多了些许耕地。山上有块立着的大石头，传说由天外飞来，于是这座山就被当地人叫为"落石山"。采收芝麻时，工人用镰刀把芝麻茎割下，接着集中放到布匹上，用棍子拍打，让芝麻粒从壳里抖搂出来，敲得差不多了，捏着布的四角，将芝麻粒晃到中间，搜集起来，再走 30 多分钟的山路，把芝麻背下来。除了芝麻，那儿还种着谷子。这谷子卖 200 元一斤，而芝麻却从未拿出去过。

擦着世间最贵的防蚊液，我日渐黝黑的皮肤，变得怪晃眼的。蚊子不吸我的血，换跳蚤了。腋下、胯下和小腹，连成片的红疙瘩，骚弄着疲倦的我。

那日下雨，我身体不适，原以为可以在房间里休息一天。没想着正午时分，老王叫我搬粮食。粮仓漏雨，两人一组，把 200 多斤的粮袋搬到木板垫起的架子上，以防浸湿。搬完粮食，又让我们去屋顶撒玉米种子。

这一天到晚，有完没完啊！我不禁在心里怨道。在老王手下干活，一点偏差都不可以有。他在前面用锄头挖坑，我撒一颗玉米种子，他孩子撒一把肥料，种子不允许落在肥料上，然后用锄头把土盖上。烧柴、浇水、播种、除草、拣肥料、喂动物……这些农活我都是在这里学会的。可是，我学艺不精，并不能准确地按照要求丝毫不差地完成任务。

身体的疲累，日子的枯燥，以及回城的期盼，使我越来越不安心于此。脑袋里总想着城里多姿多彩的生活，本就干不好活的我，错误就更多了。老王一眼看穿我的心不在焉，像往常一样，没完没了地念叨起来。

我突然厌恶了被土地束缚的生活，又想到自己对母亲也没如此平心静气，越想越委屈，便扔了锄头，眼眶浸满泪，朝他喊："我不干了！我要回去了！"说完，我掉头就走了。"走走走！"老王的声音在耳畔响起来，"走走走！"

结束得那么突然，却又正是时候。我收拾好行李，下山时，雨刚好停了，我看到一棵低着头的向日葵。

离开农场后，我算算日子，在这里共计待了 112 天。

下山后，我继续投入喧闹的城市里。但喝起牛羊肉汤时，我会想到在山里，冬天富裕，我们能吃上大补的食物，牛杂汤、羊肉饺子等。老王在炉旁处理羊蹄时说："上次听到一个朋友用高压锅做肉汤，听完后我心里那个凉啊！这么好的东西，煮的时候一点耐心都没有。"

他讲："如果非常急躁，随便做，随便吃，那就是暴殄天物。"但那天，我还是迅速啃完羊蹄，只怕迟少许，全冻上了。羊蹄是白水慢火炖出来的，筋多肉少，并不膻，老王处理得恰到好处。

想到这儿，我放慢口腔内咀嚼的动作，静下心来，嗅着空气中扶摇直上的香味。

作者：草　西

*应作者要求，文中王长松为化名，部分地点有模糊处理

网吧里，渴望一夜暴富的年轻人

一

清晨的重庆下着小雨，我走向一片被在建小区工地包围的城中村。雨水裹挟泥沙，顺着路沿从高到低蜿蜒而下。最终，流入一家网吧门外的下水道栅格。

网吧里空气混浊，光线昏暗，收银员和清洁工有一句没一句地聊着。这是 2018 年春节的前一天，座位上依旧稀稀拉拉地躺着熬了通宵的年轻人。

靠近窗户的那片区域，徐亮和一个二十出头的年轻人正目不转睛地盯着屏幕上花花绿绿的线条。在那人操作鼠标的右手边上，摆着一瓶矿泉水、一包廉价烟、一只打火机。

徐亮还是老样子：皮肤黝黑，一张马脸，嘴唇厚得像来自热带地区，一双眼睛似睡非睡地半眯着。

徐亮是我的发小兼生意伙伴。几个月前，我们约定，他靠人脉去拉客户，我负责法律咨询。如果当事人有签订委托合同的意向，我们就把他介绍给其他律师，打擦边球，赚点提成。

可合伙快半年，我们一个单子也没接到，我渐渐入不敷出，徐亮则开始行踪不定。

我告诉他，如果接下来的一周依然谈不成一笔业务，我们就好聚好散。

前一天晚上，他给我打电话，约我今早到网吧。"大师要来了，大师你知道吗？"我不知他在说什么，无言以对。他清了清嗓子："就是人们一直说的何大师，那个早就实现财务自由的何大师。我马上就要发达了。"

我走过去敲敲桌子。徐亮见我来了，向我介绍那位双手正在键盘上噼里啪啦敲击的年轻人。"这是小何大师。"他这么说着，见我一脸狐疑，又轻声补充道，"就是何大师的侄子。"

徐亮口中的小何大师身穿一件黑色的羽绒服，部分羽绒已从衣服里冒了出来。

就这么一副寒酸样，还敢冒充大师？我转身就要离开。徐亮连忙拉住我："何大师出事了，据说是因为操纵期货市场被法办了。这位小何大师一样有水平。你来都来了，就坐一会儿吧。"

我把网吧里的劣质滑轮沙发拉出来，坐在他身边，向他请教电脑屏幕里是什么东西。徐亮告诉我，小何大师正在参加一些平台举办的免费期货选拔赛。听上去很诱人：零门槛，谁都可以参赛。不花真金白银，通过平台开发的模拟软件进行交易，如果在比赛中表现出色，根据比赛规则，就能晋级复赛，进而成为该平台的签约操盘手，盈利三七分成，操盘手得 30%。

据徐亮介绍，已有不少人被选为操盘手，并在平台的网络论坛上贴了分红的银行转账记录。

在我和徐亮说话的时候，小何大师一言不发，整个人仿佛进入虚拟的战场中，化身为一名战士，杀进杀出，浴血奋战。

他一头乱糟糟的短发，双眼通红，厚厚的眼镜片有些模糊，嘴里不时念叨着什么，已然陷入绝境。不一会儿，小何大师就在战场上光荣牺牲，他骂了几句"主力""庄家"，起身同我握手。

接下来，他与徐亮就这些免费的、模拟的期货选拔赛展开了热烈的讨论。哪家的规则最合理、哪家的分红比例最高、哪家的软件用得最顺手。说到兴奋处，两人简直手舞足蹈，互相拍打着对方的肩膀，似乎他们已经成了市场上顶级的操盘手，只是由于先前缺乏机会，才暂时不得志而已。

我对他们的讨论一头雾水，又急于想知道徐亮接下来的打算，不得不打断他们的谈话。

"接下来，当然是跟着小何大师一块儿参加这些比赛了。"徐亮眉飞色舞地告诉我，何大师的第一桶金就是从这些免费比赛中赚来的。"这些比赛哪里留得住高手，只要赚个百八十万，立马就单飞。有没有兴趣，一起干？"

我惊住，拒绝了。我不懂期货，不会贸然投身进去。

后来，我曾和一位在高校教马哲的大学同学谈论这件事，考虑到比赛的免费性质和看似真实的现金分红记录，我们不敢轻易判断其靠谱与否。

提及这位满嘴跑火车、自吹自擂的小何大师时，他引用了马克思在《路易·波拿巴的雾月十八日》中的一句名言："弱者总是靠相信奇迹求得解救，以为只要他能在自己的想象中驱除了敌人就算打败了敌人；他总是对自己的未来以及自己打算建树但现在还言之过早的功绩信口吹嘘，因而失去对现实的一切感觉。"就不再多说。

二

徐亮在我的记忆中，一直是以"学霸""模范男孩"形象出现的。

徐亮的母亲和我妈是同一个国企的职工。那是一家大型国有企业，位于长江边的一个小镇。早些年，按照"厂办社会"的原则，在镇上开办了幼儿园、小学和初中。

我和徐亮在高中之前一直都是同学。

上课时，徐亮挺直脊背，听得认真，他对待老师彬彬有礼，不喜欢篮球、足球这种出汗量大的运动，衣服上少有褶子，也鲜有汗臭。

初中夏天，男孩们结伴跑到长江边游泳，出发时，徐亮也跟在队伍里，到江边，回头一看，他已经早早回去了。对于踢球、去网吧这样的活动……他不是没有渴望，但最后，他总能靠极强的自制力压抑住自己。

这同他母亲对他的严格管教有关。徐亮很小时，他父母就离婚了，他跟着母亲长大。

徐亮母亲对儿子寄予厚望，小学时，几乎每天在书桌前台灯下陪徐亮看书到晚上11点。我从三年级开始就患上了懒癌，至今未愈，作业都是抄徐亮的。每逢考试，我千方百计想办法坐到徐亮附近，一次考试，我差点把自己的名字写成"徐亮"。

我们偶尔去徐亮家吃饭，徐亮母亲短发，面色严肃，总穿着国企里的工作服。饭桌上，她问起我们在学校的情况如何，之后便不再开口。气氛压抑，我们吃完饭，几乎就会找个借口溜走。徐亮母亲对我们也严阵以待，担心会带坏她的儿子。

徐亮偶尔会在我们面前抱怨家里管教太严，但只停留在嘴上。平素，他依旧循规蹈矩地听从母亲的指令。

直到初中，徐亮迷上打台球。有段时间，我经常从别人口中听到徐亮的名字，说他在与同学们的台球切磋中，经常一杆清台，让大家佩服不已。我见过他一杆清台的风光场面，那时，他脸上浮现出少有的光彩。

有次我上学途中路过他家，看见他趴在屋外的石栏杆上，拿着台球杆，对着啤酒瓶练习出杆："因为这样出杆的时候，手才会稳，像职业选手一样。"徐亮打台球的事儿很快传到他母亲耳里。那会儿，出入台球室的人被认为不务正业，因为练习打球也要花费时间，徐亮学习成绩有了波动，他在家中承受巨大的压力。

20世纪90年代中后期，很少有家长会让小孩走职业体育的道路。在母亲的压力下，他很快妥协了，转而专注于学习，继续在学校里名列前茅。2002 年高考，他不出意外地考入一所重点大学。

我们参加了彼此的升学宴。一向俭朴的徐亮母亲选了镇上最好的馆子，那天，到场的只有徐亮母亲家的亲戚，离婚后，母子俩同徐亮父亲及其亲戚几乎断了往来。

那天，她难得地笑容满面，像是终于等到了一个扬眉吐气的时刻。在 2000 年大学扩招之前，大学毕业生会被分配或推荐工作，就业还有补贴。在小镇人的眼里，考上大学，就是为未来上了保险。

徐亮从头到脚焕然一新。发言时，徐亮言简意赅："感谢大家的到来。进入大学后，我会好好学习。"徐亮母亲则坐在一边，笑而不语。

徐亮听从母亲的建议，选择当时大热的市场营销类专业。在大学里，他进入放养状态，和许多普通大学生一样，开始打篮球、台球、玩电脑游戏，寒暑假再见到他，徐亮似乎已经同我们融为一体。

曾经他自带的"学霸"的神秘光环消失殆尽。但我觉得，他开始像一个人了。

毕业季来临，谁也没想到，随着大学扩招，"毕业即失业"成了常态。虽然他的专业热门，但就业市场已经饱和。

徐亮在大学里没什么亮眼的成就，大公司去不了，小公司他又不愿去。从大四开始，到毕业后的两三个月，他一直没找到满意的工作。

最后还是他母亲托熟人的熟人，请客加送礼，把徐亮安置进我们当地一个政府部门做编外人员。

徐亮希望通过考试早日进入编制内。

他参与了编制考试，笔试成绩很靠前，自恃在单位有一年工作经验，他没再打点。

面试结果出来，徐亮失败了。考上的其中一个人是单位里一位领导的亲戚。

这件事对徐亮打击不小。参与几次招标工作，又目睹了一些暗箱操作的现象后，他不止一次对我鼓吹"读书无用论"："这社会最终还是靠关系。看看新闻上那些发了大财的人，哪一个不是靠着一股狠劲，做了一般人所不能做的事才成功的？"

三

不久，他从机关单位辞职，开始在当地一些公司活动。又过了一段时间，他劝我不要在律师事务所混日子，邀请我同他合伙。他有人脉，我做律师咨询，肯定能赚钱。

开业几个月，徐亮的朋友在酒局上吹过不少牛皮，但答应好的案子，总是没下文。快半年，我们没做成一个单子。

讽刺的是，在我们的公司关门大吉后，竟然有客户给公司座机打电话，说需要代理案件，我和徐亮随手转给其他律师，没再管。

那段时间，他在交友网站上认识了一个女孩，"我俩聊得挺投机的"。不到两个月，他把她带回家。当时徐亮家还在老地方，他是我的同学中少数几个还住在那个江边小镇的。

现在那地方已是城区，就在他家往长江方向走 500 米处，滨江路早已通车。当时，那附近开始拆迁，但拆迁范围，刚好绕过徐亮家所在的区域。

周围的住户渐渐搬离，他家还住在一幢修建于 20 世纪 90 年代的五楼楼房的顶楼，同以前相比，倒是没什么变化，除了楼道口应有关部门要求安装了电子防盗门。周围到处是新修的和在建的楼盘，仿佛在嘲笑他家的贫穷和落后。户外广告牌上挂着各式各样关于江景房的吹嘘。

按照网站的交友规则，女孩可以同时见好几个对象。徐亮的女友对他的家庭条件十分鄙夷，两人的关系很快告终。徐亮对她念念不忘，几次找我出来喝闷酒，说什么男人没钱就活该被鄙视，还天天在网上研究发财秘籍、捞偏门之类的东西。

那时，我们同学间找到工作、考上公务员的都最后一个知会他，怕他受刺激。

一次，徐亮和我在路边大排档喝酒的时候，一辆跑车唰的一声从身旁掠过，路人的惊呼声和发动机的轰鸣声几乎同时响起。徐亮将目光从酒桌上收了回来，去找那辆已消失在人们视野中的跑车，他对着想象中的跑车竖起中指，赌咒发誓般说："我一定要出人头地。"

四

但我没想到，他已经到了辞职专心准备参加免费期货选拔赛的地步。

他看不上那些真正发财的白丁，嘲笑自己认识的一个家伙："炒期货的，把豆粕的'粕'字读成'伯'字，居然还能在这个品种上大赚特赚，太没天理了。"

同时，他又对这种无须门槛的发财之路寄予厚望。好几次在朋友聚会中，他总是不合时宜地插话，要不就是显摆他晋级复赛的经历，并坚信在不久的将来，他就会出人头地。

他告诉我，一天晚上，他饭后到楼下散步，看到附近工地上的探照灯，像"怪物的目光"，突然他心里一闪，灵感如泉涌，他找到了交易的"圣杯""必杀技"。当时的他可兴奋了，围着附近工地走了好几圈，惹得保安都以为他是为了偷东西而去踩点的。第二天，他按照最新钻研出来的方法交易，果然无往不利。

没过几天，他就晋级复赛。正当他在心里做着财务自由的美梦的时候，梦醒了。"接下来怎么做怎么不顺，我测试交易方法的时候，认为根本不可能出现的行情纷纷出现。"被淘汰后，徐亮再也没有晋级过复赛。

2018 年清明后的很长一段时间，徐亮突然销声匿迹，他的电话打不通，社交网站没有任何痕迹。谁也找不到他，包括他的母亲。

我们通过公安局的关系，查到徐亮在重庆区县的一些网吧出现过。

徐亮的母亲遍寻不着，只能来找我们。我们各自的父母也说："从小一起长大的，你们也帮着找找啊。"

于是每逢周末，我们几人按照徐亮在那些网吧出现的顺序，从后往前，一一驱车前往，但每次我们赶到时，他早就去无踪影。

从他留给网吧老板的印象，我们得知他"是个安静、老实的人，从不惹事，就是天天吃方便面，不怎么爱卫生"。我们进一步打听徐亮是孤身一人还是与人结伴同行的时候，回答就五花八门起来。

有人说他和一个女人做亡命鸳鸯，有人说他和一个中年男人一路，还有人说他带着一个小孩，每天还在网吧里喂奶换尿布。

到了最后，老板经不住我们的一再追问，表示"我也不晓得你找的那个人是哪个"。

我了解徐亮的脾性，知道他不太可能冒险做出后面这些事，但几次三番无功而返，心里也不免焦躁。将情况通报给徐亮母亲后，她向我们哭诉。她鬓角已经斑白，整个人忧心忡忡，焦虑不安。

徐亮的离家出走在他家引发了轩然大波。徐母告诉我们，所有亲戚都搞不懂为什么他放着好好的工作不做，非要去追逐虚无缥缈的期货梦。

徐亮的外公认为这都是因为徐亮母亲教子不严，最为愤怒的是他的三姨，在他出走的几天前，她还专门安排了一场相亲，结果女方对他起了兴趣，徐亮却跑了。

"他就算死了都跟我没关系。"徐亮的父亲倒是坦然。

徐母的言辞中，甚至流露出对我们的抱怨，认为是我们天天在徐亮耳边说谁谁发财了谁谁又买跑车了，结果徐亮砸掉铁饭碗从机关辞职；现在徐亮上了贼船，大家都不管他，眼看着他跟船一道沉下去。

得知徐亮家人反应的那一刻，我突然想到徐亮初中时练台球的经历，那是他人生里的第一次偏离轨道，最后他选择回头是岸，重新走上了家人安排的正确道路，但尽头并不是光明。

现在的离家出走可谓是他人生的第二次脱轨，可这一次选择实在有点离谱。

徐亮毕竟是我们的老同学，从幼儿园算起，大家都认识快 30 年了。我们不可能对他不管不问。但毫无头绪的我们随即陷入一筹莫展之中。由于朋友圈里，只有我见过徐亮和小何大师历史性的会面，而小何大师又是徐亮误入歧途的引路人，因此在网上寻找小何大师的蛛丝马迹这一任务便落在我头上。

五

我先从模拟期货比赛的论坛入手。这些比赛为了吸引流量，或是证明比赛的真实性，都在官网设立了比赛成绩排行榜，选手按省份加姓氏显示。我找了半天根本没找到有个姓何的高手。

最火爆的一个选拔比赛的官方论坛，此时正热火朝天。从发帖者使用的网络语言来看，绝大多数用户都是 80 后、90 后。

有人发帖说自己做了 8 年，连一次复赛都没有进过。有人发帖称，自己从大学毕业一直做到 30 岁，现在悟了，找了份送快递的工作。

我顺着论坛上有人留的 QQ 群号，混入其中。这些活跃的参赛者通常是本科以下学历。大部分人在大城市打工，先是被忽悠去炒股、炒期货，钱输光之后，通过各种渠道才了解到居然还有模拟比赛这么一回事。

他们对概率论是不以为然的，信奉的是一种叫缠论的投机理论。不少人参加比赛是厌倦了做低端制造业工人，渴望一夜暴富。

据我观察，模拟期货比赛参与者大都是物质上的贫困者，精神上的富足者（自认为的）。他们往往不是在家啃老就是吃了上顿没下顿，看的却是国内外的经济新闻，关注的是美联储或中国人民银行发布的重要经济数据，向往一夜暴富，能过上媒体报道的富豪们的奢靡生活。

自从徐亮失踪后，"寻找徐亮"成了我们每次聚会必不可少的主题，开始还十分严肃，到了后来就变成一道仪式。

在一次周末例行聚会中，有人转发视频，是用手机拍摄的，画面有些模糊，不过依稀可以分辨出一个跟徐亮长得颇为相似的男人，站在桥上，神情慌张，然后纵身一跃，在周围人的惊呼声中，坠入滔滔江水。

看完视频，大家心情十分沉重，但很快就冷静下来。有人说："视频上的男人身着冬装，而徐亮是在 2018 年清明前后才无影无踪的，首先时间就对不上。"另一人补充道："视频的标题是说某男子因股票亏损投河自尽，徐亮搞的是免费期货比赛，除了时间，亏无可亏，再怎么想不开也不至于自寻短见。"

时间很快来到 2018 年 7 月，一天，规模最大的那家平台毫无征兆地发表告别信《感谢各位多年陪伴》，宣布"公司因各种外界环境因素变化，即日起决定终止一切业务"。这简直是一枚深水炸弹，一时间，各大期货论坛上，众说纷纭。

也就在同一天，徐亮回来了。过了一周，徐亮联系我，约我吃烤串、喝酒。急于想知道徐亮现状的我，立马赶去了约定地点。那天晚上风很大，大排档的"墙"其实就是一张塑料布，风一吹就弯了，涨起来后，像气球的一个侧面。

徐亮看上去比最后一次见面时精神多了，双目不再半眯着，穿了一身新衣服，但烟瘾还是一如既往的大，一根接着一根。

"我想通了，不能再做傻X。"这是他见到我的第一句话。我高兴起来，既为他，也为他母亲。他在叫我出来喝酒的时候，就约法三章，不谈他这几个月的经历，我只好问他接下来的打算。

他跟我解释："我算是想明白了。"他身无一技之长，也没啥本钱，唯一能够提供的就是时间，也许他之前就一直在向这些模拟比赛的平台卖时间吧。

所以，最后他选择了放弃比赛。

在漂泊期间，他看了一部老电影《黑客帝国》。机器人把人类控制住，放入能源仓内，通过摄取人体的生物能来驱动整个世界。"对于参加模拟比赛而言，我觉得我就是被放入能源仓中的人类。"

"当然我是自愿进去的。通过在期货这个虚拟的世界中生产数据来试图实现自己的梦想。但最后我发现，我的时间对于期货来说分文不值，但人一辈子就这么几十年，我觉得我的时间应该有价值地消耗掉。"

徐亮对相关问题的思考，出乎我的意料。

我知道在今晚，我所扮演的角色是一个倾听者。

"这些入了模拟比赛坑的人，在某种意义上都是社会的次品。我们本来应该跟其他人一样，读书、工作、结婚、生子，在一条流水线上传送着，最终被送到火葬场。但是在某个时刻，我们出轨了，从流水线上掉了下来。只有少数幸运儿能够找到捷径，把自己放到专门生产精品的那条生产线上；而大部分人则掉在地上，无人问津，烂掉。"

"但至少你现在回到了流水线上。"我喝得有点神志不清，这样安慰他说。

作者：陈壹壹

*本文根据当事人口述撰写，文中人物均为化名

一个中年女人决定去乞讨

一

黑魆魆的夜晚，突然刮起了风。起初是有气无力的呜咽，随后是肆意咆哮。角落里的鼠辈异常活跃，不时弄出尖锐的声响。

我又冷又怕，紧紧裹住被子。这样糟糕的日子刚刚到来，也许是往后的常态。但比起昨天，情况好了很多，起码我有了安身之所，无须再和那些男性乞丐争抢宿营地。

2017 年农历三月初一，46 岁的我简单收拾好行李，带着一身换洗衣服、一只口琴和一把葫芦丝，打算去卖艺乞讨。出门时，天空下起小雨，因为早就计划好了行程，我挂着一双拐杖，冒雨出发。

从暂住地坐车抵达莆田，乘轮渡出海。船体激起汹涌的波涛，海水不时席卷上来，引起众人惊呼。我久久倚靠在船舷旁，任凭海水打湿脸颊。

不远处，一只海鸥在苍茫海面上滑翔。如同海鸥一样，我这些年已经习惯漂泊，跟着丈夫四处谋生，2011 年终于在莆田安定下来。丈夫做生意，需要拉客户、找人脉，经常涉足娱乐场所。他嘴上强硬，却是一个善良的人。事业越来越忙，他脾气渐长，说我是"黄脸婆"，没有外面的小姑娘温柔。

丈夫做生意被骗，损失了钱。我怪他不够谨慎，他冲我吼："你有什么用！成天只会唠叨。"是啊，我有什么用呢？我存在的意义是什么？除了做好家务，为他担忧，什么忙也帮不了。

我想逃离现实的一切。这次的目的地，是台湾海峡中部的湄洲岛，隶属福建省莆田市，著名的妈祖庙坐落于此。每年三月二十三，那里会举行妈祖诞辰祭祀大典，很多善男信女前去祈福，适合卖艺乞讨。

下船时已临近傍晚，雨水仍未停歇，寒意袭来。我从码头坐一站公交车，来到妈祖庙。眼前是庄严的大牌坊，庙的第一道门。山上烟雾缭绕，庙宇依山而建，气势恢宏，妈祖神像矗立在山顶。庙前场地上停放着几辆旅游车，游客、香客寥寥无几。

穿过第一道门，我看见台阶两旁分布着缀有飞檐翘角的凉亭，还有生意人设立的小木屋。橱窗和货架上摆放着纪念品、小百货。最富地域特色的是海鲜干货，一位老板热情介绍着龙头鱼、目条鱼、白鳗鱼等做成的鱼丝，说是很美味的零食。

我买下一件雨衣披在上身，继续拾级而上，很快来到第二道门。两位头戴斗笠的妇人，在那儿兜售香烛、黄纸。

我向她们打听这里是否有乞丐，其中一人用不太标准的普通话说，大门口有保安，不准乞讨。计划受阻，我心情沮丧，极度疲惫，坐到凉亭里歇息。

天色灰暗下来，路灯开启。橘黄的光晕和朦胧的雨雾交错重叠，制造出迷离虚幻的境界。我有些恍惚，也许人总要回归现实。我转身下山。

下山途中，我遇到老李。他是专业乞丐，住在后山，正下山去买酒。简单聊了聊，我感觉他很和气。应我的恳求，他把我带进圈子。我随他从庙堂的左侧穿过一片尚未完工的建筑群，走一段磕磕绊绊的小路，辗转进入一座毛坯房。

房中有两个人见到我和老李进门，起哄说我俩是老相好。老李一再解释："我们是半路上遇到的，一个女人不容易，就当帮忙吧。咱们可不能乘人之危……"老李上了年纪，看起来稳重踏实，我信任他。

屋里的人都喝了酒，借此御寒，他们酒后闲话更多。毛坯房没有门窗，风灌进来，凉飕飕的，外面雨势一阵紧一阵慢。我的心里慌乱不安。

二

次日，天朗气清。老李向一位女老板要来开水，给我泡了一桶面。他对我很照顾。

女老板想知道老李是给什么样的女人送吃的，跟过来看个究竟。她高个头，皮肤白皙，气质不俗，福建南平人，我因此称她南平姐，据说她多年来专做旅游项目规划。

听说我昨夜和老李他们待了一夜，南平姐很为我担心。她给我买了一床被子，并向旁边卖海鲜面的老板说情，让我夜间留宿在他的帐篷里。卖面的老板住在山下，白天上来营业，晚上收摊回去，我正好夜间可以帮忙看护家什。

南平姐说这山上装有监控，让我不要害怕，有事就高声呼唤她。我住的帐篷与她管理的"潮音洞"之间有一条小路。这条小路直通码头，连接妈祖庙，不过百米远。

早晨8点过后，陆续有人上山来。我鼓起勇气，坐到小路边，用葫芦丝反复吹奏《送别》《映山红》，我不会吹其他曲子。偶尔有几个人将零钱投进我的盆里，一天下来只有十几元。

头两天，我表演很用心，给钱的人少之又少。我感到疲乏、困倦，常常忘记谱子。老李他们只是反复说着那句"妈祖保佑你，平安发财"，却比我讨得多。我索性把葫芦丝装起来，学着说："妈祖保佑你，平安发财！"

很快，有人投钱了。

周边乞讨的人不多，老李、一个斗鸡眼男人、一个留长胡子的老头。我们一字排开，各占一个路段。老李坐在我下方的斜坡处，他把左腿的假肢卸下搁在一旁，用随身听播放着佛歌。

一个胖子背着铺盖卷，晃晃悠悠地走来，在离我一米不到的地方停下，把被子摊开，坐在上面。

"老板，妈祖保佑你，平安发财，大吉大利。"胖子对路人说着，声音洪亮高亢，持续不断。来往路人被他吸引过去，一拨接一拨地给钱。胖子稍稍停顿下来，找我搭讪："妹子，不经常出门吧？你怎么不主动要，干坐着谁会给你钱呀。"可我拉不下脸来。

又有香客上山，胖子脱掉长裤，只穿着大裤衩。这天，他讨到了100多元。

没人给钱的时候，胖子会找我聊天，说："正月初一到十六最好讨钱，一些发了财的老板都是给大票，我半个月能要到1万多块。"胖子平时在晋江安海镇一带扮作出家人，用假证件去化缘。做法事时，他念的经连自己都听不懂，纯粹是糊弄人，不过月收入也能过万。

胖子讲解着自己的人生哲学："干我们这一行，住酒店、胡吃海喝是常事，给我再好的工作也不换哟。在这个社会，有钱就是好汉，只要不犯法，人家不管你的钱是怎么来的，只注重结果。"

看到有香客走来，胖子把自己的盆抖得叮当响，又多讨了几元。我看着自己的空盆，不由得气馁了："怎么就没人给我钱？我真的不能劳动啊。"

胖子给我出主意："妹子，你的脸很白，穿得又干净，不像讨饭的。哎，这旁边有草木灰，你抹点到脸上吧。"

"真的？这样能行吗？"我犹豫。

胖子忽然笑了。

"死胖子，你在戏弄我。"我这才反应过来。

"呵呵，傻女人！咋这么好骗呢。"

我把脸转向一边不理他，也没心情向别人乞讨。随后我郑重其事地告诉他，以后别跟我开玩笑。

胖子晃着一脸横肉，说："妹子呀，一看你就没见过世面。其实你占了我的位置，我都没好意思说你。"

"我怎么知道是你的，反正我就坐在这里了，哪里也不去。"

胖子只是爱寻开心，并没有为难我。

三

这天下午 6 点，我和老李一起吃泡面。老李近两天的收益不错，我占着胖子的地方却要不到什么钱。

"香客给钱有两种方式：一种是放钱，每人都给一点，不过没有多少大票；再有就是随意，谁可怜就给谁，三十、五十都有。"老李随后说他朋友即将"出山"，那人能唱歌，最会要钱。据说那人老家在山东，来湄洲岛 10 多年，有个女人跟他生活过一段时间，钱花得差不多却突然走掉。

次日，我见到了"山东"。他大概 50 岁，脸膛黝黑，目光炯亮，架着拐、背着音响缓慢走过来，似乎有一条腿不好使。他扫我一眼，顺着台阶走下去。下面有一道小拱门，是上山的必经之处，他的固定地盘。

"山东"就位以后，有船舶停靠在码头，鞭炮声、锣鼓声响起，一支来自泉州妈祖宫的队伍走了上来。锣鼓队有节奏地演奏，穿着盛装的信众们款款行走，很有排场。"山东"拿起话筒开唱了。

这边不远处，南平姐也拿出扩音器，大声吆喝："欢迎参观潮音洞，大人 20 元，小孩免费。"

这批人过去，有一个旅游团抵达，他们统一着装、戴着小黄帽，领队挑着小旗。我也忙活起来，争取别人的施舍，重复说着："妈祖保佑你，平安发财。"

偶尔有人给我几个零钱，他们脸上带着不同的表情，同情、不屑或轻蔑。我不敢接触他们的目光，总是游离到别处。

年幼时，我得了小儿麻痹症，依靠拐杖才能行走，没有劳动能力。安徽老家的父母怕我嫁出去受气，为我招赘了现任丈夫。一双儿女长大成人后，我随着丈夫外出打工，曾经尝试进电子厂工作，最终因行动不便被解雇。丈夫的事业越发明朗，在莆田从事废铁收购，挣下了钱。

我不想当废人，开始写些文章，梦想着有一天能够出书。2015年，我有一篇文章登上了《福建文学》，儿女都支持我继续写作，以我为榜样，用心活着。唯独丈夫认为我痴人说梦，不支持我去北京找出版社出书的筹划。

来湄洲岛乞讨，不仅仅出于赌气，还因为我按捺不住内心的不甘与躁动。我让父母到莆田，帮忙照看家中事务，父亲帮着丈夫干活，母亲在家里做饭洗衣。安排好这一切，我才出门，希望攒够前往北京的路费，不想用丈夫的钱去完成自己的梦想。

四

思绪游离时，老李走过来对我说："'山东'让我转告你，要用开水泡面就到他住处去，那儿还有厕所。"

"山东"的租房孤立在小土坡上，四周是茂密的植被，顺着踩出的小路不难找到。我第一次去那儿时，"山东"与老李正在门前喝茶，旁边摆着几盆吐露芬芳的花卉。

此时的"山东"穿一身灰色休闲装，手腕有一串沉香佛珠，与乞讨时的他判若两人。他起身招呼我，原来此人离了拐杖也能行走，只是有点跛而已。那深邃的目光似乎能洞察一切，微微上撇的嘴角，有几分玩世不恭的意味。

站在房前，抬眼就能看到码头。夕阳的余晖中，湛蓝辽阔的大海荡漾着波纹。我不禁感叹："真是个好地方，我都不想走了。"

"喜欢就留下来，把这里当成家好了。""山东"很豪爽。他递过两个煮鸡蛋给我，说天天吃泡面没有营养，身体会垮。我不好拒绝，接了过来。

离开前，我加了"山东"的 QQ 号，晚上回到住所上网，看到他空间里的文字，写得模模糊糊，可能与个人感情生活有关。

后来有一次，我和老李闲聊，南平姐凑过来提起"山东"，说到一些往事。"山东"对前女友宠爱有加。荔枝刚上市、价格很高的时节，他每天都买给她吃。女友要什么款式的衣服、首饰，他从不含糊，尽量满足。

南平姐还说，"山东"天气热时不出门，总是窝在屋里品茶、上网。由于他是最先来岛上乞讨的人，所以不希望出现太多竞争对手，曾经找人把与胖子一伙的阿三打跑。阿三回头来报复，差点把他的房子点了。

我笑着说："怎么，他想成为岛主吗？"

南平姐笑着说："差不多吧。可现在信息这么广，想垄断，有可能吗？"她私下告诫我，"山东"脾气古怪，让我说话注意些，毕竟江湖险恶。

我无暇招惹谁，上岛七八天，连回家的路费都没攒够，很是愁烦。岛上物资多数由内地运来，价格普遍贵些，早晨只好吃南平姐捎来的馒头、榨菜，晚上吃方便面。

时间长了，我经常流鼻血。我原本就气血亏损，血流得多了很心疼，我塞上卫生纸，试图止血。由于无处洗漱，我蓬头垢面，身上散发出汗馊味。胖子说，我样子很丑。我焦虑不已，想离开。"山东"走过来问我讨了多少钱，我回答只有几元。"你是来讨饭的还是来聊天的？我都为你着急。""山东"口气生硬，我听了心里不舒服。

正当我想反驳时，"山东"继续恶狠狠地说："既然出来了就不要顾脸面，装狼像狼，装虎像虎。鞋子袜子穿这么规整，谁会认为你是乞丐？你不是说自己的腿开过刀吗？把裤子卷起来，让大家看看，害什么羞。"

我试着把腿暴露出来，让人看出我有残疾。果然，钱比以往多了。

胖子看我多要了钱，也紧张起来，对过往的人哀号："可怜可怜我吧，我得了癌症，已经扩散全身了……"他躺在铺盖上，把长瘤子的腿伸直。这场景引人注目。一名女香客向他盆里放了一张50元钞票，并双手合十默念些什么。胖子安静时，还有人小心翼翼地上前查看，试探他有没有鼻息。

"哪有这么咒自己的？你就不怕真得癌症？"我心里鄙视胖子的行为。胖子不以为然，说："死就死呗，去极乐世界也好啊。"

我开玩笑说："哼，你财迷心窍，整天骗人，死了是要投胎成畜生的，不是狗就是猪。"

"山东"的音乐响起，有队伍上来了。大家认真起来，胖子也迅速进入角色。

胖子看到信众提着水果、糕点走来，开口索要："行行好，给点东西吃吧，我快饿死了……"

"等一下哦，我们祭奠回来给你吃。"信众很讲诚信，下山时真送来吃的给他，我沾了光也得到一份。

我的乞讨渐渐进入状态。南平姐的生意却似乎不太景气，她时常出来溜达，说赚的还没有乞讨多。她说等我离开的时候，免费请我去"潮音洞"里参观。妈祖庙三月二十三会有壮观的祭祀场面，我忽然想继续待下去。

五

"山东"有两天没出现了，听老李说他犯了病，他以前做过心脏支架手术。天气那么冷，他敞胸露怀，唱得那么卖力，一天能要到1000多元。这下累倒了，不划算。

我去看望"山东"。他在家里看电视，说休息几天就能好起来。老李也过来了，动手泡制"铁观音"。喝茶过程中老李表示，胖子明显影响了我，使我要不到钱。

　　"瞧他那副德行，就靠卖惨的招牌。"老李愤愤地说，"腿上只是长了个普通的囊肿，用笔故意涂成黑色。还留着长胡子，看起来年纪大，其实只有40多岁。唉，为了要钱，什么招数都使得出来。"

　　之后，老李让我最近小心些，三月十七会有例行检查，驱赶盲流和小商贩。为避免影响市容，外来的乞讨者会被遣送至对岸，不许再回来。

　　"山东"说具体时间不好确定，也可能是三月十八，他说："我过那边也不怕的，到时候花点钱找'阴阳脸'送回来就是了。""阴阳脸"是当地一名渔夫，脸上长着黑胎记，专靠偷运外地人上岛挣钱。

　　"还是躲着点好。"老李说，"要不是家里还有一个小儿子没成家，我也不想过这种生活。"他在老家当过多年村会计，腿残了才到处乞讨。

　　"山东"呷一口茶，说："我刚开始在浙江普陀山混，那里乞丐太多，什么稀奇古怪的人都有。我心一横，在地上爬着要钱……既然选择这条道，就得把尊严放下来，要么干脆回家去。"

　　"我们不偷不抢，也没有做坏事，不算丢人。"老李附和着。

　　"山东"新近又在网上谈了一个女友，河南驻马店的。他想着等女友过来，筹划做点小生意。他其貌不扬，头脑里却都是努力上进的想法。

　　说话间，老李去接了个电话，是外甥小金要来投奔。"山东"认为，孩子来了也不懂要钱，还得操心。老李说，小金不够精明，做别的没有门路，工伤失去双腿装了义肢，赔偿事宜尚未解决就离婚了，日子过得不像样子。

　　往后，旁边的胖子故伎重演，依旧挤对我。有位阿姨投下10元，我连声道谢,她走出两步,回头看了看我,问:"你是真的还是假的?"

我还没开口,胖子就先笑着说:"哎呀,她是假的,装乞丐呢。"

阿姨摇摇头,走开了。

"你什么东西?整天在这里装病,我可从没有拆穿过你……"我怒火中烧。

胖子表明自己只是开玩笑,希望我不要生气。

晌午,来了两个我没见过的乞讨者。我跟胖子说:"那新来的大个子,长得魁梧壮实,断了一只胳膊,太可惜了。"

"盯上了人家美男。"胖子揶揄我。

"你烦不烦。"我白了他一眼。

大个子旁边那人,长得像个瘦猴,贼眉鼠眼。"瘦猴"坐到我右边,眼见人们都把钱给胖子,沉不住气了,破口大骂:"他妈的,你要这么多钱做什么?死了也不能带走。"

胖子装作没有听见。我不解,他往常嘴碎得很,这时对别人的挑衅却无动于衷。

"瘦猴"骂骂咧咧,移到小路中间,故意把身上的棉袄扯得稀烂,露出内里棉絮,之后蜷缩成一团,更加"专业"。每每有人经过,"瘦猴"就振作起来,拱手作揖或连连磕头。人们纷纷拿出钱给他。胖子待不下去了,起身离开,到码头去。

天将黑时,胖子心满意足地回来,他的铺盖卷还在这里。

胖子瞟了一眼"瘦猴",说:"我不跟他一般见识,一个老光棍,打架斗狠不要命。3年前,他一个同伙和保安发生冲突,愣把人家小保安下身踢废了,判了十几年,现在还在牢里。"

"听说你朋友也很厉害,差点烧了别人房子,是真的吗?"

胖子沉吟一会儿,回答:"是的。没发现老李和'山东'都不搭理我吗,我们早就结下了梁子。说起来,你倒和他们走得很近哈。"

我意识到自己多嘴了,不想卷入是非,于是跟他周旋说:"他们对我有很大帮助。咱俩不也萍水相逢，但你很关照我呀。"我暗自发笑，自己竟然这么圆滑。

胖子对我客气起来，说："妹子，你安心坐在这里，哥给你腾地方，暂时先去码头。对了，提醒你一下，后天他们可能会来抓人，送过去就别想回来了。"

我不假思索，说："不是有个'阴阳脸'能把人偷运过来吗？你不认识？"

"什么'阴阳脸'？没有见过。"胖子摇头说，"哎哟，饿死了，我要吃饭去。"

老李携外甥小金，正往这边走来。小金垂头丧气，显然和我一样，收入不多。他们喊我一起去吃海鲜面。考虑到每晚住人家帐篷，一直不去消费好像说不过去。于是，我跟着去，三人各要一碗海鲜面条，边吃边聊。

"那些香客把钱都给了骗子，他们真瞎啊。"小金义愤填膺。

老李没有责怪竞争者的意思，只是训斥自己的外甥："你别太死板，把盆举高点，别老是愣得像根木桩似的。"

六

早晨 8 点过后，乞讨者们像往常一样分散在小路两边。新来的大个子与众人不同，他在面前放一个吃饭的白瓷碗，而不是破烂的盆。我很纳闷，这能盛多少钱呢？

临近中午，一个西装革履的人在大个子面前停了下来，拿出一张百元大钞递给大个子，然后拿走他的碗。

"这是什么情况？"我和胖子面面相觑。

老李后来与我解释，南方某地有一种传统风俗：若家中孩子体质虚弱，经常生病、不好养，就会买乞丐的碗盛饭吃，等于吃了百家饭，转运后能平安长大。原来，大个子早有筹谋。

"他们要的钱比你多，是因为他们每天5点会到山顶上去讨钱，一直到7点保安上班才离开。短短两个小时，却比你一天要的钱还多。"老李说这山上有323级台阶。我无法每天爬上爬下，心里琢磨着尝试一番。

这天，我起了个大早，把被褥收拾停当，朝山顶进发。我进入第二道门内的大广场，坐在台阶上大口喘气。这是祭奠时表演大型乐舞的处所，左右两边分别是钟楼和鼓楼。

祈福旗幡在风中飘扬，云雾缥缈之中有人若隐若现，原来是裹着花头巾的惠安女，环佩叮当作响。我看呆了，如同到了仙境。6时许，耳畔响起清脆的钟声，似有片片雪花飘落，定睛一看，香客在散钞票。

下山时，我遇上老李，他很惊讶："你也上去了？钱不少吧？"

我笑了笑，回答他："可能不少，还没有来得及数。"

老李对一旁打着哈欠的小金说："你不能睡懒觉了，起早一点到上面去讨，要不然就白来了。"小金哦哦哦地应着。

不久后，我又一次去了山顶，很早就有做买卖的老板来抢头炷香。有人拿出一沓钱塞进"功德箱"后，又施一些给乞丐，出手大方。

正接着钱，保安队长站到面前，驱赶我："赶快走，这里不能待。"我只好下山。转头见到一名保安押着小金走下来。小金后来和保安发生了冲突。保安试图把小金赶到码头，小金不服，捡起石头砸保安，无人受伤，但这一举动激化了矛盾，保安扬言过后会收拾他。

没人料到这天保安会这么早上山巡查。大家聚在一起议论着，心里忐忑不安，保安一定会叫人过来报复。果不其然，保安带着七八个人气势汹汹而来，把我们存放在凉亭里的包裹被褥悉数扔了出去。

保安队长对小金左右开弓，打了几巴掌。先前受了气的保安还不解气，上去把小金推倒在地上，狠狠补上几脚。

老李悄悄打电话报警。警察赶来询问小金伤势，他支支吾吾说不出个所以然，老李在旁边干着急。警察见事态不严重，撤了回去。保安回到各自岗位。

"你也不知道避一避，而且警察来了你应该躺在地上装作受伤，让他们拉你到医院去做检查。不是想讹钱，就是想出口气，挣回一点面子。他们凭什么这样打人。"老李指责小金，觉得他资历太浅。

吃晚饭时，小金买来面条，老李仍旧无法打开心中郁结，不肯吃。小金也吃不下去了，白搭 20 多元。

我心情也极其不好，想早点休息。这时，胖子和那个斗鸡眼男人来到面摊坐下，喝酒闲聊。"斗鸡眼"长久霸占码头，在那儿行乞。胖子买来一瓶"小糊涂仙"请他喝，看来想要闯码头，活络一下关系。

二人先是吹嘘自己骗人的伎俩，又说起自己嫖娼的事迹……我劝他们赶快离开，要是让面摊老板得知我容留他们在此酗酒，我也住不成了。送走这二人，我很快迷迷瞪瞪睡了，接连做噩梦，惊醒后睡意全无。

七

"山东"重新复出。我们这伙人像蛇一样盘踞在小路上，"瘦猴"占据着路中心。

有个瘫子很费劲地挪了上来，看他不过二十来岁，灰头土脸的，眼里透露出怯懦。"山东"说这个年轻人是岛上土著，一个有智力障碍的孤儿。年轻人用手撑地慢慢挪动，挨近谁都会被骂一通。最后，他挪到我旁边，见我并不介意，就不走了。老李让我把他骂走，我不忍心，他便一直待在我身边。

接着，又来了一个卖唱的小女孩，一只空袖管在风中飘荡，黧黑的脸上布满灰尘。她跟前摆放着音箱和一张微信支付二维码，很多年轻人拿手机扫码给钱。估计这姑娘一天能要到五六百元。

　　转眼到了三月十七。我担心被驱赶，便坐车去"黄金沙滩"游玩避开事端。极目远眺，白浪滔滔，水天一色。海边有许多游客，有的骑着骆驼，有的驾驶沙滩车。海岸线上有一群忙碌的身影，那是岛民在收割海带。等回到原地，我得知这天并未有人来整顿市容，游客相当多，同行们都要到不少钱。

　　次日，大家猜想可能例行检查不了了之，放心继续乞讨。将近11点，我也松了口气。忽然，我看见熙攘的人流中，一个穿白衬衣的中年男人站到胖子跟前。原来，整顿市容的人穿着便装。

　　"哦，过来了。我这就走，这就走啊。"胖子像是在与熟人讲话，神态自若，随后开始收拾东西。

　　胖子顺从地跟着那人走了。

　　"怎么，还不走啊？拖也要把你拖走。要是动手，你可就难看了。"一个"便衣"对我说。

　　我也躲不过，被他们带下山，与其他人会合后，先是坐进一辆面包车，又统一被送到轮渡上。"山东"、老李以及卖唱的女孩不见踪影，想是躲过了。我没有想到会以这样狼狈的方式离开。

　　回家不久，"山东"打来电话质问我："胖子那些人是怎么回到岛上的？肯定是你走漏了消息。我最痛恨不忠不义的人，你出卖朋友，背叛友谊，卑鄙无耻，以后不准再来岛上了。"我脑袋有些眩晕，一定是胖子找到了"阴阳脸"。

　　休整几天，我带着乞讨得来的2000多元前往北京，辗转至皮村，想加入皮村文学小组。10多天后，没能找到出版社接纳我的书稿，我不得不乘车返回福建。

作者：陈　榕